키브라, 기억의 원점

키브라, 기억의 원점

이 치 은
장편소설

알렙

1장

나는 그대를 기억하기 위해 나 자신조차도 잊어버렸소

—키에르케고르, 「유혹자의 일기」

(3월 28일~4월 7일)

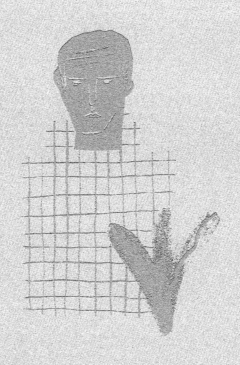

3월 28일, 한낮에 일어나 기억을 잃다

아주 오래전 어느 수업 시간에 배웠던 문장인 것 같다. "아침에 일어났더니, 유명해졌다." 부탁하지 않았는데 쓸모없는 것들이 꼬리에 꼬리를 물고 생각났다. 하지만 쓸모 있는 것들은 하나도 생각나지 않았다. 아침에 일어났더니 유명해졌다고 말했다는 재수 없는 남자와 달리, 나는 한낮에 일어나 모든 걸 송두리째 잊어버렸다.

이름은 물론이고 나이도 가족 관계도 직업도 심지어는 얼굴마저도 말이다. 구겨진 침대보에서 빠져나와 화장실로 들어가 우중충한 거울 속에서 나는 나를 만났다. 처음 만나는 놈인 것 같은데 조금도 수줍어하는 기색이 없었다. 뾰족한 턱, 짙은 입꼬리, 기름기가 번들거리는 밋밋한 콧날, 어떤 상황에서도 주눅 들 것 같지 않는 능글맞은 눈매. **도무지 신뢰할 수 없는 얼굴이로군.** 마음에 들지 않았다.

거울 밑 작은 선반 위에는 어울리지 않게 일기장 한 권이 놓여 있었다. 마치 내가 발견해 주기를 오랫동안 기다렸던 것처럼 거기에 뻔뻔스럽게. 물론 그놈 역시 기억나지 않았다.

대충 일기장의 40퍼센트쯤은 이미 누군가가 뜯어낸 후였다. 남은 건 온통 백지뿐. 나는 잠시 주인이 누구인지 알 수 없는 이빨 빠진 일기장을 손에 쥐고 바라보았다. 지금 이게 내 손에 있다,라는 사실 말고는 확실한 게 단 하나도 없었다.

다행스러운 점이라면 내가 아직 글자를 읽고 쓰는 법은 까먹지 않았다는 것이었다. 나는 일기를 쓰기로 결정했다. 한번 기억을 잃었다면 다음에 또 그러지 말라는 법도 없었고, 일기를 적는다면 다시 기억을 잃는다 해도 기댈 구석이 있는 셈이 된다. 이런 모든 생각들이 놀라울 정도로 재빨리 머릿속에서 정리되었다. 결단력이 있는 놈이라는 게 내가 아까 거울 속에서 보았던 남자에게서 받은 두 번째 인상인 셈이었다. 그러니까 '신뢰할 수 없는 놈' 다음으로 말이다.

환기를 하기 위해 크림색 두꺼운 커튼을 젖히고 창문을 열었다. 후덥지근한 바람이 실내로 들어왔다. 한낮이었다. 그다지 유별날 것도 없는 집들과 좁은 길들과 그리고 바닥에 납작하게 달라붙은 채 느릿느릿 움직이고 있는 차들이 보였다. 햇빛이 굉장히 강했다.

내가 정신을 차린 곳은, 아니 정신을 놓은 그곳은 화려한 호텔방이었다. 한꺼번에 모두 다 나를 골탕 먹이기로 작정한 것 같은 그 널따란 방에서 나는 혼자였다. 나는 **한낮에 일어났더니 모든 걸 송두리째 잊어버렸다,**라고 소리 내 말했다. 두어 번 더 반복했다. 듣기 싫지는 않지만 여전히 처음 듣는 목소리였다. 음색은 낮은 편이었고 발음은 정확했다.

이렇게 팔이 떨어져 나가라 쉬지 않고 잔뜩 써 봐도 아무것도 기억나지 않기는 마찬가지였다. 내가 쓴 글씨 역시 나를 배신했다. 여전히 눈에 익지 않은 글씨들. 나는 좀 더 눈을 붙이기로 했다. 피곤하기도 했고 혹시 다시 한 번 잠에서 깨어날 때쯤에는 뭔가 달라져 있을지도 모른다는 희박한 희망이 있긴 했다. 희망이라……

하지만 아무것도 달라지지 않았다. 나는 여전히 잠들기 전의 나였다. 아직은 내가 누구인지 잘 모르는 나였다. 바깥은 이제 주황색과 검정색을 딱 반씩 섞은 빛깔이었다. 바람은 조금 서늘해졌다. 나는 바지 뒷주머니에서 여러 번 접힌 지도 한 장을 발견했다. 붉은색 카펫이 깔려 있는 바닥에 지도를 펼쳤다.

꽤 커다란, 펼쳐놓은 신문지 반 정도 크기의 지도였다. 낯선 도시의 지도였다. 지명 역시 들어본 듯 그렇지 않은 듯 아리송했다. 지도의 중앙부는 길들과 지명들로 빽빽했고 주변부로 갈수록 좀 더 많은 여백들이 나타났다. 나는 꽤나 열심히 그리고 오랫동안 그 지도를 살폈다. 딱히 소득이라 할 만한 것은 없었지만 두 가지 특이한 점을 발견했다.

첫 번째: 지도 위에는 동전만 한 크기의 붉은색 동그라미가 그려져 있었다. 인쇄할 때 함께 찍혀 나온 게 아니라 누군가 나중에 붉은 펜으로 그려 넣은 것 같았다. 그 누군가란 아까 보았던 거울 속 남자였을 수도 있고 그렇지 않을 수도 있었다. **그럴 수도 있고 그렇지 않을 수도 있고.** 왠지 앞으로는 모든 게 그럴 것 같았다. 어쨌건 동그라미는 모두 네 개였다. 지도를 크게 네 구역으로 나누어 보았을 때, 북서쪽에 둘, 남서쪽에 하나, 그리고 북동쪽에 하나.

두 번째: 우측 상단 모서리가 가위나 칼 같은 예리한 뭔가로 깨끗이 잘려 나가 있었다. 잘려 나간 부분은 삼각형일 게 분명했다. 그걸 제외하면 아무런 흠도 없는 지도였다.

지도를 꼼꼼히 살피다 나는 다시 피곤해졌다. 정직하게 말해 거기서는 아무런 수확도 없었다.

다시 나는 창문 밑에 얌전히 누워 있던 검은 하드케이스 여행용 가방을 뒤지기 시작했다. 셔츠와 면바지, 니트 재질의 조끼, 고급스러워 보이는 갈색 재킷 한 벌, 그리고 얇은 점퍼와 속옷류 들이 잔뜩 들어 있었다. 치수가 맞는 걸로 보아 내 것인 듯했다. 나는 잠시 더 나의, 아니 나였던 자의 취향을 감상했다. 대부분 무채색 계열이었고 유행을 잘 타지 않는 무난한 디자인들이었다. 마찬가지로 특별한 단서라고는 할 수 없는 것들이었다.

무채색 니트를 즐겨 입고 목소리가 저음이며 뻔뻔스러워 보이는 얼굴을 하고 있으며 주머니에 접힌 지도를 넣고 다니는 자, 그리고 결정적으로 한낮에 일어났더니 모든 걸 송두리째 잊어버린

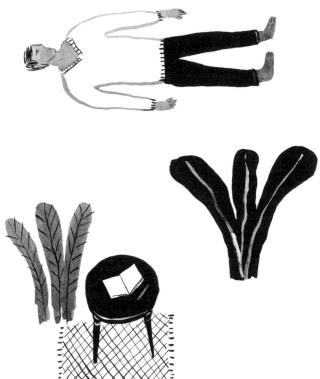

자, 그게 바로 나였다. 나도 모르게, **여기까진 뭐 그다지 나쁜 것도 아니군,** 하고 혼잣말을 했다. 나였던, 아니 나라는 자는 퉁명스러워 보이는 얼굴과 달리 의외로 낙천적인 녀석인지도 몰랐다.

얼마 후 내용물을 비워 버린 가방 안쪽에서 우연찮게 비밀 주머니를 발견했다. 처음에는 그냥 평범한 바닥처럼 보였는데 틈이 보이는 것 같아 모서리에 손가락을 집어넣고 힘껏 잡아당겼더니 엽서만 한 크기의 작은 공간이 드러났다. 거기에는 고무줄로 단단히 묶인 네 장의 신분증명서와 털실을 꼬아 만든 장식 없는 고리에 매달린 구릿빛과 은빛, 두 개의 열쇠가 있었다. 나는 섬뜩했다. 신분을 증명하기 위해서는 보통 하나의 신분증명서로 족한 법이다. 하지만 나에게는 네 장의 신분증명서가 있었다. 그 네 장의 신분증명서는 남자, 여자, 여자, 남자의 순으로 겹쳐져 있었는데, 거울 속 남자와 조금이라도 닮은 사진은 없었다. 그 네 명도 서로 닮지 않기는 마찬가지였다. **타인의 신분증명서를 모으는 취미라도 가지고 있었던 걸까?**

열쇠는 둘 다 싸구려처럼 보였다. 열쇠를 달고 있는 고리는 세 가지 다른 색깔의 털실을 꼬아서 만든 것이었다; 풀빛, 흰빛, 오렌지빛 삼색 털실. 구릿빛 열쇠는 동그란 머리 부분에 난 자그마한 구멍을 통해 삼색 털실 고리에 꿰어 있었고, 거기에는 생체-5라고 적혀 있는 빛바랜 건출지가 붙어 있었다. 은빛 열쇠의 머리에는 역시 볼펜심만 한 구멍이 뚫려 있었고, 13B라고 쓰여 있는 타원형 핑크색 플라스틱 판과 함께, 가느다란 철사에 꿰어 있었다. 그리고 다시 그 은빛 열쇠와 13B를 꿰고 있는 철사가 삼색 털실 고리에 매달려 있었다. 이랬거나 저랬거나 생체-5 그리고 13B, 둘 다 아무 뜻도 없기는 마찬가지였다. **엿이나 먹으라지.**

　너무 많은 걸 너무 짧은 시간 동안 시시콜콜 일기장에 적다 보니 팔도 아프고 화도 치밀어 올라 소리를 지르면서 펜을 내던져 버리고 싶은 심정이 되었다. 그러는 대신 나가서 어디서든지 저녁을 해결하고 돌아오기로 했다. 문득 나는 내가 무엇을 먹고 싶어할지 궁금해졌다.

3월 29일, 키브라에서 웨이터를 만나다

아침에 일어나 호텔 로비 식당에서 토스트와 수제 햄, 신선한 과일과 망고 주스를 곁들인 근사한 식사를 마치고 방으로 돌아와 어제의 일기를 다시 읽었다. 나는 여전히 어제의 나였다. 딱 어제 하루분의 기억만큼만 가지고 있는 나였다. 별 도리가 없었다. 그걸 받아들이는 수밖에.

엊저녁 나는 엘리베이터를 타는 대신 걸어서 로비로 내려갔다. 내 방이 11층이라는 것을 알아냈다. 나는 매 순간 수많은 것들을 새롭게 알아내느라 피곤했다.

로비에는 때마침 동창회라도 열린 듯 사람들이 많았는데 너무 시끄러워 사람들이 뭐라고 떠들어대는지 도통 알아듣지 못했다.

하지만 그건 틀림없이 내 모국어였다.

사람들의 무리를 헤집고 다니다 로비 한구석에 있는 식당을 발견했다. 입구에 서서 머뭇거리는 대신 식당 중앙 비어 있는 원탁을 향해 성큼성큼 걸어갔다. 도착하기 직전 피아노 연주 소리가 뚝 그쳤다.

"안녕하십니까?"

등 뒤에서 나는 소리였다. 어느새 누군가 내 곁에 바짝 다가와 의자를 뒤로 물리며 인사를 한 것이었다.

"오늘은 평소보다 얼굴이 더 밝아 보이시네요."

진한 푸른색 제복 차림의 남자였다. 키가 유난히 컸고 짧게 쳐진 옆머리 아래로 두 쪽의 귀가 머리통에 납작하게 달라붙어 있었다. **밝아 보인다고, 그거 좋은 소식이군.** 남자의 웃는 얼굴은 내게 낯설었다.

"오늘은…… 어떤 걸로 하시겠습니까?"

그 남자의 눈은 틀림없이 나를 아는 자의 눈이었다.

"늘 하던 걸로……."

대답해 놓고 나는 후회했다. 그렇게 대답함으로써 나는 어쩌면 쾅 하고 대화의 셔터를 내려버린 건지도 몰랐다. 내가 뭐라고 불리던 놈인지만이라도 물어봤어야 했는데.

"그러면 마실 것은……."

나보다 나를 잘 알고 있을 게 틀림없는, 그래서 질투심마저 드는 웨이터는 친절하게도 내게 재차 기회를 주었다. 최상급의 치아로 장식한 따뜻한 미소와 함께.

"오늘은…… 차가운 걸로……."

나는 그렇게 버벅거리다 기회를 날려버렸고 잘생긴 웨이터는 돌아갔다. 나는 원탁 중앙에 있는 담배 상자에서 처음 보는 상표의 담배 한 개비를 꺼내 불을 붙였다. 내가 담배를 피웠는지 그러지 않았는지 그게 궁금했다.

조금 있다 웨이터가 크림 소스를 잔뜩 끼얹은 농어구이와 길쭉한 잔에 담긴 붉은빛이 도는 맥주잔을 가지고 왔다.

"오늘은 운이 좋으신데요."

나는 거기에는 절대 동의할 수 없다고 말하려다 그만두었다.

"왜지?"

"오늘 새벽에 지배인님이 최상급 농어를 경매장에서 낙찰받으셨거든요. 이보다 더 신선하고 살이 잘 오른 건 어부의 식탁에서도 찾기 힘들 겁니다."

웃어야 할 때라고 생각하며 나는 의식적으로 웃었고, 아마도 틀림없이 어색하게 보였을 웃음을 억지로 지어 보였고, 그 웃음이 채 닿히기 전에 그는 다시 물러났다. 그는 처음부터 끝까지 최상급의 미소를 잃지 않았다. 포크로 농어를 뒤적이며 나는 그의 웃음이 혹시 내가 기억을 잃어버렸다는 사실을 알아채고서 즐기는, 그런 교활한 웃음은 아닐까 하고 혼자 생각해 보았다.

하지만 그 생선은 참으로 맛있었다. 담배도 크림 소스가 잘 스며든 농어도 붉은색 맥주도 모두 내 입맛에 딱 맞았다. 고로 그의 웃음은 가짜가 아니다, 그렇게 결론 내렸다. 나는 유쾌해졌다. 맥주 한 잔을 더 시켰고 담배를 한 대 더 피웠다.

10시 30분경에도 사람들은 여전히 많았다. 방으로 돌아갈 시간이었다. 나는 팁을 얼마나 줘야 할지 알 수가 없었다. 그가 만일 내가 기억을 잃어버렸다는 사실을 모른다면 앞으로도 주욱 그랬으면 했다. 그저 그를 실망시키고 싶지 않았다. 팁의 액수가 확 바뀌면 그가 의심하게 될지도 몰랐다. 나는 그를 불러 동그라미가 좀 많이 붙어 있는 지폐 한 장을 건넸다.

"잔돈을 좀 바꿔 줬으면 좋겠네…… 다 돌려줄 필요는 없고."

"네?"

"팁을 제하고서 잔돈을 돌려주겠나?"

제복 차림 남자의 입에 걸린 미소가 덩달아 끄덕거렸다. 모든 게 완벽하게 처리되었다. 나는 임기응변에 능하고 구석구석 용의주도한 녀석이었다, 실은.

잔돈을 확인하지도 않은 채 주머니에 넣고 식당을 나와 이번에는 엘리베이터를 탔다. 은은한 황금색 벽에 비스듬히 기댄 남자의 모습이 거울로 만든 엘리베이터 문에 비쳤다. **기억 따위는 개에게나 던져주라고 해. 아무 상관 없잖아. 남들이 나를 예전 그대로 알아봐 주기만 한다면.**

벽 속의 남자가 그렇게 말했지만 나는 쉽사리 동의할 수 없었다. 놈은 술을 너무 많이 마신 것 같았다.

방으로 들어가 바로 팁의 액수를 확인했다. 그 남자가 가져간 몫이, 그러니까 내가 전에 그에게 주었던 몫이 적절하다는 생각이 들었다. 대충 씻고 푹신푹신한 침대에 누웠다. '오늘은 운이 좋으신데요.'라고 했던 웨이터의 말이 떠올랐다. 확실히 운이 좋다고만은 할 수 없는 날이었지만 나는 그를 용서해 주기로 했다.

여기까지가 엊저녁에 있었던 일이었다.

다시 한낮이 되었다. 밖으로 나가기 전 오늘 추가로 알아낸 두 가지 사실에 대해 적어두는 게 좋을 것 같다. 내가 묵고 있는 이 호텔의 이름이 키브라라는 것, 그리고 이 호텔이 내가 주머니에서 발견한 지도 안에 들어 있다는 것. 너무 작은 점이라 하마터면 지나칠 뻔하긴 했지만 그것은 엄연한 점이었다.

방금 나는 여행용 가방에 들어 있던, 허리에 찰 수 있는 작은 가방에 일기장을 넣어 보았다. 딱 맞았다. 메모를 할 수 있도록 일기장과 볼펜 하나를 가지고 다니기로 했다. 지도를 잘 접어 바지 뒷주머니에 넣어 두는 것도 잊지 않았다.

나가려다 왠지 두고 나가기가 꺼림칙해 네 장의 신분증명서와 삼색 털실 고리에 매달린 한 쌍의 열쇠도 가방 속에 집어넣었다. 이제 진짜 밖으로 나간다. **무엇을 보게 될까?**

3월 30일, L 문구점에서 지도를 사다

　어제 오후와 오늘 거의 하루 종일 나는 호텔을 나와 쉬지 않고 쏘다녔다. 칙칙한 어둠을 뚫고 호텔로 돌아와 소파에 쐐기처럼 몸을 구겨 넣고 밤색 구두와 회색 양말을 차례로 벗어 던졌다. 나는 내가 걷는 일에 그다지 익숙지 않다는 걸 깨달았다. 그런 수많은 자잘한 깨달음으로 범벅이 된 피곤한 하루였다.

　나는 걸으면서 점점 더 이 도시가 마음에 들었다. 둥그렇게 마무리 지어진 건물의 모서리, 불쑥불쑥 튀어나와 나를 어리둥절하게 만드는 예닐곱 개 이상의 팔-분기점을 가진 교차점들, 오른쪽으로 걸어가는 초록색 남자의 옆모습을 연신 깜박대던 신호등, 잔뜩 부풀어 오른 보닛 때문에 식빵을 얹고 다니는 것처럼 보이던 노란 택시들, 커다란 벽돌담 뒤에서 작은 잎사귀들을 흔들며 나를 굽어보던 졸참나무들, 광장이라고 부르기도 민망할 만큼 작은 광장들, 그 소박한 광장에서 어김없이 나를 맞아 주었던 붉은색과 연녹색 포석들, 그리고 광장 한쪽 구석에 수줍게 웅크리고 있던 조개껍데기 모양의 작은 분수대, 거기 커다랗고 우묵한 조개껍데기 안에서 잘 섞이지 못하고 실처럼 떠돌던 햇빛이 만든 가는 끈들, 그리고 그 끈들 아래 무겁게 가라앉아 있던 작은 구릿빛 동전들.

그 모든 낯선 것들이 내 마음에 들었다. 어쩌면 그 모든 것들이 단지 낯설기 때문에 내 마음에 들었던 건지도 모르겠다. 어쩌면 그 모든 것들이 단지 내 기억이 백지처럼 하얗게 변해 버렸기 때문에 내 마음에 들었던 건지도 모르겠다.

한데 나는 왜 그 낯선 거리를 온종일 배회했던 걸까?

먼저, 하루 종일 호텔에 처박혀 있으면 의심을 살지 모른다는 생각이 들었다. **그런데 누구한테?** 기억을 잃어버린 나는 유별나게 조심스러웠다. 그래서 밖으로 나와 돌아다니기 시작했고 일단 시작하고 나니 쉽게 멈출 수가 없었다.

한편으로 나는 누군가 나를 알아봐 주는 사람을 만났으면 했다. 호텔 웨이터만으로는 부족했나 보다. 누군가 기억을 어딘가에 놓아두고 걷고 있는 나를 뒤에서 불러 주길 바랐나 보다. 얼빠진 얼굴로 돌아서는 내게 그럭저럭 대화라고 불릴 만한 걸 걸어오길 바랐나 보다.

반대로 나는 나 자신이 알아볼 수 있는 누군가를 길거리에서 우연히 만날 거라고는 기대하지 않았다. 기억을 잃고 이렇게 낯선 곳에 내동댕이쳐진 지 고작 이틀 만에 나는 새로운 나에게 완벽하게 적응했다. 나는 기억을 잃어버린 나를 받아들였다. 나는 나의 기억을 포기했다. 거리 모퉁이마다 우뚝 서 있는 신호등 위에서 늘 똑같은 모습으로 막 걸음을 떼 놓으려던 초록색 남자의 모습마저 알아보지 못하는 자가, 어떻게 다양한 모습으로 길 위를 걸어가는 사람들 중 딱 한 명을 골라 알아볼 수 있다는 말인가.

나는 아무도 알아보지 못할 것이다, 하지만, 그들 중 누군가는 나를 알아볼 수 있을지 모른다. 결국 그게 내 기다란 서성거림의 얼개였다.

오늘 오전의 일이었다. 나는 흐린 날씨와 사람들의 칙칙한 얼굴에 진절머리가 나 있었다. 그러다 L 문구점을 보았다. 거기, L 문구점의 유리창에서는 환한 빛이 쏟아져 나오고 있었다.

L 문구점 안에서 나는 선반에 쌓인 물건들을 꼼꼼히 훑어보았다. 그러다 한구석에서 지도를 발견했다. 나는 그 지도를 알아보았다. 여러 번 접힌 채 내 주머니 속에 들어 있던, 우측 상단 모서리가 칼 같은 예리한 것으로 깨끗이 잘려 나간, 네 개의 붉은 동그라미가 그려져 있던 그 지도 말이다. 틀림없이 똑같은 지도였다. **반가워. 잘 있었니. 우린 구면이지. 나를 알아보겠니?** 비닐로 포장된 여남은 장의 똑같은 지도가 진열장 위에 포개져 있었다. 물론 그것들은 정확히 직각을 이루는 네 개의 완벽한 모서리를 가지고 있었고 붉은 동그라미 따위는 달고 있지도 않았다.

"안녕하세요."

나는 놀라서 고개를 들었다. 그때 내 눈앞에 여자가 한 명 서 있었다. 하얀색 블라우스 위에 붉은색 반팔 원피스를 덧입고 있던 처음 보는 여자. 눈은 가늘고 광대뼈는 약간 튀어나와 있고 턱은 좁아 전체적으로 얼굴 윤곽이 역삼각형이던 여자. 실은 L 문구점의 수많은 여자 점원들 중 한 명일 뿐인, 하지만 나에게 말을 걸었다는 그 이유 때문인지 왠지 특별하게 보이던 그 여자.

"찾으시는 게 있나요?"

나는 문득 가방 속에 들어 있는 지도 역시 언젠가 여기에서 산 게 아닐까 하는 생각을 했다. 그렇다면 그 여자가 나를 알아볼지도 몰랐다. 그랬다. 내가 찾는 것이란, 바로 나를 알아봐 주는 사람이었다.

"이 지도……."

"아 네, 이 지도요? 요즘 굉장히 잘 나가는 거거든요."

아니었다, 내가 바라는 답이 아니었다. 내가 그 역삼각형의 여자 점원에게서 원했던 말은, 이를테면 **손님, 그전에도 똑같은 걸 사 가셨잖아요, 지도 수집이라도 하실 생각인가요?** 같은 거였다.

"지난번에도 이거하고 똑같은 걸 여기서 사 갔는데, 저 기억 안 나세요?"

여자는 가느다란 눈을 잔뜩 부풀리고서는 나를 열심히 쳐다봤다.

"죄송합니다, 손님. 기억을 못하겠네요. 이 지도가 하루에도 수십 개씩은 나가거든요."

"한번 잘 보세요. 보다 보면 기억이 날지도 모르잖아요."

그렇게 말해 놓고는 퍼뜩 그런 생각이 들었다. 이 여자가 나를 알아본다면, 가까스로 나를 기억해 준다면…… **그게 다인가? 나는 내가 진짜로 원하는 게 뭔지 몰랐다.**

만약 그 여자가 나를 알아본다면 나는 그 여자에게 내 현재 처지를, 한낮에 일어났더니 모든 걸 송두리째 잊어버린 내 처지를 구구절절 늘어놓으며 나를 도와달라고 부탁할 수도 있었을 것이다. 아니면 그녀가 나를 알고 있다는 사실을 배반하지 않기 위해서라도 예전의 나인 것처럼──웨이터에게 했던 그대로 말이다──계속 가장할 수도 있었다. 둘 다 가능해 보였다…… 하지만…… 나는 무엇이 옳은 행동인지, 무엇이 내가 바라는 일인지, 갈피를 잡을 수 없었다.

"이 지도, 한 장 주세요."

그 젊은 여자 점원은 약간 고개를 숙이고 눈에 띄게 한숨을 내쉬었다.

"그전에 사신 거라면서요?"

이번에는 따지는 듯한 말투였다.

"예…… 그런데, 한 장 더 필요해서요."

여자는 움직이지 않았다. **알겠니? 도와주기에는 너무 늦은 거야.**

한 5초에서 10초 정도 흘렀을까? 우리 둘은, 끝끝내 서로를 알아보지 못했던 우리 둘은 눈길을 섞지도 않고 침묵의 시간을 경쟁하듯 벌이고 있었다.

"한 장이 더 필요하시다는 거죠?"

어차피 내가 이길 수밖에 없는 줄다리기였다. 우리는 둘 다 서로에게 외계인이나 마찬가지였지만 또 한편으로는 점원과 손님이라는 역할을 수행하고 있었으니. 점원의 저항에는 한계가 있기 마련이다.

"네."

여자의 얼굴은 슬퍼 보였다.

나는 밖으로 나와 근처 버스 정류장으로 걸어갔다. 바람이 세차게 불어와 손에 쥔 지도가 푸드덕거렸다. 버스 정류장 앞에서 괴물의 얼굴이 조각된 네 개의 기둥이 떠받치고 있는 청록색 쓰레기통을 보았다. 나는 바람을 등지고 지도를 감싸고 있던 비닐을 벗겨냈다. 그리고 지도를 찢기 시작했다. 나는 단지 L 문구점에서의 곤란한 상황으로부터 벗어나기 위해 지도를 샀던 것이고 거기에서 벗어나자마자 지도는 더 이상 필요 없게 되었다. 잘게 찢긴 지도의 마지막 조각까지 쓰레기통 속에 던져 놓고 때마침 요란한 소리를 내며 멈춰 선 버스에 올라탔다.

버스 안에서 창문을 활짝 열어 놓고 세차게 불어오는 바람을 얼굴에 맞았다. 내 자신에게 내리는 벌이라는 모호한 생각에 끝내 문을 닫지 못했다.

시간이 너무 늦어졌지만 마지막으로 이 호텔로 돌아오는 길에 있었던 일을 짧게 기록해 둬야겠다. 호텔로 돌아오다 나는 꽃집을 하나 발견했다. 꽃집은 입구가 보도보다 높았고 입구로 향한 계단 양편은 조그만 화분들로 빽빽했다. 꽃이 피어 있는 것도 그렇지 않

26

은 것도 있었는데 대부분 들에서 볼 수 있는 작은 야생초들이었다. 나는 그중 한 놈을 알아보았다. 미모사. 손을 대면 겁을 먹은 듯 움츠러드는 식물.

"그게 미모사예요."

어느새 백발의 아주머니가 입구에 서 있었다. 나는 인사를 하는 둥 마는 둥 그곳을 벗어났다. 그게 다였다.

정리하자면, 우리는 그랬다; 내가 누군지도 모르는 나는 미모사를 알아보았지만 아주머니는 알아보지 못했다. 그리고 아주머니 역시 미모사와는 아는 사이였지만 나를 알아보지는 못했다. 서로를 알아보지 못했던 나와 아주머니 사이에 미모사가 있었다.

그와 비슷하게, 오전에는 서로를 알아보지 못했던 나와 그 점원 사이에 지도가 있었다.

공통점들. 유쾌하지도 않고 유용하지도 않은 공통점들.

4월 1일, 〈조라〉에서 사람들을 관찰하다

이곳은 〈조라(Zora)〉라는 이름의 노천카페다. 여기서는 커피와 술과 간단한 먹을거리들을 판다. 기억은, 서글프게도 메뉴 속에 포함되어 있지 않다. 나는 이 노천카페의 둥그런 탁자 하나를 홀로 차지한 채 지금 일기를 쓰고 있다.

회색 머리의 웨이트리스가 추천한 화려한 금박 레이블이 붙어 있는 맥주는 조금 썼다. 역시 처음 보는 맥주였는데 이름이 당최 발음하기 쉽지 않았다.

한낮에, 노천카페에서, 고풍스러워 보이는 탁자에 앉아, 햇빛에 눈부시게 표백된 종이 위를 뾰족한 볼펜 끝으로 슬슬 긁으며, 조금 쓰기는 하지만 뒷맛이 풍성한 맥주를 홀짝거리는 일은 그런 대로 괜찮았다. 아니 실은 그 이상이었다. 비할 바 없이 멋진 일이었다.

28

어제와 오늘, 그러니까 3월의 마지막 날과 4월의 첫째 날, 나는 나를 가둔 이 도시를, 이 도시를 가둔 지도 속을 여전히 쏘다니다 이 카페를 발견했고, 이틀 연속 같은 자리에 앉아 같은 맥주를 마시고 있다.

시간은 2시 반을 막 넘어가고 있다. 이제 비어 있는 탁자는 보이지 않는다. 사나워 보이는 붉은색 커다란 개를 끌고 온 중절모 차림의 노인이 방금 마지막 탁자를 채웠다. **이제 모두 다 모였군.** 지금 여기, 사람들은 모두 바빠 보인다. 신문을 보거나 전화 통화를 하거나 책을 읽거나 음악을 듣거나 노트북 컴퓨터를 두들겨 대거나. 그렇게 모두들 할 일이 있어 보였다. 그런고로 내가 여기에서 일기를 쓴다 해도 하등 이상하게 보일 이유는 없었다. 나는 바빠 보이는 사람들 속에서 나 자신이 그들과 크게 달라 보이지 않을 거라는 확신에 마음이 푸근해졌다.

가만 생각해 보니 나는 타인들과 나 사이에 자리 잡은 커다란 차이점을 알아볼 수 있는 유일한 사람이라고 해도 좋았다. 그들은 자신의 평생에 대한 온전한 기억을 가지고 있을 터였지만 나는 대략 5일치의 온전한 기억만을 가지고 있었다. 그렇기 때문에 그들은 바빠 보였고 분명 실제로도 바쁠 터였고, 나는 아마 바빠 보이겠지만 바쁘긴커녕 하루하루 해야 할 일들의 목록을 억지로 짜내지 않으면 안 될 그런 처지였다. 하지만 그런 깨달음이 내 기분을 망쳐 놓지는 못했다.

4월 2일, 웨이터가 화를 내다

 사흘 연속 조라를 찾았다. 오늘 역시 이 도시의 구석구석을 두 발과 버스와 지하철로 훑고는 이곳 조라로 돌아왔다. 사실 오늘은 여기 노천카페에서 일기를 쓸 마음이 없었다. 처음에는 그랬다. 이곳에 도착한 게 4시쯤인데 늦은 시간까지 미처 식사를 하지 못했기 때문에 배나 잔뜩 채워야겠다는 생각밖에 없었다.

 그런데 기록해 둘 만한 일이 생겼다. 맥주 두 병과 난을 곁들인 치킨 커리 한 접시를 후딱 해치우고 난 직후였다. 등나무로 된 의자 등받이에 몸을 기대고 느긋하게 주위를 살피다 눈에 익은 얼굴을 발견했다. 의외의 발견에 일순 긴장했는데, 자세히 보니 그는 호텔에서 만났던 웨이터였다. 세상에 태어나 처음으로 대화를 나넜던 바로 그 남자였다. 거리가 그리 가깝지만은 않았던 데다가 내 쪽이 그를 관찰하기 더 좋은 위치에 있었기 때문에 처음 그는 나의 존재를 눈치 채지 못했다.

나 역시, 짙은 푸른색 유니폼과 학원에서 교정 받은 미소를 호텔에 남겨두고 온 웨이터를 제대로 알아보기까지 시간이 좀 걸렸다. 웨이터에서 그 둘을 빼버리자 그는 생판 다른 존재로 변해 버린 듯했다. 말하자면 그는 공손함이란 옷을 벗고 비열함이란 새 옷을 갈아입은 것처럼 보였다. 깃을 세운 밝은 주황색 셔츠와 젤을 발라 꼿꼿이 세운 앞머리 또한 그를 단순한 웨이터가 아니라 차라리 정체가 드러나지 않은 범죄자처럼 보이게끔 했다.

타인이 나의 존재를 눈치 채지 못하는 동안 그를 줄곧 지켜보는 행동에는 금지된 일을 하는 데서 오는 묘한 쾌감 같은 것이 있었다. **이런 게 바로 엿보기의 즐거움이구나.**

마침내 올 것이 왔다. 우연히 그의 눈길이 나에게 닿았다. 나는 당황스러웠지만 눈길을 돌리지 않았다. 잠시 그는 그가 지금 입고 있는 비열함을 그대로 입고 있어야 할지 공손함으로 갈아입어야 할지 망설이는 것처럼 보였다. 잠시 후 입으로 손거스러미를 신경질적으로 뜯어내더니 개구리처럼 자리에서 벌떡 일어나 내 쪽으로 성큼성큼 걸어왔다. **비열함이로군. 비열함을 선택했어.**

"저를 쫓아오신 건가요?"

호텔에 그가 두고 온 목록에 하나 더 추가할 게 생겼다; 듣기 좋은 목소리. 내가 무엇 때문에 그를 쫓아왔다고 생각하는지 궁금했지만 나는 묻지 않기로 했다. 아는 척하기로 했다. 어쩌면 그게 새롭게 주어진 내 삶의 유일한 양식인지도 몰랐다. **모든 새로운 것에 대해 아는 척하는 것.**

"자네 오늘 휴가인가 보군."

"아시다시피 여긴 바깥이에요. 호텔이 아니란 말이죠. 그러니까 제가 하고 싶은 얘길 좀 해야겠어요."

그렇게 듣자고만 마음먹는다면 협박이라고도 할 수 있는 말투였다. 그가 무섭지는 않았다. 무엇에 대해 협박을 하려고 하는지 모른다는 것, 바로 그 상황이 두렵고, 아니, 두렵다기보다는 불쾌했다.

"그러게나."

"난 선생님이 의도하시는 게 도무지 뭔지 모르겠어요."

터져 나오려는 웃음을 감추려 나는 몸을 구부리고 헛기침을 하는 척했다. **의도라고? 가능하다면 나도 그런 걸 한번쯤 가져보고 싶군.**

"궁금한가?"

더 이상 웨이터가 아니었던 그 남자는 허리를 숙이고 자신의 얼굴을 내 얼굴에 바짝 들이댔다.

"궁금하진 않은데 좀 신경이 쓰여서요. 도대체 뭐죠? 이젠 그분이 되고 싶으신 건가요? 아니면 그분이 되기라도 할까 봐 두려운 건가요?"

주둥이를 내 귀에다 바짝 붙이고 마치 노래라도 하는 것처럼 그는 읊조렸다. 나는 그가 무슨 말을 하고 있는 건지 여전히 알아들을 수 없었지만 피부에는 소름이 쫙 끼쳐 왔다.

"오늘 얘긴…… 못 들은 걸로 하지. 다음에는 호텔 안에서만 보자고."

나는 가까스로 입을 떼어 놓을 수 있었다.

"그게 바로 제가 바라는 밥니다. 제발 좀 신경 쓰이지 않게 해 주세요…… 아, 그리고요, 이제 팁 같은 건 주지 마세요. 그냥 하던 대로 하시라고요. 그런다고 선생님이 다른 사람으로 보이기라도 할 것 같으세요?"

하긴, 이미 난 다른 사람이니, 다른 사람으로 보일 필요 따윈 없겠군. 그는 예전의 나와 지금의 나를 여전히 동일한 인물로 여기고 있었다. 팁을 주지 않던 나와 팁을 주는 나와의 차이가 단지 팁을 주느냐 마느냐만이 아닌 다른 결정적인 변화를 숨기고 있다는 사실을 그는 몰랐다.

그는 옷차림이나 그전까지의 말투와는 전혀 어울리지 않는 공손한 인사를 한 번 꾸벅 떨어뜨린 후 돌아서려 했다. 나는 뭔가 한 마디 해야 했다.

"조라는 내 오랜 단골이네. 알아 두게."

신문지를 구긴 것같이 잔뜩 찌푸린 표정과 함께 그가 사라졌다.

머리가 뜨거워져 찬물로 샤워를 하고 왔다. 나는 지금 의식적으로 웨이터가 입에 담았던 '그분'에게서 멀어지려 한다. 그가 씹던 껌 같은 표정을 내 기억의 뒤통수에 딱 붙여 놓고 조라를 떠난 후, 나는 하루 종일 머릿속에서 '그분'이라는 투명인간과 싸워야만 했다. 그분이라……

욕실에서 나오자마자 TV를 켰다. TV를 켜 놓으면 좀 나을까 싶었다. 모든 걸 다 잊은 주제에, '그분'에 대한 걸 다시 한 번 잊고 싶었다. 침대에 누워 팔꿈치를 괴고 리모컨의 채널을 이리저리 바꾸며 심야 영화들을 눈으로만 잠깐잠깐 좇다가 방금 전 한 채널에 닻을 내렸다.

가죽점퍼 차림의 남자가 총신이 기다란 권총을 들고 나무 바닥의 복도를 지나 밝은 방으로 후다닥 뛰어들더니 무릎을 구부리면서 총을 겨눴는데…… 방 안에는 10개 남짓 의자가 권총을 든 남자를 등지는 방향으로 놓여 있었고…… 거기까지는 별로 특별할 것도 없었는데…… 빈 의자 하나 없이 의자들을 꽉 채운, 총을 든 남자에게서 죄 등을 돌린 사람들의 어깨 위에는, 분명 머리가 있어야 할 그 자리에는, 엉뚱하게도 머리 대신 커다란 수박들이 올려져 있었고…… 총을 든 남자가 울부짖으며, 마치 애인이나 가족이라도 죽은 것처럼 소리를 지르며 총을 쏘기 시작하자 수박들이 공중으로 펑펑 터져 나가기 시작했다. 일정한 모양 없이 부서져 나간 붉은 수박 속이 바닥에 차례차례 푸드덕푸드덕 느린 화면으로 떨어지고 있었다. 일기 쓰기는 이쯤에서 집어치우고 본격적으로 영화나 보기로 한다.

4월 3일, 붉은 동그라미의 의미를 이해하다

아침에 일어나자마자 후딱 샤워를 마치고 옷을 꿰입고 식당에 다녀왔다. 평소보다는 조금 늦은 시간이었다. 어제 밤늦게까지 TV 에서 시시한 심야 영화를 보느라 늦잠을 자 버렸다.

없었다. 놈이 없었다. 평소보다는 30분 정도 늦게 식당에 도착하기는 했지만 꼭 그게 이유만은 아닌 듯했다. 처음 보는 웨이터에게 그전에 일하던 웨이터는 어딜 갔느냐고 물어보려다 그만뒀다. 나중에 책잡힐 일이 될지도 몰랐다. 놈이 어디선가 숨어서 나를 지켜보고 있을지도 모른다는 생각을 하니 그나마 있던 밥맛도 싹 달아났다.

김이 빠지고 말았다. 어떻게 놈에게 치명적인 일격을 안겨 '그분'에 대해 알아낼지 잔뜩 이리저리 머리를 굴리며 신경을 곤두세웠는데, 막상 아무 일도 일어나지 않았다. 놈이 사라진 거다. **개새끼.**

그렇게 쓸데없는 긴장이 풀리자 이번에는 아무것도 하지 않겠다는 유치한 반항심 같은 게 솟아났다. 오늘은 호텔 밖에 한 발짝도 내놓지 않겠다는 어이없는 결심이 뒤따랐다. 멋진 생각 같았다. 단숨에 침대에서 일어나 '방해하지 마시오'라고 쓰인 종이 걸개를 문고리에 걸고 식당으로 갈 때 챙겨 입었던 외출복을 벗어 던져 놓고 침대에 누워 리모컨으로 TV를 켰다.

잠시 중년 여성 두 명이 괴상하게 생긴 요리 기구의 장점을 서로 주거니 받거니 하는 홈쇼핑을 지켜보다 다시 안경을 낀 젊은 남자가 홀로 진행하는 뉴스를 한 귀로 흘려들었다. 낮에 TV를 보는 게 저녁에 TV를 보는 것보다 훨씬 더 따분한 일이라는 걸 깨닫는 데 그리 오랜 시간이 걸리지 않았다. 일기를 쓰면서 TV를 본다 해도 마찬가지였다.

방금 잠에서 깼다. 반짝이는 금속 질감의 옷을 입은 여자 하나가 TV 화면 위에서 깜박대며 소리를 질러 대고 있었다. 머리가 아팠다. 오후 5시였다.

일어나자마자 언뜻 든 생각을 적기로 한다. 나는 자주, 내가 자는 동안 누군가 몰래 내 머릿속 우편함에 익명의 편지를 집어넣고 가는 게 아닐까 하는 엉뚱한 생각을 할 때가 있다. 그만큼 일어나자마자 드는 생각들은 내게서 나온 것 같지 않게 엉뚱하다. 그 생각이란 이런 거다; 나는 정원사나 식물학자였을지도 모르겠다. 그렇지 않고서야 졸참나무나 미모사 같은 흔치 않은 식물들의 이름

을 어찌 그처럼 단박에 알아챈단 말인가! 정원사나 식물학자. 그리 나쁘지 않았다.

하지만 설명이 되지 않는 부분은, 그래서 내 모든 불안이 시작되는 부분은 바로 그 네 장의 신분증명서다. 식물학자나 정원사에게 필요한 것은 네 자루의 모종삽이나 네 그루의 묘목 혹은 네 권의 식물도감이지 네 장의 신분증명서는 절대 아니다.

퍼뜩 그럴싸한 아니 불길한 생각이 떠올라 펜을 내려놓고 네 장의 신분증명서와 지도를 가져와 침대 위에 급히 펼쳤다. 예상대로였다! 네 장의 신분증명서에 적힌 주소지와 지도 위 붉은 동그라미가 쳐진 부분은 일치했다. 머리털이 곤두서는 느낌이었다.

나는 매 순간 수많은 것들을 새롭게 알아내야 했다. 때때로 그것들이 이렇게 나를 섬뜩하게 만들었다. 지도 위의 붉은 동그라미 네 개 그리고 네 장의 신분증명서 주인들의 주소지. **이런 밑도 끝도 없는 일치가 내 신경을 얼마나 긁어대는지.** 모두 버려야겠다는 생각이 들었다.

4월 4일, 도서관에서 죽은 남자 때문에 비난을 받다

끔찍한 하루였다. 어제 일기의 말미에 썼던 말, '나는 매 순간 수많은 것들을 새롭게 알아내야 했다. 때때로 그것들이 이렇게 나를 섬뜩하게 만들었다.'는 과거에 대한 기록이 아니라 그때는 아직 오지 않은, 하지만 이제는 이미 와 버린, 미래에 대한 예언이었다. 그 '섬뜩하게 만든 것'을 생각하니 아직도 심장이 쿵쾅댄다. 호텔 식당에서 평소의 곱절은 될 만한 양의 맥주를 마셨는데도 심장의 불규칙하고 비정상적인 펌프질은 가시지를 않는다. 나는 이 일기장 어느 한구석에 '가슴이란…… 하나의 펌프지'라는 말을 썼던 것 같은데 지금은 그냥 펌프가 아니라 고장 난 펌프다.

아, 그리고 방금 전 식당에서 웨이터를 다시 만났다. 〈조라〉에서 딱따구리처럼 머리를 세우고 어울리지 않는 주황색 셔츠를 입고 내가 알아들을 수 없는 말을 내가 알아듣지 못한다는 사실도 깨닫지 못하고 예의 없이 지껄여 대던 바로 그놈. 어제 아침부터 오늘 아침까지 줄곧 자리를 비웠던 놈이 오늘 저녁에야 비로소 기가 막힌 타이밍에 식당에 다시 나타난 것이었다.

이 펌프질을 가라앉히지 않고는 오늘 있었던 일을 이 일기장에 적는 일도, TV를 켜고 심야 영화에 빠지는 일도, 베개를 뒤집어쓰고 잠 속으로 다이빙하는 일도 모두 불가능할 것 같다. 왠지 술을 먹으면 좀 진정이 될 성도 싶다. 하지만 룸서비스로 술을 시키자니 그 웨이터 놈이 술병을 들고 올라올 것 같아 영 탐탁지 않다. 놈과 나 그렇게 둘만이 남겨지면, 놈이든 나든 무슨 일을 저지를지 모르겠다. **나든 놈이든, 믿을 수 없긴 마찬가지.** 호텔 근처 편의점이 떠올랐다. 좀 멀지만 거기까지 걸어가서 술을 사 오기로 했다.

돌아왔다. 돌아와서 위스키를 급히 입에 부어 넣었다. 한밤의 산책 때문이든 짧은 시간 동안 들이부은 위스키 때문이든 부슬부슬 내리던 비 때문이든 펌프질은 많이 가라앉았다. 가슴은 이제 하나의 펌프로 돌아왔다.

실은 호텔을 나서기 전 회전문 앞에서 문제의 웨이터 그놈을 다시 만났다.

"밖에 비가 오는데 우산을 들고 가시지요."

그렇게 말하면서 놈이 기다란 검정색 우산을 내밀었다. 길쭉한 원통형 플라스틱 손잡이에는 '키브라'라고 적혀 있었다. 아무 일도 없었다는 듯 순진한 얼굴이었다. 나는 **됐네,**라며 짧게 거절했다. 그래서 비를 맞게 되었다. 쏟아 붓는 정도는 아니었고 간간이 추적추적 뿌리는 정도였는데 그래도 한 십 분 넘게 걷다 보니 온몸이 축축이 젖어 버렸다. 자, 이제 준비는 되었다. 오늘 오전부터 오후까지 있었던, 그 '섬뜩한 일들'을 적기로 한다.

오늘 아침에는 무슨 일이 있었던가? 초점이 맞지 않은 사진처럼 기억의 상(像)은 희미하다. 그래, 식당에 갔었다. 그땐 아직 놈이 없었고, 하지만 어제와 달리 나는 더 이상 실망하지 않았고, 대신 느릿느릿 아침을 먹었다. 차가운 치즈를 오래오래 입에서 씹으며 오늘은 집에서 뒹굴뒹굴하지 않고 밖으로 나가야겠다고 마음먹었다. **식물학자에겐 광합성이 필요한 법이지.** 그런 가벼운 기분으로 말이다.

이름을 알 수 없는 과일을 포크로 뒤적이다 어제 발견했던 중대한 사실, 그러니까 지도 위에 표시된 붉은 동그라미가 내가 가지고 있던 신분증명서 주인들의 주소지와 일치한다는 사실에 대해서도 생각해 보았다. 하지만 오늘 아침에는 왠지 그 모든 게 심각하게 여겨지지 않았다. 나는 식물학자일 수도 있고, 지도 제작자일 수도 있고, 탐정일 수도 있고, 성직자일 수도 있고, 야구 선수일 수도 있고, 어부일 수도 있고, 신분증명서 위조범일 수도 있었다. 요컨대, 나는 뭐든지 될 수 있었다. 중요한 건, 내가 무엇이든 간에 놀라서는 안 된다는 점이었다. 그걸로 충분했다. 지도 위 붉은 동그라미의 위치 따위는 정말 지엽적인 사실에 불과했다.

도서관이라면 어떨까? 물로 입을 헹구다 밑도 끝도 없이 그런 생각이 들었다. 혀끝에서 떠오르는 생소한 말들. **도서관이라니.** 하지만 안 될 것도 없었다. 하긴 요 며칠을 돌이켜 보면 오직 즉흥적인 결정들만이 내 마음을 움직였다. 거기서 뭘 해야겠다는 생각은 처음에는 없었다.

그렇게 이제 여남은 날 정도의 기억만 가지고 있는 나는 풋내기답게 앞뒤 재지 않고 용감하게 포크와 수저와 음식물 얼룩이 남은 냅킨을 식탁 위에 내려놓고 프런트로 달려가서는 무작정 호텔에서 가장 가까운 도서관이 어딘지 물어보았다. 프런트에 서 있던 여자 하나가 군소리 하나 없이 벽 뒤에서 지도를 가져 나오더니 지도 위에 위치를 표시해 주었다. 그곳은 키브라로부터 정남향에 있는, 지하철역으로 한 세 정거장 정도 떨어진 곳이었다.

그리고 방에 들러 외출용 가방을 낚아챈 다음 도서관으로 향했다. 우선 신문들을 보관하고 있을 정기간행물실에 들를 작정이었다. 거기서 TV 프로그램 편성표를 찾아 그제 저녁에 보았던 영화의 이름을 확인할 생각이었다. **이름이야말로 모든 것의 참된 시작이니까.** 하긴 그 논리를 따르자면, 나는 시작이 없는 혹은 참되지 못한 존재가 되고 만다. 아아, 제발 이런 객설 따위는 집어치우자. 언제 다시 알코올은 모조리 증발되고 펌프는 삐그덕거릴지 모른다.

도서관은 개가식으로 보였지만 책꽂이가 늘어서 있는 실내로 들어서기 위해서는 지하철 개찰구처럼 생긴 곳을 통과해야 했다.

약간 떨어져서 다른 사람들이 하는 양을 지켜보니 죄 푸른색 플라스틱 카드를 넓적한 판에 갖다 대는 게 아닌가. 그러자 덜커덩 소리가 나면서 시야를 가로막던 밤색 플라스틱 판이 사라지고 책들을 향한 길이 열렸다. **열려라 참깨.** 출입구 바로 옆 안내판에는

저희 도서관을 처음 찾으시는 분은 1층 서문 출입증 교부소에서 소정의 절차에 따라 출입증을 제작-교부 받으신 후 출입하시기 바랍니다.

교부 예상 시간: 30분

라고 쓰인 게시판이 있었다. 30분 정도야 우스웠다. 낭비할 시간이라면 충분했으니까.

거기서 그 일이 일어났다. 서문 출입증 교부소에는 검붉은 토시를 양팔에 낀 늙은 남자 하나가 무료한 얼굴로 앉아 있었다. 나를 보자 반가운 표정을 감추지 못했다.

"여기, 여기만 채워 주면 돼요."

늙은 남자가 내민 종이에는 주소와 이름과 이메일 주소를 적어 넣는 공란이 있었다. 나는 어떻게 해야 할지 잠시 망설였다.

"30분 안 걸려요. 10분이면 되니까 온 김에 해요."

남자는 나를 보며 찡긋 웃어 보이기까지 했다. 나를 안심시키고 싶은 얼굴이었다. 나는 별다른 저항 없이 곰곰이 생각지도 않고 내가 가지고 있던 네 장의 신분증명서 중 제일 앞에 있던 남자의 이름과 주소를 반듯한 글씨로 적어 넣었다. 놀랍게도 어느새 나는 그

런 것들을 외고 있었다. 전화번호와 이메일 주소는 아무 번호나 지어 넣었다.

"신분증명서도 주세요."

다시 나는 곰곰이 생각지도 않고 외출용 가방 속에 들어 있던 네 장의 신분증명서 중 제일 앞에 있던 남자의 신분증명서를 건넸다. 다행히 남자는 나와 얼추 비슷한 또래였다. 늙은 남자는 자세히 뜯어보는 기색도 없이 내가 아무렇게나 적어 낸 종이와 어떤 경로로 내 손에 들어온 건지 짐작도 가지 않는 남자의 신분증명서와 컴퓨터 자판을 번갈아 바라보며 자판 위 모음과 자음을 콕콕 찍어 대고 있었다. 타이핑 속도가 그런 일을 하기에는 너무 느린 것 같다는, 그런 한가한 생각을 나는 하고 있었다.

갑자기 그가 놀랐다는 듯 몸을 모니터에서 물리며 한숨을 내쉬었다. 그러더니 나를 향해 그 거짓으로 만들어진 종이와, 아마도 거짓으로 만들어진 것은 아닐 테지만 하여간 거짓된 주인의 손에 떨어진 신분증명서를 내게 다시 내놓았다.

"당신 언제 죽었어?"

"네?"

"얘가 그러는데, 당신 죽은 사람이라고. 그거는 알고 온 거야?"

느닷없이 반말이었다. 검붉은 토시가 눈앞에서 마구 흔들렸다. 늙은 남자는 그 첫 번째 신분증명서를 쥐고 내 눈앞에서 흔들고 있었다. **내가 죽었다니.** 아니었다. 내가 죽은 건 아니었다. **죽은 건 내가 아니에요,**라고 큰 소리로 꾸짖고 싶었다. **타이핑도 너무 늦잖아**

요, 그리고 그 냄새 나는 촌스러운 토씨 따위는 벗어 버려요,라고도 소리치고 싶었다. 그러나 그렇게 하지 못했다. 나는 잽싸게 그의 손에서 펄럭거리고 있던 신분증명서를 낚아챘다. 그리고 뒤돌아 달렸다. 뭐야, 왜 죽은 사람의 신분증명서를 가지고 있는 거지, 난? 도대체 뭐하는 놈이었니, 넌?

그러고는 하루 종일 무서웠다. 마치 시체의 일부를 가방 속에 넣고 다니는 것처럼 하루 종일 나는 무서웠다. 신분증명서는 신분증명서일 뿐이다, 처음부터 살아 있지 않았고 그러니까 죽을 수도 없다, 그렇게 몇 번이고 되뇌었지만 그래도 무서웠다. 위스키에 많이 희석되기는 했지만……

고약한 질문 하나가 슬그머니 떠오른다. 네 명 모두 죽었을까? 아니면 첫 번째 놈, 그 한 놈만 죽은 걸까?

4월 5일, 플래티넘 고객에게는 많은 혜택이 주어진다

아침에 일어났더니 눈앞에 빈 술병이 놓여 있었다. 확실히 기억을 송두리째 잃거나 유명해지는 것만큼 나쁜 일은 아니었다. 하지만 머리는 아팠다.

세수를 하고 소파에 앉아 요 며칠간 있었던 일을 잠자코 되짚어 보기로 했다. 주황색 셔츠를 입은 웨이터를 바깥에서 만난 일, 신분증명서 위의 주소들과 지도 위의 동그라미가 일치한다는 걸 발견한 일, 그리고 첫 번째 신분증명서 속 남자가 이미 죽은 사람이라는 걸 알게 된 일. 하지만 그런 사건들이 거듭……

일기를 쓰고 있었는데 전화가 오는 바람에 갑작스레 멈춰야 했다. 지금이 3시경이니까, 전화를 받고 대략 한 네 시간 정도 바깥에

나갔다 온 셈이다. 방 안에서 술 냄새가 나는 것 같아 창문을 활짝 열고 환기를 했다.

전화를 건 사람은 호텔 지배인이라고 했다. 아주 깍듯한 말투였다. 휴일이라 아직 방에 계실 것 같아서 실례를 무릅쓰고 전화를 걸었다면서 선약이 없으시면 시내에 있는 레스토랑에서 점심을 대접하고 싶다고 했다. 나는 좋다고 했다. 언제가 괜찮겠냐고 해서, 아무 때나 아니 지금 당장이 좋겠다고 했다. 무리한 요구를 해서 상대방의 반응을 떠보려는 마음도 있었는데 지배인이라는 사람은 그럼 10분 안에 호텔 입구에 차를 준비시켜 놓겠다며 오히려 갑작스러운 부탁에 응해 주셔서 감사하다고 말하는 게 아닌가. 그렇게 말했던 것을 후회하면서 나는 서둘러 외출 채비를 했었다.

리무진 안에서 우리는 마주 보고 앉았다. 뭐 당연한 이야기지만 처음 보는 얼굴이었다. 전화를 받을 때만 해도 그다지 나이가 많이 들었을 거라고는 생각지 않았는데 이건 거의 호호 할아버지 수준이었다. 잘 정돈된 흰머리에 북슬북슬한 흰 수염, 축 늘어진 눈꺼풀을 가둔 반짝거리는 금테 안경, 그리고 말갛고 쭈글쭈글한 팔목을 덮고 있는 이름이 금실로 수놓아진 와이셔츠 소매까지, 그야말로 부잣집 할아버지라는 곤충을 포르말린에 절여 표본이라도 만들어 놓은 것 같은 모습이었다. 나는 그와 대화를 나누다 보면 이제는 완전히 실종된 듯 보이는, 기억을 잃기 전 나에 대해 조금은 단서가 생기지 않을까 기대했다.

"실은, 저희 계약과 관련해서 괜찮은 오퍼가 있어서, 이렇게 자리를 마련했습니다."

여기서부터가 진짜라는 듯 주먹을 흰 수염 위에 가볍게 붙이고 몇 번 헛기침을 하더니 지배인이 입을 뗐다.

"계약이라면……."

'모든 새로운 것에 대해 아는 척하기' 종목에 출전한다면 올림픽 금메달리스트라도 될 수 있지 않을까, 하는 생각이 들었다.

"자잘한 일이라 기억 못하실지 모르겠지만, 이번 달 말로 계약이 만료되지 않습니까?"

"숙박비 말인가요?"

나는 한번 과감하게 넘겨짚어 보았다.

"예, 그렇습니다. 3개월 단위로 해 오지 않으셨습니까? 이번에 혹시 저희에게 한 번 더 기회를 주실 생각이신지 궁금해서요. 이번에 저희가 장기 투숙을 하고 계신 플래티넘 고객을 대상으로 기존의 계약보다 대략 10% 정도가 낮춰진 가격의 새로운 장기 계약 프로그램을 마련했습니다."

빙고. 플래티넘 고객이라, 내 새로운 이름으로 딱인데 그래.

"실은 이 프로그램의 적용을 받는 고객은 우리나라에 들어와 있는 전체 체인을 통틀어도 열 분 남짓밖에 안 된다고 들었습니다. 그만큼 선생님이 저희에게 중요한 고객이라는 거죠. 자세한 건 서류로 알려드리겠습니다만, 지난번에 오픈하신 멤버십 카드로 결제하실 경우 새로운 마일리지가 적용될……."

나는 갑자기 흥미를 잃었다. 지배인의 입은 쉴 새 없이 움직이고 있었지만 나는 듣는 둥 마는 둥 하고 있었다. 무성영화에서처럼 그는 움직이며 말하고 있었지만, 소리들은 그물코에 걸리지 않고 바람처럼 숭숭 빠져나갔다.

"좋아요, 그렇게 하죠. 마음에 들었어요."

한참 만에 그의 말허리를 똑 분지르고 나는 말했다. 나, 그러니까 플래티넘 고객은 그런 식으로 듣고 싶지 않은 말을 중간에 끊을 권리가, 아니 권능이 있었다. **하지만 그 권능을 인정하지 않은 놈도 있잖아?**

"그런데 그 웨이터 말이죠. 식당에서 서빙을 하는……."

"아, 예 무슨 불만 사항이라도……."

내가 고개라도 까닥하거나 미간이라도 한번 찌푸린다면 이 할아버지는 달리는 차에서 벌떡 일어나 차문 밖으로 공중 삼회전 몸 비틀어 돌기 후 찻길에 완벽한 착지를 하고는 우리가 달려온 길을 거슬러 호텔로 달려가 달팽이 통조림 뚜껑을 따고 있는 놈의 멱살이라도 거머쥐고 흔들겠다는 기세였다.

"아니요, 불만은. 제법 똑똑한 친구던데요…… 그런 건 아니고…… 그 친구 고향이 어디죠?"

어설픈 수습이었지만 지배인은 한시름 놓는다는 표정이었다. 그리고 어딘가에서 우리는 밥을 먹었다, 아주 비싼 밥을, 어쩌면 내가 이 지경이 된 후 밖에서 먹었던 모든 밥들에 지불한 값을 전부 합친 것보다 더 비싼 밥을. 맛이 있었는지 없었는지는 모르겠다.

지배인은 밥을 먹는 동안 음식에 대한 몇 가지 논평 외에는 별다른 말이 없었다. 마치 밥을 먹는 동안에 말을 한다는 건, 그것도 이렇게 비싼 밥을 먹으면서 말을 한다는 건 치명적인 무례라도 된다는 듯이 말이다. 어쨌건 마지막에는 할아버지가 자신의 머리색을 꼭 닮은 하얀색 크레디트카드를 웨이트리스에게 내밀었다. 그걸로 좋았다. 보기에 좋았다.

　여기까지가 비 오는 오후의 느닷없던 짤막한 외출이었다.
　언급할 만한 일이 더 있다. 실은 깜짝 놀랄 만한 일이 있다. 다행히 이번에는 섬뜩하지 않은 그런 일로 말이다. 나는 두 가지 새로운 사실을 알게 되었다. 나는 어마어마하게 많은, 평범한 식물학자라면 절대 소유할 수 없을 액수의 현금을 호텔 금고에 맡겨 놓고 있었다. 그리고 호텔 주차장 특별 고객 전용 구역에는 내 차가 있었다. 24시간 관리를 책임지는 직원도 따로 있다고 했다. 열쇠는 프런트에서 보관하고 있다고 했다. 나는 벨 보이와 함께 주차장으로 내려가 내 차를 보았다. 나는 차에 대해 하고 싶은 이야기가 있다고 거짓말을 했다가, 그가 내 차를 짚어주자 딱 잘라 됐다고 말하며 올려 보냈다. 나는 시종 플래티넘 고객답게 행동하려고 노력했다. 내 차 역시 내 신분에 혹은 돈에 걸맞게 충분히 비싸 보이는 차였다. 하지만 나는 내가 차를 운전할 수 있는지 자신이 없었다.

　팔이 아파서 잠시 쉬었다. 더 이상 쓰다가는 깁스를 해야 할지도 모르겠다. 조금만 더 쓰고 나가기로 한다. 방금 전 나는 네 개의 신분증명서를 더 조사해 보기로 작정했다. 어제인가 그제인가 떠올렸던 질문, **모두 죽은 걸까?**에 대한 해답을 내 손으로 캐내 보기로 했다. 어쩌면 나는 아주 무서운 답을 얻을지도 모른다. 독한 술이 다시 필요할지도 모르겠다.

4월 7일, 자전거를 타고 달아나다

새벽에 잠을 깼다. 자리에서 일어나기에는 이른 시간이었다. 좀 더 자려 했는데 잘 되지 않아 일기장에 손을 뻗고 말았다.

어제는 일기를 쓰지 않았다. 그러니까 내가 돈 걱정할 필요가 없는 처지의 사람이란 걸 처음 안 날이 그저께가 되는 셈이다. 그렇지만 그 후로 딱히 그것 때문에 바뀐 건 별로 없었다. 보통이라면 돈은 자유-시간을 사는 데 사용되겠지만, 나의 경우에는 '아침에 일어났더니' 어디에 어떻게 써야 할지 모를 거위 깃털처럼 가볍고 많은 자유-시간에 둘러싸여 있다는 걸 발견했으니까.

그저께 오후에 있었던 일부터 시작한다. 그저께 오후 나는 신분증명서의 주인들이 과연 살아 있는 자인지 이미 명부(冥府)에 이름을 등재한 자인지 확인하기로 했었다. 그끄저께 정오 도서관에서 만났던, 토시를 끼고 있던 늙은 남자는 첫 번째 남자가 죽었다고 친절히 확인해 줬었다. 이번에는 그 늙은 남자의 도움 없이 신분증명서의 순서에 따라 두 번째 여자, 세 번째 여자, 그리고 네 번째 남자의 생사를 확인해야 했다.

나는 호텔 키브라에서 되도록 멀리 떨어진 PC방을 찾기로 했다.

그저께 오후, 나는 아무런 목적지도 정하지 않은 채 밖으로 나가 지하철을 탔다. 승객들이 그다지 많지 않았기 때문에 나는 모서리가 삼각형으로 잘려 나간 지도를 펴고 내가 움직이고 있는 동선을 눈으로 좇곤 했다. 그러다 갑자기 중요한 약속이 퍼뜩 떠오른 사람처럼 자리에서 벌떡 일어나 아무 역에서나 내려 다른 열차로 옮겨 타고 다시 좀 더 덜컹대다 또다시 무작정 바깥으로 나가 거리에 쏟아지는 햇볕을 남들처럼 복용했다. 그렇게 나는 여행의 마지막 즈음 지도의 남쪽 끝에 위치한 어느 한적한 역에 도착했다. 계획대로 호텔에서 꽤 떨어진 곳이었다.

퀴퀴한 냄새가 풍기는 좁고 가파른 계단을 올라 나는 어둡고 지저분해 보이는 PC방에 다다랐다. 내 계획은 이런 것이었다. PC방에서 아무 사이트에나 들어가 네 장의 신분증명서에 있는 정보를 토대로 회원 가입을 시도한다. 만약 유효하지 않은 정보라며 가입을 거부당한다면 신분증명서의 주인이 죽었다는 뜻으로 받아들인다. 신분증명서 주인이 이미 그 사이트에 가입을 했다거나 이민이

나 그 밖의 이유로 국적이 변경되었다든가 신분증명서 자체가 위조라든가 뭐 다른 수많은 가능성들이 존재했지만 그땐 그런 것들이 머리에 들어오지 않았다. 지금 이 일기를 쓰는 순간에도 그런 가능성들이란 여전히 내게는 일어날 수도 있었지만 일어나지 않은 가능성일 뿐이다. 말하자면 나는 그런 가능성들에도 불구하고 내가 얻은 결론이 유효하다고 굳게 믿는다.

그 불결한 PC방에서 얻은 결론을 간단하게 요약하자면 이렇다.

첫 번째 남자와 두 번째 여자는 죽었고,
세 번째 여자와 네 번째 남자는 살아 있다.

그다지 나쁜 결과는 아닌걸. 50 대 50이잖아. 두 명은 죽고 두 명은 살아남았고. 서로 다른 세 개의 사이트에서 그 네 명의 회원 가입을 시도했고 모두 동일한 메시지를 받아냈다. 첫 번째 쌍은 유효하지 않은 개인 정보입니다, 두 번째 쌍은 축하합니다, 회원 가입이 성공적으로 이루어졌습니다. 그저께 저녁 늦게 혹은 어제 이른 새벽 나는 그 가난한 PC방에서 아직 생존해 있는 한 쌍의 남녀를, 그들의 의사와는 무관하게 서로 다른 세 개의 사이트에 가입시킨 후 아늑한 나의 호텔 방으로 택시를 타고 돌아왔다.

두 명은 죽고 두 명은 살아남았다. 점점 더 내게는 많은 양의 정보가 축적되고 있었지만 마찬가지로 모르는 것 역시 점점 더 자주 발굴되곤 했다. 그 모르는 것들이 나를 자꾸 불안하게 만들었다. **언**

젠가는 거기에 도달할 수 있을까, 모르는 것들과 불안들이 모두 도굴 당한 그곳에?

어제는 밖으로 나가지 않았다. 하루 종일 밖에는 거세게 비가 내렸다. 처음 보는 폭력적인 비었다. 저녁까지 물 이외에는 아무것도 먹지 않고 TV 영화만 줄창 보았다. 나는 내게 주어진 자유를 시시한 곳에 소비했고 그동안 누구도 나를 방해하지 않았다. 수박 머리 괴물들과 권총을 든 키다리 배우가 나오는 영화는 다시 방영되지 않았다. 저녁이 다가오자 배가 고파 도저히 참을 수가 없어 식당으로 내려갔다.

유니폼을 입은 웨이터를 다시 보니 불쾌해졌다. 불쾌함은 불쾌함이되 그 이유가 깔끔하게 설명되지 않는, 조금만 내버려 두면 쉽사리 근거 없는 자책감으로 변질되기 십상인 그런 불쾌함이었다. 나는 자책감을 지워버리려면 타인을 공격해야 한다는 걸 본능적으로 알고 있었다. 그래서 과일을 덜고 있는 웨이터를 쳐다도 보지 않고 물었다.

"그분은 잘 있는가?"

접시를 떨어뜨리거나 외마디 소리를 지르거나 잡고 있던 과일을 놓치거나 하는 일은 없었다. 그리 물러 빠진 놈이 아니었다.

"네?…… 무슨 말씀이신지…….."

"당연히…… 당연히 모른다고 하겠지. 자네의 잘난 '그분'이 자네가 지금 입고 있는 그 유니폼보다 훨씬 더 중요할 테니까."

나는 내내 날렵하게 생긴 나이프에 의해 분열되고 있던 망고 조각들을 뚫어지게 바라보고 있었다.

"죄송하지만, 선생님 말씀을 제가 잘 알아듣지……."

니 그 재수 없는 주황색 셔츠에게에게나 물어보는 게 어때? 나는 벌떡 일어났다. 화가 난 건 아니었다.

"지배인에게 전해 주게. 망고가 아주 좋았다고."

나는 접시에 담긴 손도 대지 않은 망고들에게 눈길을 한번 주고는 자리를 떠났다.

낯이 화끈댈 만큼 유치한 행동이었다. 하지만 어제의 나는 그런 수를 두었고, 오늘의 나는 그 수를 물릴 수가 없다. 오늘은 비가 그쳤다. 빨갛게 빛나기는 하지만 아직은 맨눈으로 볼 수 있는 아침 해가 서편 고급 주택가가 위치한 언덕 쪽으로 막 고개를 내밀었다.

어제 불을 끄고 TV를 끄고 눈꺼풀을 끄고 자리에 누워 잠이 들기 직전에 가졌던 몽롱한 결심이 떠올랐다; 도서관에 다시 가자. 도서관에 다시 가서 지난번에는 고약한 소동 때문에 찾지 못했던 영화에 대한 정보를 찾자.

좋아, 그렇게 하지. 오늘의 내가 어제의 내게 대답했다.

도서관에 다녀왔다. 이번에는 호텔에서 좀 더 멀리 떨어진 도서관이었다. 나는 중앙에 회전계단이 있는 도서관에서 살아 있는 것으로 확인된 네 번째 남자의 신분증명서를 이용해 출입증을 교부 받고 자료실을 뒤져 그 수박 머리 괴물들과 기다란 총신을 가진 총을 든 남자가 나오는 영화의 제목을 마침내 알아냈다. 「치료사(Le Thérapeute)」. 그것만으로는 아무것도 알 수 없는 제목. 그리고 소파에 앉아 잡지 서너 권을 뒤적였다.

그렇게 거의 기록할 가치가 없는 일들이 순식간에 내 곁을 스쳐 갔다.

기록할 만한 일은 도서관에서 돌아오는 길에 비로소 일어났다. 생각해 보니 그건 내가 언젠가 바랐던 일이었다. 예전에 나는 누가 나를 알아봐 주길 원했다. 길가에서 누가 내 어깨를 툭 치며 이렇게 말하는 광경을 상상했었다: **이봐 자네, 도대체 왜 이렇게 연락이 안 됐던 거야?** 헌데 오늘 내게 일어난 일은 조금 달랐다. 누가 나를 알아봤다. 그리고 나를 알아본 그 누구가 나를 따라왔다. 허지만 어깨를 툭 치기는커녕 그는 내가 눈치 채지 못하도록 조용히 몰래 따라왔다. 그랬다, 나는 미지의 인간으로부터 미행을 당하고 있었다. 말하자면 나는 누구인가로부터 추적이나 미행을 당할 만한 가치가 있는 사람이란 말이었다. 아니, 정직하게 말하자. 내가 아니라 '예전의 나'일 거다, 내게 뭔가 가치라는 게 있었다면 말이다.

도서관에서 나와 나는 다시 이 도시의 지하철들을 회유(回遊)했다. 여러 가지 다른 색깔의 노선들을 기분 내키는 대로 아무런 규칙도 없이 갈아탔다. 단지 시간을 흘려보내기 위해 나는 그런 장난을 치고 있었다. 그러다 한 남자가 눈에 띄었다. 늘 내게서 멀찌감치 떨어져 있던 그 남자의 인상을 정확히 묘사하기란 쉽지 않지만 대충 말하자면 그 영화 「치료사」에 나온 키다리 배우를 닮았다. 키가 컸고 얼굴이 거무잡잡했고 선글라스를 꼈다. 총은 손에 들고 있지 않았지만 점퍼 안에 숨기고 있지 말라는 법도 없었다.

그 남자는 내 눈에 띄지 않으려 노력했지만 나는 어느새 그의 추적을 알아챘다. 그게 그의 잘못만은 아닐 거다. 나는 기억을 잃어버린 후 남들보다 더 잘 볼 수 있게 되었다. 이 도시를 돌아다니다가 나는 그런 깨달음을 얻었다. 남들은 나만큼 자신을 둘러싼 모든 것을 잘 볼 수 없다. 아마도 기억이 어떤 식으로든 그들의 '봄[視]'을 방해하나 보다.

기억할 수 없으므로 더 잘 볼 수 있었던 나는, 세 번째인가 네 번째로 갈아타는 지하철에서 그 남자를 문득 세 번인가 네 번인가 되풀이해서 보았다는 사실을 깨달았고, 그러자마자 그 남자가 나를 미행하고 있다는 사실을 알아챘다. **경찰일까?** 내 손에서는 진즉부터 지독한 범죄의 냄새가 나고 있었다. 나는 도망쳐야 할지 그에게 자수를 해야 할지 종잡을 수 없었다. **하지만 내가 기억하지 못하는 죄까지 그가 사해 줄 수 있을까?**

나는 결정을 내리지 못한 채 갈팡질팡하면서 다시 객차를 내렸고 끝도 없어 보이는 기다란 역내 통로를 걷다가 화장실로 들어갔다. 세면대에서 손을 씻으면서 또 입구로 누구인가 들어오는 사람이 있는지 확인하면서 나는 결정적인 무엇인가를 기다렸다. 하지만 내 가벼운 인내심이 모두 동날 때까지 그 남자는 화장실로 들어오지 않았고 따라서 그 '결정적인 무엇'은 일어나지 않았다. 화장실 입구를 빠져나가며 다시 나는 멀찌감치서 외국인 노동자에게 구두를 닦이고 있는 그 남자를 보았다. 나는 아무것도 결심하지 않은 것처럼 태연히 지하철역 출구를 통해 밖으로 나갔다.

자수하기엔 너무 좋은 날씨인걸. 바깥은 태양 빛의 무자비한 폭격으로 아수라장이었다. 호텔 주차장 특별 고객 전용 구역에 처박혀 있을 한번 타 보지도 못한 '나의' 차도 생각났다. 자연스레 도망치기로 마음먹었다. 그냥 무작정 달리는 것만으로는 승산이 없을 듯했다. 그때 길 옆에 세워진 햇빛에 하얗게 녹슨 자전거 한 대가 보였다. 학생으로 보이는 남자애 하나가 자전거를 가로수에 기대 놓고 편의점으로 들어가고 있었다. 나는 내가 자전거를 탈 수 있는지 아무런 확신도 없이 달려가 안장에 몸을 휙 옮겨 실었다. 따가운 햇살을 판판한 등 가득 맞으며 허리를 구부리고 무게 중심을 전방으로 옮기며 두 발에 힘을 주었다. 자전거가 넘어지지 않고 앞으로 나가기 시작했다.

출발하자마자 나는 뒤돌아보았다. 햇빛에 잔뜩 졸아붙은, 지하철역 입구에서 주위를 두리번대며 서 있는 그 남자를, 나는 보았다. 순간 그의 다리가 빠르게 바닥을 내딛기 시작했다. 그가 뛰기 시작했다. 내게는 그에게 손을 흔들어 작별 인사를 할 만큼의 여유도 없었다.

나는 하얗게 탈색된 내리막길 위 희미하게 색이 바랜 갈색 관공서와 빨간색 소방서와 분홍색 도넛 가게를 지나쳤다. 그러고는 작은 화분들이 좌우로 줄지어 있는 좁은 골목으로 급하게 커브를 틀며 진입했다. 나는 헉헉거리면서 수백 개의 옹기 화분들을 지나쳤다. 나는 뒤돌아보기를 단념했다.

얼마나 오랫동안 그 좁은 골목길을 달렸을까? 골목길이 끝나는 곳, 대로변에서 나는 길가에 서 있는 택시 한 대를 보았다. 나는 택시 바로 앞에서 자전거에서 풀쩍 뛰어내렸다. 주인을 잃은 자전거가 가로수에 부딪히더니 맥없이 넘어졌다.

"자전거는요?"

급하게 택시에 오르자 물고 있던 담배를 한길로 내던지더니 기사는 궁금하다는 표정으로 내게 물었다.

"싫증이 나서요."

나는 목적지를 호텔로 하려다 근처에 있는 역 이름을 댔다. 택시는 내 마음을 아는지 도로를 박차고 날듯이 달렸다.

택시 안에서 나는, 나의 기억나지 않는 죄가 궁금해졌다.

기억을 못한다는 거. 지금으로서는 그게 내가 누군가에게 털어놓을 수 있는 유일한 죄이다. 나는 갑자기 기억을 잃은 남자를 따라다니던 또 다른 남자가 불쌍해졌다. 남자는 그의 용의자에게서 아무것도 고백받지 못할 것이다.

2장

서책(書冊)의 선(善)은 읽히는 데 있다.
—움베르트 에코, 『장미의 이름』
(4월 10일~4월 20일)

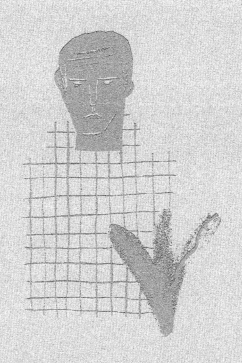

4월 10일, 6번 출구를 퇴로로 정하다

나는 졸지에 자수를 하지 못한 남자가 되었다. 자수를 하기 위해서는 당연한 얘기지만 죄가 필요했다. 하지만 내 기억의 자장(磁場) 안에 붙들려 있는 나의 죄는 붙잡히거나 자수를 하기에 너무 미약했다. 내게는 좀 더 강한 죄가 필요했다.

그저께 아침 나는 네 장의 신분증명서를 침대 위에 일렬로 늘어놓았다. 내 죄를 알아내기 위해서는 그 신분증명서 속 죽은 한 쌍의 남녀와 살아남은 한 쌍의 남녀를 추적해야 했다. 어린아이라도 도달할 수 있는 간단한 결론이었다. 하지만 선뜻 실행에 옮기지 못했다. 그렇게 이틀 동안 나는 손가락 하나 마음먹은 대로 까딱거릴 수 없을 만큼 무력했다.

그제는 일기장을 펴 볼 엄두도 못 내고 언제인가처럼 TV 영화에 하루 종일 얼굴을 처박고 있었다. 어제는 상태가 좀 나아져 밖으로 나가 근처 서점에서 커다란 식물도감을 하나 사 왔다. 오후 내내 다양한 꽃과 풀의 세밀화들로 가득한 식물도감을 뒤적이다가 길거리에서 내가 첫눈에 알아봤던 식물, 미모사를 발견했다.

> 콩과의 다년초. 브라질산이다. 원예에서는 1년초로 취급하며 높이 30cm 정도로 잔털과 가시가 있다. 앞은 어긋나며 긴 잎자루 끝에서 2쌍의 우편(羽片)이 손바닥 모양으로 퍼져서 다시 우상으로 갈라지고 ……(중략)…… 잎을 건드리면 오므라든다. 꽃말은 통상 부끄러움, 예민한 마음 등이다.

오늘 아침 자리에서 일어났더니 이틀 동안 나를 짓눌렀던 무력감이 도무지 이해되지 않았다. 두꺼운 식물도감 위에 발을 올려놓고 양말을 신으면서 나는 정면으로 부딪치자고 다짐했다.

흐린데다가 후덥지근한 날씨였다. 나는 똑같은 모양의 버스 대여섯 대를 갈아타며 내내 꽉 닫힌 유리창에 이마를 찰싹 붙이고 차창밖을 뚫어지게 바라보았다. 나는 그럴싸한 공중전화 부스를 찾고 있었다.

나는 네 장의 신분증명서 위에 적혀 있는 네 개의 전화번호를 차례로 찍어 누를 그럴싸한 공중전화를 찾고 있었다. 요컨대 나는 타인의 주목을 받지 않으며 전화를 걸 수 있는 공중전화 부스가 필요했다. 나는 내가 앞으로 더더욱 주도면밀해져야 한다는 걸 알았다. 나는 이미 미행을 당했다. 나를 미행한 사람이 우연히 나를 길거리에서 마주친 건 아닐 터였다. 호텔 방에서 그 전화번호들로 전화를 걸 수는 없었다.

'그럴싸한' 공중전화 부스가 되기 위해서는 사람들의 눈에 잘 띄지 않으면서도, 만에 하나 문제가 생기는 경우 빨리 그곳에서 사라질 수 있는 지리적인 조건을 갖추고 있어야 했다. 사람의 왕래는 뜸하고 건물과 골목들이 복잡하게 얽혀 있는 편이 좋을 것 같았다. 그리고 가까운 곳에 대중교통 수단이 있어야 했다. 타인들에게는 복잡해 보이지만 내게는 단순한 퇴로가 숨겨져 있는 곳이면 했다.

이 도시를 관통하는 강은 북쪽에서 시작하여 왼쪽으로 구부러지며 도시의 남서쪽 경계로 사라지는데, 그다지 길지 않은 길이에도 불구하고 도시 북쪽의 상류와 남서쪽의 하류 사이에는 그 유량이나 폭에 있어서 큰 차이가 있었다. 내가 최종적으로 고른 '그럴싸한' 공중전화 부스는, 도시 북쪽 강 상류를 가로지르는 작은 다리를 건너자마자 만나는 사거리의 한쪽 모퉁이에 위치하고 있었다. 다리 이편 공중전화가 있는 쪽은 지대가 낮아 다리를 건너자마자 버스가 땅 밑으로 푹 가라앉는 것 같았다.

바로 거기에 그럴싸한 공중전화 부스가 있었다. 그 뒤로 오래된 운동장이 웅장한 덩치를 과시하고 있었다. 오래된 운동장은 마치 유령의 집처럼 낡고 으스스했다. 공중전화 부스 뒤편 출입구는 운동장 지하로 이어지고 있었다. 출입구에 들어서자 저 멀리 작고 하얀 사각형이 보였다. 그래서 나는 그 좁은 통로가 반대편 출입구를 향해 죽 달려 나가는 단순한 직선이라고 여겼다. 그런데 그렇지 않았다. 어두운 통로를 좀 걷다 보니 곧 분기점이 나타났다. 재미있게도 그 분기점에서 뻗어 나는 새로운 통로 끝에도 지난번과 똑같이 작고 하얀 사각형이 보였다. 그리고 새로운 통로를 얼마 걷지 않아 또 다른 분기점을 만나게 되었다. 첫 번째 분기점과 두 번째 분기점은 모든 점에서 똑같았지만 첫 번째 분기점은 기존의 통로 왼쪽에서, 두 번째 분기점은 기존의 통로 오른쪽에서 나타났다는 점만이 달랐다. 그 다음에는 다시 왼쪽이었고, 그 다음다음에는 다시 오른쪽이었고…… 그렇게 되풀이되면서 작고 하얗던 사각형들은 점점 더 커져 갔고, 여섯 번째 분기점에서 오른쪽 통로로 접어들자마자, 출구가 내게 덤벼들 듯 눈앞으로 튀어나왔다. 비로소 분기점 모두가 동이 났다.

그렇게, 그 운동장의 지하에는 어두운 직선 통로들이 정교하게 얽혀 있었다. 나는 그 미로의 구조를 정확히 파악하기 위해 처음에는 분기점으로 들어가지 않고 죽 끝까지 걸어가서 (분기점은 처음에 만났던 그 하나가 다였다) 첫 번째 출구 벽에 작은 돌멩이를 주워 1이라고 썼다. 그리고 다음에는 다시 입구에서부터 출발하여 첫 번째 분기점에서 꺾은 후에 다음 분기점이나 문들은 지나치면서 쭉 앞으로 걸어가서 다시 출구에다 2라고 썼다. 세 번째에는 두 번만 연달아 꺾은 후에 죽 직진하고 마지막에 3이라고 썼다. 네 번째에는 세 번만, 다섯 번째에는 네 번만…… 마지막으로 분기점마다 다 꺾고 나니 출구 이름이 7이 되었다. 시간을 좀 잡아먹기는 했지만, 간단했다. 7개의 직선과 7개의 출구와 6개의 분기점.

6번 출구 앞에는 손님 없는 택시와 버스가 잔뜩 있었다. 나는 나의 퇴로를 6번 출구로 정했다. 전화를 걸다 수상쩍은 일이 벌어지면 뒤로 돌아 출입구로 뛰어들어 연달아 나타나는 다섯 군데의 분기점마다 꺾어지다 마지막 하나의 분기점만을 무시하고 밖으로 빠져 나오면 택시나 버스가 기다리고 있다,라는 나에게는 간단하지만 처음 이 미로에 발을 내딛는 자에게는 혼란스러울 수밖에 없는 훌륭한 미로 속 약도였다. 나는 내가 지나치게 철두철미하다고 느꼈다. **지나치게 시간이 많아서 그런 걸 거야, 아마도.**

퇴로를 확보하게 되자 마침내 나는 전화를 걸었다.

오늘은 여기까지만 쓴다. 밤은 너무 늦었고 뇌수는 손상된 달처럼 무겁다.

4월 12일, 죽은 남자 대신 여자가 전화를 받다

　어제는 미열이 있어서 오전 내내 방에 누워 있다가 오후 들어 좀 나아지는 것 같아 느지막이 그저께 찾아낸 공중전화 부스로 버스를 타고 갔다. 여섯 번째 출구이자 내가 정한 퇴로 앞에 택시와 버스들이 잔뜩 있다는 걸 확인하고는 공중전화 부스로 돌아와 첫 번째 남자의 전화번호로 전화를 걸었다…… 그리고 호텔로 돌아와 호텔 메모지에 낙서를 했다. 몇 장이고 일기와 기억을 토대로 운동장 지하의 미로를 스케치해 보았다. 그중 제일 그럴듯해 보이는 메모지 한 장을 일기장에 끼워 넣는다. 바로 아래가 7개의 직선과 7개의 출구와 6개의 분기점으로 이루어진 운동장 지하 미로의 평면도다.

　지금, 나의 의식으로부터 완전히 독립한 것처럼 보이는 왼쪽 집

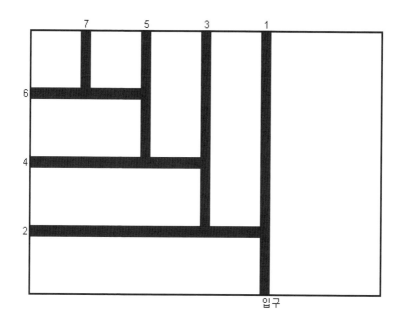

게손가락이 입구로부터 6번 출구로 빠져나가는 경로를 몇 번이고 따라가고 있다.

오늘은 첫 번째 남자의 주소지에 가 보기로 했다. 아주 오래전부터 그러자고 마음먹었지만 선뜻 그러지 못했던 일. 죽은 남자의 집을 이유도 초청장도 기억도 선물도 알리바이도 없이 빈손으로 찾아가는 일. 난처한 일임에는 틀림없다. 그냥 부딪쳐 보자고 하기에는 꽤나 부담스러운 일임에는 틀림없다. **하지만 언젠가는 부닥쳐야 될 일이잖아. 내가 찾아가지 않으면 그쪽에서 나를 찾아올지도 몰라.**

이틀간에 걸친 통화 시도는 실은 아무것도 가져다주지 않았다. 밖으로 나가기 전 그저께의 첫 번째 통화 시도와 어제의 두 번째 통화 시도에 대해 간략히 적어 놓기로 한다.

그날, 미로를 처음 방문했던 그날, 나는 첫 번째로 첫 번째 남자의 전화번호를 눌렀다. 한 열 번쯤 통화대기음이 울렸을까 나이를 추측하기 힘든 목소리의 여자가 전화를 받았다. 나는 신분증명서에 인쇄된 이름을 대며 첫 번째 남자를 바꿔 달라고 했다. **죽은 남자를 전화로 찾다니, 사악하게도.**

"누구시죠?"

한참 만에 꺼져 가는 듯 가녀린 목소리가 들려왔다. 좋은 질문이었지만, 내가 감당할 수 있는 질문이 아니었다. 대답할 수 없는 것을 대답하는 대신 나는 고집스레 한 번 더 그를 바꿔 달라고 했다.

"도대체 뭘 원하는 거죠? 이래서 얻는 게 뭐예요?"

그때 확 달려들던 데자부. 웨이터도 〈조라〉에서 내게 비슷한 얘기를 했다, 도대체 의도하는 게 뭐냐고. **모두들 내가 대답할 수 없는 것만 골라 물으려 하는군.** 혹 입을 닫고 있으면 여자가 무엇인가 더 쏟아 내지 않을까 싶어 가만있었더니, 곧 툭 끊어지고 말았다. 시시하지만 그게 다였다.

두 번째 여자의 전화번호는 결번이었다. 세 번째 여자의 전화번호에서는 친절한 목소리의 남자가 나타나 그런 사람은 이곳에 살지 않는다고 했다. 확인 겸 다시 전화번호를 불러주고 있는데 전화가 뚝 끊겨 버렸다. 마지막 전화기 속에서는 사람 대신 자동 응답기가 처음 듣는 약간 어눌한 남자의 말투를 앵무새처럼 읊조리고 있었다. '삐' 소리가 나기 전에 마지막 전화기를 내려놓았다. 안타깝게도 자동 응답기가 수천 수만 번 이상 반복했을지 모르는 남자의 이름은 네 번째 남자의 이름과 달랐다.

시시하지만 그게 다였다. 그러고 돌아왔다. 네 통의 전화를 거는 동안 수상한 일이라고는 한번도 일어나지 않았고 나는 6번 출구로 황급히 달려갈 기회를 갖지 못했다. **다섯 번은 꺾어지고 한 번은 쭈욱.**

그리고 어제 오후 다시 거기에 갔었다. 첫 번째 남자의 전화번호 속에 살고 있던 여자와 통화하기 위해서 말이다. 유난히 바람이 많이 부는 날이었다.

하지만 여자는 없었다. 아니 있는데 내 전화를 일부러 피하는 건지도 몰랐다. 나는 37번째 통화대기음이 사그라지기 직전에 전화기를 던지듯 쾅 내려놓았다. 그때가 마침 5시였다. **공작부인은 5시에 외출하였다.** 농담도 아니고 말장난도 아닌, 누가 보낸 건지 모를 짤막한 문장이 머리를 긁고 지나갔다. 외출이라…… 이치에 맞는 이야기였다. 내 전화를 피하는 게 아니라 그냥 볼일이 있어 밖으로 나간 걸 거라 추측하며 다시 6번 출구를 향해 걸었다. 눅눅한 냉기가 느껴지는 미로 안에서 나는 외롭다고 느꼈다. 모두, 모두 나를 피하는 것 같았다. 통로 끝에서 하얗게 빛나며 나를 기다리는 하얀 사각형을 제외하고 말이다. 나는 달리기 시작했다.

자, 이제 12시다. 오전에서 오후로 바늘이 까딱 넘어가려는 경계다. 기억을 잃은 남자가 12시에 외출하였다. 어디로?…… 첫 번째 남자의 집으로.

4월 13일, 어떤 것도 살인을 위안할 수 없다

만일 진실이나 사실이라는 게 말뿐이 아니라 실재로도 존재한다면 나는 점점 더 그곳에 가까워지고 있다는 생각이 든다. 어제 나는 섬뜩한 것들의 목록에 한 가지 새로운 사실을 덧붙여야 했다. 그걸 발견한 순간에는 분명 심장이 멎을 정도로 깜짝 놀랐다. 너무 두려워 기억을 다시 잃는 게 아닐까 하는 걱정이 들 정도로. 그런데 그 사실을 적으려는 바로 이 순간 나는 더 이상 두렵지 않다. 되풀이되는 공포나 섬뜩함에 익숙해졌다는 말을 하려는 게 아니다. 그러니까 이런 느낌들이다; 진실에 한 발자국씩 다가가고 있다는 느낌.

어제 알아낸 섬뜩한 사실을 적기 전에 먼저 이것부터 기록해 두자. 오늘은 내가 기억을 잃은 후 처음으로 키브라 호텔이 아닌 다른 곳에서 자는 날이라는 거다. 이곳은 서쪽 구도심에 위치한 오래된 호텔의 18층 객실이다. 커다란 공원이 후원처럼 그 뒷면을 에워싸고 있는 이 호텔은 지난 시절의 영화(榮華)가 찌든 때처럼 안팎에 촘촘히 박힌 건물로 커다란 주차장 표시가 눈에 띄지 않았더라면 딱히 찾아올 이유가 없었던 그런 곳이기도 하다. 지금, 창문 밖으로는 완벽하게 깜깜해진 타원형 공원이 검은 아가리를 벌리고 있다.

여하튼 나는 여전히 이 도시 안에, 그 지도 위에 있다. 어떻게 이곳에 오게 되었는지 설명하는 일은 뒤로 미루고 기억이 무뎌지기 전, 어제 첫 번째 남자의 주소지를 무작정 찾아갔던 일부터 일기장에 적도록 한다.

지하철과 버스를 갈아타며 첫 번째 남자의 주소지 근처에 도착했다. 처음부터 나는 이 도시의 택시들이 까닭 없이 싫었다.

내가 내린 곳은 고가도로 밑을 관통하는 짧은 지하통로까지 해서 다섯 개의 길이 만나는 교차로였다. 넓디넓은 오거리 중앙에서, 나는 혼자였다. 사람이라 불릴 만한 것이 보이지 않았다. 오싹했다. 차들은 드문드문 있었지만 차창들이 한결같이 흐린 하늘의 음영을 반사하고 있어 그 안은 잘 보이지 않았다. 사람 대신, 교통 표지판과 이정표들이 차도 언저리 넓은 공터와 또 시선이 닿는 곳곳에 촘촘히 꽂혀 있었다.

나는 퍽이나 오랫동안 그 교통 표지판과 이정표들을 꼼꼼히 살피며 시간을 낭비했다. 나는 표지판들의 평화로운 마을에 불쑥 나타난 외계인이 된 듯한 느낌이었다. 한참 후에야 나는 표지판들에게 작별 인사를 하고 첫 번째 남자의 주소지를 향한 야트막한 오르막으로 접어들었다.

여전히 사람들이 보이지 않던 그 완만한 오르막을 올라 그의 주소지가 보이는 곳에 다다랐다. 왼쪽으로 툭 튀어나온 쐐기처럼, 어떻게 보면 부메랑처럼도 보이는 길 좌우로 소형차들이 한쪽 바퀴는 차도에 다른 쪽 바퀴는 인도에 걸친 채 빽빽하게 줄지어 있었다. 길 옆으로 키를 맞추어 가지런히 서 있는 건물들은 높이가 4층으로, 1층에는 띄엄띄엄 상가나 건물의 입구가 보였고, 2층부터 4층까지는 소형 아파트인 듯, 규격화된 형태의 창문들이 일정한 간격으로 줄을 지어 있었다. **어찌 이리 태연한 표정을 지을 수 있는 거지?**

나는 다짜고짜 첫 번째 남자의 주소지, 308호로 가서 문을 두드릴 계획이었다. 나는 별다른 경계 없이 문을 열어젖힐, 며칠 전 전화에서 내게 무엇을 원하냐고 물었던 여자를 만날 계획이었다. 나는 여자를 만나 첫 번째 남자의 신분증명서를 내놓으며 길에서 주웠는데 돌려주러 온 거라고 말할 계획이었다. 딱 거기까지였다. 거기가 내 계획의 막다른 골목이었다. 나는 생각의 덤불숲을 성큼 뛰어넘어 첫 번째 남자의 신분증명서에 적혀 있었던 아파트 입구로 들어섰다.

"이봐요. 어디 찾아온 거예요."

그때 나를 부르는 위협적인 목소리가 들렸다. 입구 정면 작은 유리방 안에 앉아 있던 군청색 제복의 늙은 남자가 나를 불러 세웠다.

"308호에…… 가는데요."

나는 사실을 말하고 있었으므로…… 그러므로…… 더듬거리거나 망설일 이유가 없었다.

"거긴 뭔 볼일로?"

"거기에 살고 있는…… 여자 분을 만나러……."

나는 사실만을 말하고 있었다. 주머니에 들어 있던 첫 번째 남자의 신분증명서 모서리가 땀이 밴 오른쪽 손바닥을 아프게 찔렀다.

"기자 양반인가?"

나는 사실만을 말하기로 하고 있었으므로…… 답을 내놓지 못했다. 기자일 수도, 혹은 였을 수도…… **그럴 수도 있고 그렇지 않을 수도 있고.** 내 인생의 변하지 않는 레퍼토리였다.

"두 번째 살인 사건이 일어난 다음에 시간이 지나니까 좀 뜸해지더니…… 뭐 세 번째 살인 사건이라도 터진 거유?"

살인 사건. 두 건의 살인 사건. 나의 얼굴은 홍당무처럼 붉어졌다.

"살인이라고요?"

"그래요, 살인."

나는 본능적으로 깨달았다. 내 모든 계획이 막다른 골목에 도달하기 전에 지금 여기서 휙 돌아 달아나야 한다는 걸. 무서웠다. 살인 사건. 두 건의 살인 사건. 첫 번째 남자는 살해당했다. 두 번째 여자는? 그리고 내가 서로 다른 세 개의 인터넷 사이트에 가입시켰던 세 번째 여자와 네 번째 남자는?

나는 갑자기 덜덜 떨려 오는 오른쪽 팔을 붙들고 무서워하는 기색을 애써 감추며 노인에게 인사를 하고 가까스로 밖으로 나왔다. 바깥은 여전히 흐렸다. **어차피 모든 사람은 어떤 식으로든 한번은 죽게 되어 있는 거잖아.** 하지만 그게 위안이 되지는 않았다. 어떤 것도 살인을 위안할 수는 없었다. **게다가 나는 기억마저 잃어버렸잖아.** 어떤 것도 잃어버린 기억을 위안할 수는 없었다.

건물 밖으로 나오다가 나는 연두색 레인코트 입은 여자를 스쳐 지나갔다. 콧날이 높고 볼은 발그레 붉고 얼굴은 작으며 대체로 신중해 보이는 인상이었다. 목소리를 들은 것도 아닌데 나는 별 이유도 없이 그 여자가 첫 번째 남자의 전화번호 속에서 살고 있었던 여자라고 확신했다. 5시에 외출했던 바로 그 여자. 나의 확신은 그렇게 마구잡이로 자라났다. 그러자 더더욱 나는 뒤돌아볼 수 없게 되었다. 나는 점점 더 빨리 달리기 시작했다. 엉덩이를 내밀고 있는 자동차 외에는 아무도 없던 오르막을, 이제는 내리막이 되어 버린 오르막을 내닫기 시작했다. 소용없는 외침을 머릿속으로 되뇌며, **어차피 모든 사람은 어떤 식으로든 한 번은 죽게 되어 있는 거잖아.** 무뚝뚝한 표지판들의 숲에 도달할 때까지 주욱 그렇게 나는 엉망진창 달려 내려갔다.

이 호텔의 모든 것이 마음에 들지 않는다. 침대보도 베개 높이도 조명의 위치나 밝기도 스위치의 생김새도 TV 리모컨 위의 버튼 배치도 다 마음에 안 든다. 내일 아침 일찍 이곳을 떠나야겠다. 키브라에 도착하자마자 이른 아침을 먹는 것도 좋겠다.

4월 14일, 운전은 어렵지 않다

평소라면 자리에서 이리 뒤척 저리 뒤척 할 시간이지만 오늘 아침에는 벌써 퍽이나 많은 일들이 있었다. 우선 어젯밤에 결심한 대로 새벽녘에 그 어떤 것도 마음에 들지 않던 호텔에서 탈출해 키브라로 직접 운전을 해서 돌아왔다. 꼭두새벽, 도로 위에는 차가 거의 보이지 않았다. 주차장 특별 고객 전용 구역 담당 직원이나 웨이터 모두 이른 시간에 나타난 나를 보고 적잖이 놀라는 표정이었다.

식당에서 나는 어제의 광경들을 머리에 떠올렸다. 소형차들이 쐐기 모양으로 구부러진 도로 양옆에 줄지어 있던 오르막의 광경이 창밖, 새벽과 아침의 경계선 상에서 재빨리 희석되고 있는 푸른 어둠 위로 겹쳐졌다. 잠시 후 나는 하얀 식탁보 위에 일기장을 펴

놓고 읽어 내려가기 시작했다. 상상하거나 추억하는 일 대(對) 읽는 일. **둘 중 무엇이 더 진실에 가까울까?** 그저께 일어났던 일을 어저께 기록한 부분을 오늘 고쳐 읽으니 나는 무엇이 진실이었는지 종잡을 수 없게 되었다. 잘 모르겠다. 도무지 모르겠다.

빠진 부분이나 메우는 게 좋겠다. 일기장이란 어차피 그런 곳이다. 부서진 과거를 조립하고 수선하는 지하 작업실 같은 곳.

어제 아침, 그러니까 첫 번째 남자의 사인이 살인이라는 것을 알게 된 다음 날 아침, 나는 혼란스러웠다. 나는 더 이상 그전처럼 무엇을 해야 할지 계획할 수가 없었다. **빌어먹을 이성들은 다 어디로 가 버린 거지?**

그렇게 무기력하게 오전을 흘려보내다가 점심나절 문득 운전을 해 보고 싶다는 생각이 들었다. 당장 프런트에서 키를 받아 지난번 벨 보이가 알려 준 주차장 특별 고객 전용 구역으로 내려갔다. 내 차는 거기 번듯하게 잘 있었다. 나는 자전거를 탈 수 있었던 것처럼 운전도 당연히 할 수 있을 거라 여겼다. 키 대가리에 붙어 있는 버튼을 누르자 헤드라이트가 깜빡댔다. 그리고 채 0.5초도 지나지 않아 기둥 뒤에서 남자 한 명이 튀어나왔다. **자동차의 시종인가 보군.** 램프의 시종만큼 화려한 복장은 아니었지만 민첩성만큼은 높이 사 줄 만했다. 웨이터가 입고 있던 유니폼과 전체적인 디자인은 비슷했지만 색깔만 엷은 회색이었다. 네모난 이마를 가진 자동차의 시종은 놀랐다는 표정이었다. 지울 수만 있다면 지우개로 박박 문질러 지우고 싶은 그런 표정이었다. 내 차를 내가 타겠다는데 뭐가 놀랍단 말인가, 그런 생각을 하며 일부러 더 단호한 걸음걸이로 내 자동차로 다가갔다.

"어…… 아직…… 오늘은 운전사가 오지 않았는데요."

하아, 운전사. 그랬다. 나는 내 위치를 잠시 잊었다. 나는 플래티넘 고객이었다. 직접 불결한 운전대 위에 손을 얹거나 문을 열려고 차가운 손잡이를 잡아당기는 등의 비천한 일은 나와 어울리지 않았다.

"오늘은…… 괜찮네……."

"그래도…… 직접 운전하시는 건 처음 보는데요."

나는 그가 내 숭고함을 지키기 위해 나와 벌이고 있는 성스러운 전쟁을 지켜보다가 그만 와락 눈물이 터질 뻔했다.

"오늘은 비밀 여행이라……."

나는 코끝을 찡긋해 보이며 그렇게 말꼬리를 얼버무렸다. 그제야 자동차의 시종은 나의 변덕스러움을 용서할 마음이 생겼다는 듯 너그러운 표정을 지어 보였다. 내 손과 발은 그에게 또 나에게 보란 듯, 시동을 걸고 기어를 옮기고 브레이크와 엑셀을 능숙하게 밟더니 햇볕이 스콜처럼 퍼붓고 있는 주차장 바깥으로 나를 인도했다. 예상대로였다. 나는 할 줄 알았다. 나는 전지전능해진 기분이었다.

그렇게 호텔을 빠져나와 나는 내 전지전능한 운전 솜씨를 감상하며 오후 내내 시내를 돌아다녔다. 시계(市界)를 벗어나지 말아야겠다는, 지도 밖으로는 나가고 싶지 않다는 생각만은 강박관념처럼 나와 내 차를 집요하게 쫓아다녔다. 그렇게 쏘다니다 보니 날이 덜컥 어두워지고 말았다. 처음에는 키브라로 돌아가려 했는데 곰곰 따져 보니 그날 내로 돌아간다면 점심에 자동차의 시종에게 했던 말, '오늘은 비밀 여행이라'의 체면을 세우지 못하겠다는 생각이 들었다. 그다음부터는 어제 일기에 썼던 그대로다. 유난히 번쩍거리는 그 퇴기(退妓) 같은 호텔을 발견하고 한 줌의 망설임도 없이 그리로 들어간 거다. 그러고는 특별 전용 구역도 자동차의 시종도 없는 평범한 주차장에 차를 세웠던 거다.

너무 일찍 일어나서 그런지 졸린다. 다시 자야겠다.

4월 15일, 식물학자, 정원사, 그리고 연쇄살인범

어제는 하루 종일 실컷 잤다. 키브라 밖에서 보낸 하룻밤이 내게는 무척이나 고단했나 보다. 어제 새벽 너무 일찍 일어나기도 했다. '방해하지 마시오'를 방문 손잡이에 걸어 놓고는 아무 방해도 받지 않은 채 점심도 거르고 깜깜해질 때까지 푹 잤다. 6시를 까딱 넘겨 침대에서 일어나 욕실에서 거울을 보니 꼴이 말이 아니었다.

배가 고팠다. 맛있는 게 먹고 싶어져 대충 씻은 후에 지배인 할아버지한테 전화를 걸어 지난번에 함께 갔던 레스토랑의 이름과 위치를 물었다. 따로 부탁한 것도 아닌데 지배인은 함께 가지 못해 죄송하다며 가장 좋은 자리로 예약을 해 놓겠다고 했다.

"차편은 어떻게 하시겠습니까?"

내가 대답을 하지 못하고 잠깐 뜸을 들이자 지배인이 재차 물었다.

"운전사를 부르시겠습니까? 아니면 저희가 택시를 대기시켜 놓을까요?"

운전사, 내 자동차로부터 반경 0.5초 거리에서 잠복하고 있던 자동차의 시종이 말했던 이름, 운전사. 한 번도 얼굴을 본 적이 없는 나의 운전사. 사람들은 내게 운전사가 있다고 여러 차례 증언했지만 나는 내 운전사 부르는 법을 몰랐다.

"택시로 하지요. 당분간 운전사는 나오지 않을 겁니다."

"네, 알겠습니다."

지배인은 내가 한 말에 토를 달지 않았다. **네, 알겠습니다.** 나는 그의 말이 마음에 들었다. 하지만 내가 했던 말은 마음에 들지 않았다. **당분간 운전사는 나오지 않을 겁니다.** 무슨 근거로 그렇게 말한 건지 알 수가 없었다. 입에서 나오는 대로 생각 없이 말하는 건 내 오랜 습관이었지만 그건 좀 무책임했다. 갑자기 내일이라도 운전사가 내게서 허가 받은 휴가를 마치고 호텔 프런트에 어슬렁거리며 나타나 관광지에서 기념품으로 산 열쇠고리라도 호텔 직원들에게 돌릴라 치면 뭐라고 말하려는지.

그때는 그랬는데, 지금은 또 이런 생각도 든다. 혹시나 내 말 속에 약간이라도 근거라는 게 있다면 이런 이유 때문이 아닐까? 첫 번째 남자가 바로 내 운전사다. 그럼 모든 게 설명될 것 같았다.

딱히 근거랄 게 없기는 마찬가지지만 그 비약은 제법 내 마음에 들었다. 내 운전사가 바로 첫 번째 남자이고 내 운전사는 죽었고 또 살해당했다. 그러지 말라는 법도 없었다.

다시 그날로 돌아가면 나는 그 레스토랑에서 특제 베이컨을 두른 내 손바닥만 한 조개 관자 스테이크와 앤초비를 곁들인 다양한 종류의 파테를 먹었다. 놀랍게도 지배인이 대기시켜 놓은 택시는 내가 식사를 마칠 때까지 주차장에서 나를 기다리고 있었다. 기다린 몫까지 해서 얼마나 달랄지 걱정하고 있던 내게, 어린 택시 기사는 계산은 지배인이 마쳤다고 했다. 멋진 밤이었다. 어디에도 근거가 없다는 게 조금 불편하기는 했지만, 그런 사소한 불편함 따위는 모두 용서해 줄 수 있을 것 같은 멋진 밤이었다.

외출했다 방금 돌아왔다. 깜깜한 밤이다. 어제와 같이 멋진 밤은 아니지만.

PC방에 다녀오는 길이다. 그 미행 사건 이후 나는 한번 갔던 PC방은 결코 다시 가지 않는다는 원칙을 세웠다. 오늘 내가 찾아갔던 곳은 도시의 동쪽, 젊은이들이 많이 모이는 유흥가 귀퉁이에 있는, 삼류로 전락하지 않기 위해 악이라도 쓰고 있는 것처럼 보이는 화려한 5층 건물의 4층에 위치한 PC방이었다.

시간이 지나면서 기억은 쌓여 가고, 기억이 쌓여 가면서 나는 점점 더 쉽게 무엇을 의도할 수 있게 되었다. 나는 그 '살인'에 대해 더 알기 위해 그 PC방에 간 것이었다. 나는 한 포털 사이트의 검색창에 첫 번째의 남자의 이름과 '살인'이라는 두 글자를 쳐넣고 ENTER 키를 때렸다. 그리고 곧 나는 다음과 같은 많은 사실들을 찾아냈다.

● 첫 번째 남자는 살해당했다. 둔기로 머리를 맞고 그 자리에서 즉사했다. 그 둔기가 무엇이었는지는 기사에 나와 있지 않았다.

● 첫 번째 남자는 28세였다. 아르바이트 이외에 고정적인 직업은 없었고 혼자 살았다. 주소지는 나와 있지 않았다(나는 알고 있지만). 주소지에 머무르고 있는 연두색 레인코트의 여자에 대해서도 나와 있지 않았다.

● 첫 번째 남자의 시체가 발견된 곳은 그의 주소지가 아니라 그의 집에서 그리 멀리 떨어지지 않은 공동묘지에서였다.

● 첫 번째 남자가 살해당한 이유에 대해서는 치정이나 원한에 의한 것으로 보인다고만 했다. 금품 갈취의 흔적은 보이지 않는다고도 했다.

● 그리고 두 번째 여자가 살해당했다(경비원 아저씨의 말 그대로였다). 교살이라고 했다.

● 두 번째 여자는 33세이고 회사원이라고 했다. 미혼이라고 했다 (그러고 보니 첫 번째 남자가 미혼인지 기혼인지는 알아내지 못했다).

● 두 번째 여자의 시체가 발견된 곳은 XX동에 소재한 직장 인근 볼링장의 지하 보일러실이었다. 더 이상 자세한 내용은 나와 있지 않았다(XX동에 소재하고 있는 볼링장을 검색했는데, 모두 일곱 군데가 나왔

다. 주소와 상호를 메모지를 얻어 적어 왔다).

● 두 번째 여자의 살해가 첫 번째 남자의 살해와 동일인에 의해 저질러진 것으로 의심되는 증거가 발견되었다고 경찰은 발표했다. 하지만 그 증거가 무엇인지에 대해서는 나와 있지 않았다.

● 많은 신문들이 첫 번째 남자와 두 번째 여자 사이에 아무 연고가 없으며 금전적인 이득을 노린 것이 아니라는 점에 비추어 이 두 사건이 반사회적인 무차별 살인마에 의해 저질러진 것으로 보이며 따라서 추가 범행이 곧 발견된다 해도 놀랄 만한 일이 아니라고 했다. 복수의 경찰 관계자의 입을 빌려 흔히 사이코패스라 불리는 연쇄살인범에 의한 범죄일 가능성을 배제할 수 없다고, 신문들은 전했다.

한 번은 둔기로, 다음엔 목을 졸라서. 그 다음에는 무엇일까? 칼로? 독극물로? 혹은 권총으로? 나는 머리가 어지러웠다. 두 건의 반사회적인 살인이 일어났고 그 두 명 희생자의 신분증명서가 지금 내 주머니에 있다라는 사실만으로 실은 나는 머리가 어지러운 게 아니라 정신을 잃어야 옳았다. 그렇지만 나는 그러지 않았다. 나는 내가 살인자일지도 모른다는 생각을 하며 택시를 타고 호텔로 돌아왔다. 식물학자나 정원사에서 택시 타기를 꺼리지 않는 플래티넘 고객으로, 플래티넘 고객에서 다시 반사회적 연쇄살인범으로, 나의 전(前) 직업은 진화를 거듭했다.

객실로 바로 들어오는 대신 두 가지 일을 했다는 걸 기록해 두어야겠다. 우선 편의점에 들러 술을 사 왔다. 그리고 1층 프런트 옆 비즈니스 센터에 들러 첫 번째 남자의 신분증명서에 실려 있는 사진을 300퍼센트 확대하여 복사했다. 검은 점과 하얀 점만으로 직조된 그의 얼굴이 무서웠다. 방금 전 사 온 술을 땄다. 병 주둥아리에서 오늘 저녁 내가 배회했던 그 거리의 냄새를 100배 정도 농축한 것 같은 냄새가 났다. 사람들의 땀 냄새도 바람 냄새도 살인자의 손에 묻은 피 냄새도 PC방 건물 입구 진흙탕 구정물 냄새도 함께 나는 것만 같았다.

4월 16일, 그러므로 운전사는 살해당하지 않았다

어젯밤에 계획한 대로 아침을 먹다가 리필할 커피 주전자를 들고 오는 웨이터에게 느닷없이 300퍼센트 확대 복사한 첫 번째 남자의 사진을 보여 주며 아는 사람이냐고 물었다.

"아니요. 모르겠는데요…… 유명한 분인가요?"

한 방 맞았다거나 허를 찔렸다거나 아는데 일부러 모른 체한다거나 하는 기색은 전혀 발견하지 못했다. 연기를 하겠다고 마음먹는다면 못할 것도 없겠지만, 이번에는 그 마음먹을 시간조차 놈한테는 없었다. 어떻게 내가 이 사진을 놈한테 들이밀면서 그런 질문을 할 거라고 미리 예상할 수 있겠는가?

"예전에 여길 자주 들락날락했다고 들었는데, 정말 모르겠나? 자세히 한번 봐 주지 그래."

웨이터는 시키는 대로 했다. 여전히 정말 아무것도 모르는 자의 눈을 하고서 말이다.

"제가 사람 얼굴 기억 하나는 꽤 괜찮다고 자부하는 편인데, 이 분은 정말로 모르겠네요."

"알겠네. 혹시라도 생각나면 알려 주게나."

웨이터는 내 빈 커피 잔을 김이 모락모락 나는 검은 액체로 채우고는 다시 원탁의 숲으로 돌아갔다.

예전에 이런 가정이 있었다. 내 운전사가 첫 번째 남자이다. 이 가정이 참이라면, 아래와 같은 명제가 성립할 수 있었다. **내 운전사는 살해당했다.**

하지만 웨이터는 그 가정에 치명타를 날렸다. 그래서 다음과 같은 두 가지 삼단논법이 가능하다.

웨이터에게 첫 번째 남자가 모르는 사람이므로, 첫 번째 남자는 운전사가 아니다. 첫 번째 남자는 살해당했다. **그러므로 운전사는 살해당하지 않았다.**

웨이터에게 첫 번째 남자가 모르는 사람이므로 첫 번째 남자는 '그분'이 아니다. 나는 '그분'이 되고 싶어했다(웨이터의 증언에 따르자면 말이다). **그러므로 나는 운전사가 되고 싶어하지 않았다.**

확인하는 김에 확실히 하기로 했다. 특별 고객 전용 구역에서 자동차의 시종을 만나 거두절미하고 300퍼센트 확대 복사한 첫 번째 남자의 얼굴을 보여 주었고 자동차의 시종 역시 그 사진에 특별한 반응을 보이지 않았다. 첫 번째 남자를, 둔기에 맞아 즉사한 28세의 무직이었던 이 남자를 웨이터와 자동차의 시종은 알아보지 못했다. 그러니까 신분증명서 외에는 나와 살해당한 남자를 연결할 수 있는 고리랄 게 없는 셈이었다. 내가 만약 이 신분증명서를 불에 태워 버리기라도 한다면 나와 그 사이에는 아무것도 존재하지 않는 셈이었다. 하지만 신분증명서를 불에 태워 버리는 대신 나는 300퍼센트 확대 복사한 살해당한 첫 번째 남자의 흑백사진 모서리에 성냥으로 불을 붙였다. **그렇지만…… 아무것도 없어지지 않았잖아.**

4월 18일, 납골당이 내게 '안녕' 하고 인사하다

이곳은 다시 조라다. 바깥에 흙먼지가 날려 실내로 들어왔다. 지금 여기 시큼한 커피 향이 매운 담배 연기 사이를 떠다닌다.

내가 오늘 이곳에 온 까닭은…… 일기를 읽기 위해서다. 아마도 다른 사람들은 자신의 일기를 읽지 않을 것이다. 본시 일기란 쓰는 것이지 읽는 게 아니니까. 하지만 단 몇 주만의 기억을 붙들고 있는 나는 타인들과 다르다.

일기를 읽다가 4월 4일 일기에서 이상한 부분을 발견했다. 다시 한번 옮겨 적어 본다.

나는 이 일기장 어느 한구석에 '가슴이란…… 하나의 펌프지'라는 말을 썼던 것 같은데 지금은 그냥 펌프가 아니라 고장 난 펌프다.

이상한 부분이라는 건 내가 '가슴이란…… 하나의 펌프지.'란 말을 이 일기장에 그 전에는 쓴 적이 없다는 것이다. 무엇일까, 이건? 4월 4일의 내 기억은 도대체 뭘 참조한 걸까? 다시 한 번 눈을 부릅뜨고 뒤져 봤지만 4월 4일 앞부분에 그런 구절은 없었다. 혹시나 해서 뒷부분도 찾아봤지만 비슷한 구절도 찾을 수 없었다. 도대체 나는 무엇을 참조했던 걸까?

그저께 일기까지 읽었다. 3월 28일부터 4월 16일까지의 일기를 읽었다. 일기를 읽으면서 나는 일기에 적히지 않았던 것들을 떠올렸다. 자신의 일기를 읽는 일은 좋지 않다. 어차피 일기에 모든 것을 적을 수는 없는 일이다 보니, 적지 않은 내용들이 떠오를 때마다 이유 없는 죄책감에 젖게 된다.

일기를 읽고 난 소감을 한 가지 덧붙이자면 점점 더 내가 신문에서 말했던 그 반사회적 살인마일 거라는 확신이 짙어졌다는 것이다. 증거는 없지만…… 아니다, 이제 증거라고 불릴 만한 것이 생겼다. 법정의 배심원이라면 몰라도 나라면 충분히 설득할 수 있는 증거가 생겼다. 신분증명서보다 더 강력한 증거가.

나는 어제 그 공동묘지를 찾아갔었다. 둔기로 맞아 즉사한 첫 번째 남자의 시체가 발견된 곳. 이제 일기 읽기를 마치고 거기서 보았던 것을 적기 시작한다.

그 공동묘지를 살짝 정상에서 벗어나 기묘하게 보이도록 하는 부분은 바로 공동묘지의 위치였다. 묘지와 주변과의 관계였다. 묘지에서 4차선 대로를 건너자마자 최소한 20동은 넘어 보이는 아파트 단지가 들어서 있었고, 또 묘지의 남쪽에도 새로운 아파트 단지들이 한창 올라가고 있었다. 묘지가 아파트 단지에 ㄷ 자로 포위된 꼴이었다. 물론 묘지와 대로 사이, 다시 대로와 아파트 사이 높다란 백색 방음벽이 설치되어 있긴 했지만, 막을 수 있는 건 고작 소리 정도일 뿐이었다.

짧게 깎인 초록색 풀밭을 지나쳐 하나같이 비명(碑名)이 뚜렷하지 않은 묘비들을 지나쳐 야트막한 구릉과 맞닿은 안쪽으로 걸어 들어갔다. 맑은 공기들 사이로 드문드문 새 소리가 흘렀을 뿐 사람들은 보이지 않았다. 하긴 이곳의 주인은 죽은 자들이거나 아니면 새와 벌레인 게다.

한참을 하릴없이 돌아다니다 묘지의 입구로 돌아가 나는 관리사무소에 들렀다. 담배 냄새가 가득한 작은 방 안에서 뒷짐을 지고 서 있던 관리인은 내가 문을 열고 들어서자 기뻐하는 표정이었다. 나는 때를 놓치지 않고 얼른 관리인에게 담배 한 대를 권했고, 관리인은 내가 원하는 게 무엇인지 단박에 알아챘다.

"뭐예요? 또 터졌어요?"

입을 떼고 보니 그의 나이는 한 10년 이상 줄어들어 버렸다. 잘 봐줘야 30대 초반? 묻지도 않고 그는 나를 기자라 생각하는 눈치였고 나는 그를 말릴 기운이 없었다. **타인의 오해를 바로잡는 것만큼 성가신 일도 없지.**

"지난번에는 굉장했었는데. 그땐 안 오셨죠?"

나를 제외한 사람들은 대체로 사람들의 얼굴을 잘 기억한다는 걸 그는 내게 상기시켜 주었다.

"제 평생 그렇게나 재미있는 일도 없었을 거예요."

나는 그에게 나의 놀라울 만큼 짧은 평생에 대해 들려주고 싶었지만, 그렇게 하지 않았다. 나는 그의 재미있는 일이 되고 싶지 않았다.

놀랍게도 그는 관리사무소를 비운 채 나를 살인 현장까지 친절히 안내했다. 얼마 걷지 않아 아주 단출한 무덤 앞에 우리는 도착했다. 꽃도 꽃병도 비석도 대리석으로 만든 받침대도 고개를 푹 꺾고 서 있는 조문객도 없는 시시한 무덤이었다. 안내를 마치고 나서도 그는 내가 하는 양을 관찰하는 게 그의 의무라도 된다는 듯 자리를 뜨지 않았다. **시시한 무덤이군요,** 하고 말을 꺼내려는 순간, 그가 먼저 입을 뗐다.

"지금은 비었어요. 속이 비었다고요. 재수 없다고 원래 묏자리의 상주들인 쌍둥이 아들이 와서 이장을 했거든요. 묘비도 피가 좀 묻긴 했지만 그냥 씻어 쓸 수도 있었을 텐데, 부득불 버리더라고요."

그냥 시시한 무덤이 아니라 이제는 주인 없는 무덤이었다.

"그러고 나선 손님도 줄었고 왠지 이 자리를 내주기가 좀 꺼림칙해서…… 하긴 그래도 언젠가는 다시 누가 이 아래 묻히겠죠. 나쁜 기억들이 다 사라질 때쯤 해서 말이에요."

살아남은 사람들은 죽어 버린 사람의 기억을 나눠 갖는 법이지, 그게 좋은 기억이든, 나쁜 기억이든. 죽은 사람, 그러니까 첫 번째 남

자의 나쁜 기억을 많은 사람들이 나누어 가졌고 미처 그럴 기회가 없었던 나는 이제 첫 번째 남자가 흩뿌린 나쁜 기억들의 부스러기를 쫓아 싸구려 사설탐정처럼 이리저리 들쑤시며 다니고 있었다. 나는 멍하니 선 채 거기 오래오래 서 있었다. **왜, 여기에 온 거지? 아무것도 남아 있지 않은 이곳에?**

그가 떠날 차비를 하기에 헤어지기 전 사례를 할 겸 지갑을 뒤적거리자, "아녜요. 이래봬도 여기 월급이 꽤 세거든요. 내가 재미있어서 이러는 거지, 다른 뜻은 없어요."라고 싹싹하게 말하고는 터벅터벅 관리사무소 쪽으로 걸어가기 시작했다. 나도 돌아가야 했다. 아무것도 남아 있지 않은 그곳에서 떠나야 했다.

그런데 그러지 못했다. 나도 모르게 관리인이 돌아간 반대쪽으로 발이 떨어졌다. 희한한 경험이었다. 내 의지와 상관없이 나는 걷고 있었다. 보이지 않는 힘이 나를 잡아당기는 것처럼 어디론가 나는 걸어가고 있었다. 점점 나무들이 높아지는 방향으로 걸어가고 있었다. 점점 더 빽빽해지던 전나무 숲에게 나는 혼잣말을 했다. **너는 믿을 수 있니? 그럴 리가 없잖아. 그런 시시한 묘지 앞에서 첫 번째 남자의 시체가 발견됐다니. 그건 너무 시시하잖아.**

늘 그렇듯 어디서 날아온 건지 알 수 없는 송신인 불명의 생각에 나는 놀랐다. 어느새 나는 작은 납골당 건물 앞에 멈춰 서 있었다. 아무런 장식이 없는 회색 콘크리트 건물이 붉은 흙바닥 위에 박혀 있었다. 문이 달려 있는 정면을 제외하면 납골당의 네 면은 창문도 굴뚝도 물받이도 환기구도 뜻 없는 낙서도 그야말로 아무

95

것도 없는 회색의 단조로운 평면이었다. 정면에는 붉은색 녹이 V 자 모양 얼룩으로 남아 있는 짙은 청색 철제 문이 달려 있었다. 주위로 내가 마주하고 있는 것과 똑같이 생긴 납골당들이 여러 채 보였다. 나도 모르게 문에 달린 빗장을 꽉 깨물고 있던 번호식 자물쇠를 자꾸 만지작거리고 있었다. **그냥 그것뿐이라면…… 그건 너무 시시하잖아.**

나는 자연스레 네 자리 숫자의 조합을 만들었고, 당연히 그래야 한다는 듯 늙은 자물쇠가 부드럽게 열렸다. **자전거 타기에, 자동차 운전에, 이번엔 자물쇠 따기까지.** 나는 나 자신이 전지전능하다고 느꼈다. 혹은 전지전능한 누구의 도움을 받고 있거나. 아니, 전지전능한 누가 기분 내킬 때마다 엉뚱한 생각이나 네 자리 숫자 같은 걸 내 머릿속에 타이핑해 넣는 것 같았다.

문이 열리자 지독히 나쁜 냄새가 코를 찔렀다. 썩은 고등어나 오래된 계란 노른자에서 날 법한 냄새였다. 나는 익숙하다는 듯 벽을 더듬어 알전구를 밝히고 문을 닫았다. 촌스러운 주황색 조명이 금세 좁은 공간을 빈틈없이 꽉 채웠다.

이런 냄새가 나는데도 용케 웃는 얼굴을 하고 있군 그래. 사진 속 주황색 할머니는 이 없는 잇몸을 내보이며 활짝 웃고 있었다. 주황색 할머니의 환한 웃음 밑에는 작은 문이 달린 투명한 플라스틱 상자가 있었고, 다시 그 안에는 조그마한 나무 상자가 보였다. 분위기에 어울리지 않는 웃음과 함께 곱게 갈린 주황색 할머니의 뼈가 들어 있을 터였다.

하지만 나쁜 냄새가 비롯된 곳은 나무 상자가 아니었다.

바닥이었다.

피다, 피.

그냥 그것뿐이라면…… 그건 너무 시시하잖아.

생각처럼 세상이 그리 시시한 곳만은 아니었다. 아무도 관심 가져 주지 않을 것 같은 볼품없는 납골당 안에도 어김없이 이렇게 끔찍한 핏자국이 바닥에 남아 있는 것이다. 나는 어느새 엉덩이가 닿지 않도록 조심하면서 쪼그리고 앉아 핏자국의 중앙, 유독 색이 짙고 두꺼운 부분을 손가락으로 눌러 문질러 보았다.

나는 피 묻은 손가락의 냄새를 맡아 보고 또 그 맛을 보았다.

피였다. 그건 정말 피였다.

발치에 장갑이 한 짝 떨어져 있었다. 엄지와 새끼는 온전했지만 가운데 손가락 세 개는 모두 손바닥에 바짝 붙어 잘려 나간 채였다. 왼손이었다. 나는 그 검정색 왼손을 내 오른손 엄지와 집게로만 조심스레 들어 올리려 했는데 피에 달라붙어 잘 떨어지지 않았다. 나는 첫 번째 남자의 피 속에 좌초된 검은색 장갑을 단념하고 일어나다가 벽에 쓰인 두 글자를 발견했다.

안녕

첫 번째 남자의 피로 쓰인 두 글자, 안녕.

오랫동안 나는 그 안녕을 뚫어져라 바라보았다. '안' 자의 아래로 그어진 획은 아래로 갈수록 급히 옅어졌고, '안' 자의 ㅇ과 '녕' 자의 ㅇ은 모두 납작하게 찌그러진 타원형이었다. 그러다 문득 머릿속에서 하나의 곡조가, 안—녕— 하는 단순한 곡조가 되풀이되었다. 미—도— 하는 단순한 곡조. **안녕.**

참을 수 없어, 무엇을 참을 수 없는지도 모르면서 막연히 참을 수 없어, 나는 황급히 납골당 밖으로 나왔다. **안녕 혹은 미— 도—.** 어둠이 다시 주황색 할머니의 웃음과 썩은 고등어 냄새와 피로 쓰인 '안녕'을 덮을 수 있도록 불을 끄고 자물쇠를 잠그는 것도 잊지 않았다. 채 영글지 않은 어둠이 게으른 늑대처럼 등을 땅바닥에 대고 뒹굴고 있었다. 어린 어둠들을 밟지 않도록 조심하면서 나는 납골당과 무덤 사이를 지나왔다. 갑자기 내게도 비밀이 생겨 버렸다. 이야기할 수 없는, 이야기할 데 없는 비밀.

4월 20일, 연두색 레인코트를 다시 만나다

어제 나는 거기를 다시 갔다.

그래야만 했다. 어제 아침 호텔 로비 식당에서 버섯 수프를 입에 부어 넣다 피로 쓰인 '안녕'을 떠올리는 순간, 나는 그래야만 했다. 다른 선택이 없었다. 방으로 돌아가지도 않고 그 자리에서 밖으로 나와 버렸다. 멀쩡하게 반짝대고 있는 보도블록이 참기 힘들어 편의점에 들러 위스키 가장 작은 병을 하나 샀다. 주머니에 쏙 들어가는 크기였다. 정류장에서 버스를 기다리며 반 정도를 마시고 나니 그 모든 게 좀 덜 무서워졌다.

내가 범인인 것 같았다. 거기가 첫 번째 남자의 살해 장소라면, 누구의 귀띔도 없이 거기를 찾아냈고 자물쇠의 네 자리 비밀번호를 한번의 망설임도 없이 입력했던 바로 내가 범인인 것 같았다.

그게 나였다; 전지전능한 살인자, 기억을 잃어버린 살인자, 아는 척하는 데 달인인 살인자, 식물학자가 아닐까 생각한 적이 있었던 살인자, **한참을 빙 돌아 여기까지 왔네⋯⋯ 살인자라⋯⋯**

열린 차창으로 들이닥친 바람이 자꾸만 달아오르던 내 뺨을 식혀 주었다. 버스 안에서 나는 남은 반 병을 다 비워 버렸고 계단을 내려가다 넘어질 뻔했다. 사라지던 버스 꽁무니에서 검은 매연이 확 피어올랐다. 인도의 턱에 걸터앉아 턱에 묻은 술인지 침인지 알 수 없는 액체를 손으로 닦아 내며 잠시 쉬었다.

살인자라는 걸 깨닫기에는 나무랄 데 없는 날씨였다. 정오가 되기 전부터 취해 있기에도 마찬가지로 더할 나위 없는 날씨였다. 비틀대지 않겠다고 다짐하며 일어나 걷기에도 완벽한 날씨였다. 파란 하늘에 길게 드리워진 금세라도 부서질 것 같은 길쭉한 구름을 바라보면서 나는 공동묘지로 들어갔다. 관리인은 제자리에 없었다. 머리가 지끈지끈 아파 오기 시작했다. **술에 취한 살인자가 멋대로 들어오는데도 아무도 제지하지 않다니, 정말 정신이 나간 곳이군 그래.** 술병을 바닥에 떨어뜨렸다. 머리가 너무 아팠다. 한 걸음 한 걸음 땅에 발을 디딜 때마다 날카로운 메스가 뇌수를 헤집고 다니는 것 같았다. 텅 빈 관리사무소 문을 다급하게 열고 안으로 들어갔다. 고통에 헐떡거리는 숨소리가 아주 가까이서 들렸다. **이게 살인자의 숨소리로군.** 고개를 아래로 하고 바닥으로 푹 고꾸라졌다.

나는 하늘을 보고 사지를 쫙 펼친 채 누워 있었다. 더 이상 머리는 아프지 않았다. 입꼬리에서 흘러나온 침이 볼을 타고 턱과 목의 경계까지 흘러 있었다. 여전히 관리사무소였다.

그때 창밖으로 남자와 여자 한 쌍이 보였다. 그 옆으로 유난히 차체가 길어 보이는 검정색 택시 한 대가 서 있었다. 남자와 여자는 마주 보며 대화를 나누고 있었다. 남자는…… 뒷모습과 약간의 옆모습만 보였지만…… 지난번에 만났던 지나치게 호기심이 많던 관리인처럼 보였다. 여자는…… 너무나도 쉽게 알아볼 수 있었다. 연두색 레인코트를 입고 있었던, 첫 번째 남자의 전화기 속에 살고 있었던 바로 그 여자였다. 비록 연두색 레인코트 대신 회색 카디건을 입고 있었지만, 비록 신중한 표정 대신 환한 웃음을 관리인에게 뿌리고 있었지만 내 눈을 속일 수는 없었다. 연두색 레인코트의 여자가 고개를 까딱하고는 택시 뒷문 손잡이를 잡아당기는 찰나, 나는 관리사무소의 문을 열고 밖으로 나왔다.

그녀는 나를 보았다. 나도 그녀를 보았다. 거기까지는 분명했다.

여자는 아주 느릿느릿 웃었다. 나를 향한 것인지는 분명치 않았다.

"그럼 다음에 또."

그 목소리였다. 우리의 첫 번째 통화에서 내게 무엇을 원하느냐고 따지듯 묻던 목소리. 하지만 그게 다였다. 그녀는 입을 닫고 입가의 웃음을 닦고 허리를 접으며 택시 안으로 사라졌다. 나는 그녀를 붙잡을 수 없었다. 택시는 황급히 사라졌고 뿌연 흙먼지가 허리께까지 튀어 올랐다.

"뭐라고 했죠, 저 여자가 당신에게?"

진정한 살해 장소에 대해, 네 자리 자물쇠 번호에 대해, 피 묻은 장갑에 대해, 안녕에 대해, 그 모든 내 비밀에 대해 그녀가 얘기하던가? 그녀는 다 알고 있던가?

"당신 뭐예요? 왜 거기서 나와요?"

나는 대답할 수 없었다. 그 난데없는 날카로운 적의(敵意) 앞에 나는 움찔했다. **나는 묻는 사람이지, 대답하는 사람이 아니거든요.**

"기자면 기자지, 남의 방에 함부로 들어가도 되는 거야? 뭐야…… 정말 기자가 맞긴 한 거야?"

대답할 수 없었던 나는, 대답할 수 없으므로 달렸다. 연두색 레인코트를 입은 여자가 사라진 그 길로. 달린다기보다는 그냥 외면하고 조금 빨리 걷는다는 느낌으로 나는 그 공동묘지를 떠나고 있었다.

안녕.

등 뒤로 아무 소리도 나지 않았다.

3장

그러나 광기에 대한 기억이 광기 그 자체는 아니지.
— 나기브 마푸즈, 『걸인들』
(4월 22일~5월 5일)

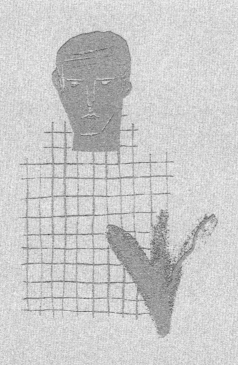

4월 22일, 꿈에서 새장을 향해 총을 쏘다

기억이 나기 시작했다.

기억이 나기 시작했다, 고작 어젯밤 꿈에 대한 기억일 뿐이지만.

기억이 난다는 게 얼마나 놀라운 경험인 건지.

기분 전환으로 영화나 볼까 싶어 극장 매표소 앞에 줄을 서 있는데 갑자기 기억이 나기 시작했다. 한 장면씩 한 장면씩 연결되지 않는 파편들이 나타나더니, 나중에는 흩어진 퍼즐 조각들을 맞출 때처럼 앞뒤로 이가 맞아 가며 얼추 하나의 커다란 그림이 만들어졌다.

어젯밤에 꾼 꿈이 시간이 한참 지나 그러니까 대략 오늘 오후 3시경, 「황급한 결단」이라는 영화를 보려고 매표소 앞 고단하게 늘어선 줄 중간에 파묻혀 있던 내 머리에 도착한 것이다.

내 바로 앞에는 어린 연인들이 있었다. 남자애는 커다란 팝콘 통을 들고 있었고 치아 교정기를 단 여자애는 쉴 새 없이 재잘대면서도 연신 팝콘 통 속에 손을 찔러 넣었다. 내 의지와 상관없이 그들의 대화 한 조각이 내 고막에 꽂혔다.

"오빠, 「치료사」 봤다 그랬던가?"

"뭐?"

"영화 있잖아. XX가 나오는 영화, 「치료사」."

여자애가 말한 배우의 이름은 잘 알아듣지 못했다. 하긴 그게 중요한 건 아니었다. **「치료사」…… 하지만 그 장면은…… 영화에서 나온 게 아니야…… 그럼…….**

그러고는 땡볕에서 20분 이상 기다려 쟁취한 나의 자리를, 「황급한 결단」에 점점 더 가까워지던 나의 벡터를 포기하고 얼른 호텔로 돌아왔다. 기억 속에서 까딱 사라질지도 모르는 꿈의 퍼즐을 맞추기 위해서. 지금은 4시 30분이다.

어젯밤 꿈을 자세히 또 가급적이면 시간순으로 기록해 본다. 기억나는 가장 첫 번째 장면에서 나는 「치료사」에 나왔던 남자가 들고 있었던 것과 아주 흡사한 권총을 들고 좁은 복도를 뛰고 있었다. 꿈에서나 간혹 볼 수 있는 광경인데, 뛰고 있는 내 모습이 자주 보였다. 나는 미로 같은 그 복도에서 아주 정확히 길을 아는 것처럼 보였다. 분기점이 나올 때마다 너무도 명쾌하게 한쪽을 택하는 내 모습이 대단하게 느껴졌다. 그 선택이 너무 빨라 롤러코스터를 타는 것처럼 약간 어질어질하기도 했다. 그러고는 커다란 방으로 들어섰다.

그 방의 광경이 오늘 오후 3시 내 앞에서 있던 치아 교정기를 단 수다쟁이 여자애의 말을 듣고 내가 제일 먼저 떠올렸던 꿈의 장면이다. 언뜻 보기에는 「치료사」의 장면들과 유사했다. 내가 본 「치료사」에서는 킬러가 잠입한 방에 수십 명의 수박 머리를 가진 사람들이 등을 돌린 채 의자에 앉아 있었다.

하지만 꿈속의 방에는 단 하나의 의자만이 있었다. 의자 위의 존재를 확인하기도 전에 나는 거기다 총탄을 박아 넣는 게 내 할 일이라는 걸 이미 알고 있었다. 그게 무엇이든, 이를테면 사람이든, 유인원이든, 과일이든, 어패류든 뭐든 말이다.

의자 위에는 연두색 레인코트와 엷은 밤색 계통의 챙 넓은 모자를 쓴 여자가 나에게 등을 돌리고 앉아 있었다. 나는 머리를 향해 총을 쏘았다. 맥없는 총소리가 나고 모자가 약간 옆으로 기울었다. 나는 달려갔다. 나는 비로소 정면에서 그 의자에 앉은 것, 방금 내가 총을 쏘았던 것을 보았다.

그건 사람이 아니었다. 사람인 것처럼 꾸며 놓은 것이었다. 몸통은 커다란 철제 새장이었다. 새장 안에는 흰 비둘기 두 마리가 횃대에 가만 앉아 있지 않고 요란스레 날아다니고 있었다. 새장 바닥에는 하얀 깃털이 소복이 쌓여 있었다. 연두색 레인코트를 새장에 입혀서 사람처럼 보이게 한 것이었다. 새장 위에는 검정색 여자 가발과 모자가 엉성하게 놓여 있었다.

107

안타깝게도 그때의 내 감정은 잘 기억나지 않는다.

그런 후 나는 그 새장으로 만든 가짜 인간을 마주 보고 있는 벽에 빨강 크레파스로 '안녕'이라고 쓰고 있었다. 그 딱 두 글자를 쓰는 동안에도 크레파스는 마치 초콜릿처럼 자꾸 녹아내려 내 손을 더럽히고 있었고 나는 짜증을 내며 여기서는 크레파스 하나 제대로 만들어 내지 못하냐며 버럭 소리를 질렀다. 무엇 때문에 화가 나는지도 모르면서 나는 화를 내고 있었다.

여기까지다. 여기까지가 내 꿈의 세밀한 개요다. 그 밖에도 몇 장의 희미한 광경들이 더 있기는 한데, 정말 그게 꿈속의 광경인지 아니면 내 상상이 새로 제작한 것인지 모르겠다. **기억에 대해 거짓 말하는 게, 혹은 거짓 기억을 머릿속에 집어넣는 일이 얼마나 쉬운 일인지.**

그럴 수 있다면 얼마나 좋겠는가! 어젯밤에 꾼 꿈이 오후가 훨씬 넘어 뒤늦게 내 기억으로 배달되었던 것처럼, 내 잃어버린 기억이 갑자기 어느 날 내게 배달된다면. 실은, 약간의 배달 사고가 있어서 늦어진 것에 불과하다면. 혹은 그 기억과 내가 이를테면 몇 광년 떨어져 있는 바람에 거기에서 쏘아진 전파가 아직 내게 도달하지 못한 것이라면. 내가 기억하지 못하는 이유가 단지 그런 거라면.

4월 23일, 살인범이거나 그렇지 않거나

가만 생각해 보니 확실한 건 하나도 없었다. '지금 호텔 밖에 장대비가 내리고 있다'라는 사실처럼 확실한 건 하나도 없었다. 나는 나에게 살인자라는 선고를 내렸지만 가만 생각해 보면 확실한 건 하나도 없었다.

내가 범인이라는 걸 입증할 수 있는 사실은 하나도 없었다. 가령 그 납골당이 진정한 살해 장소라는 건 내 추측일 뿐이었다. 그 피가 첫 번째 남자의 피라는 증거가 어디 있는가? 벌초 나온 사람이 손가락을 베어 흘린 피일 수도 있고 들짐승의 피일 수도 있었다. 게다가 그게 정말 피라는 증거는 또 어디 있는가? 백번 양보해 거기가 첫 번째 남자의 진정한 살해 장소라고 해도 결과는 마찬가지다. 우연히 내가 그곳을 발견했다고 해서 어찌 당장 내가 살인자라는 식으로 해석을 해야 하는가? 자물쇠도 그렇다. 처음부터 그 자물쇠는 고장 난 것인지도 모른다. 내가 집어넣은 네 자리 숫자뿐만 아니라 다른 어떤 숫자의 조합을 집어넣더라도 적당히 힘을 주어 당기기만 하면 열리는 고장 난 자물쇠였을 수도 있는 것이다.

지금 비가 오고 있는 것만큼 확실한 건, 확실한 건 하나도 없다는 사실이야.

내가 견딜 수 없는 건 내가 살인자일지도 모른다는 사실이 아니라 바로 이 확실한 건 하나도 없다는 사실이었다. 밖으로 나가기로 결심했다. 지금 당장 납골당에 다시 한 번 가보기로 결심했다.

방금 호텔로 돌아왔다. 끈질긴 빗방울들이 하루 종일 이 도시를 때려 대고 있다. 오늘 이 도시의 모든 소음들은 빗방울들 뒤로 숨어 버렸다. 귀가 먹먹해질 정도의 소음으로부터 나는 막 한결 조용한 나의 방으로 귀환했다.

오늘 낮 나는 나의 자동차를 몰고 납골당으로 갔다. 빗방울들은 부서져라 천장을 두들겨 대고, 또 윈도 브러시는 팔이 빠져라 자꾸 차창에 드러눕는 빗방울들을 쓸어 내고 쓸어 내고. 나는 확실치 않은 것들의 목록을 줄이기 위해 확실한 비의 폭격을 뚫고 납골당으로 가고 있었다. **이로써 세 번째로군.** 아무 감흥도 없이 눅눅한 차 속에서 나는 조용히 내뱉었다.

오늘도 관리사무소는 비어 있었다. 관리인이 부재한 빗속의 관리사무소, 시작은 그럴싸했다. 하지만 자동차에서 내려 채 20미터도 걷기 전 내 신발과 바지는 흠뻑 젖고 말았다. 나는 거의 신발끈까지 푹푹 파묻히는 진창을 걸었다. 길을 걷고 있되 길은 잘 보이지 않았다. 그만큼 가시거리가 좁았다. 기껏해야 2~3미터 정도? 똑바로 볼 수 있는 건 발밑에서 끊임없이 변형되고 있는 진창 정도였다. 소리도 길도 모두 게걸스러운 빗방울들이 집어삼키고 있었다. 제대로 가고 있는 건지, 이 길이 납골당으로 향한 길이 맞는지, 내가 걷고 있는 곳이 과연 길이기나 한 건지 의심스러웠다. 의심은 그 무자비한 빗속에서도 잘 지워지지 않았다.

우산은 쓰나 마나였다. 중력의 법칙을 따르지 않는 고약한 빗방울들이 사방팔방에서 내 몸을 공격했다. 무엇을 찾으려고 했던 것인지는 이미 잊은 지 오래였다. **내가 진 거야. 내가 졌다고.** 빗방울들과의 싸움에서 패자가 되어 버린 나는 절망스러운 심정으로 퇴로를 찾고 있었다.

그렇게 무엇을 찾고 있었는지 혼란스러워질 즈음, 돌연 내가 만든 길 앞에 회색 납골당이 그 형체를 드러냈다. 반갑지 않았다. 나는 이미 너무나 피곤했다. 하지만 젖은 팔을 들어 비에 두들겨 맞고 있는 자물쇠를 확인할 만한 기력은 남아 있었다. **아니잖아.** 아니었다. 그 납골당이 아니었다. 자물쇠가 달랐다. 나는 성지 순례를 하는 관광객들처럼 군집해 있는 납골당을 차례차례 방문했지만 내 눈앞에서 마술처럼 열리던 그 자물쇠는 없었다. 나는 점점 더 초조해졌다. 그리고 문득 무서웠다. **이러다 영원히 여기서 빠져나가지 못할지도 모르겠어.** 나는 필사적으로 도망치기 시작했다, 진창을 건

너 납골당이 부재한 곳으로.

목욕탕에서 뜨거운 물방울로 머리를 적실 때 문득 떠올랐던 질문 하나: 내가 진정 증명하고 싶었던 건 뭐였을까? 내가 살인범이라는 거? 아님, 내가 살인범이 아니라는 거? **살인범이거나 그렇지 않거나.**

머리에서 떨어진 물방울 하나가 일기장에 떨어졌다. 살인범이거나 그렇지 않거나,라는 함정에서 빠져나와야겠다는 생각이 든다. 내일은 아무것도 되고 싶지 않다,라는 생각을 하며 일기장을 덮는다.

4월 25일, 일곱 군데 볼링장을 찾아 떠나기로 하다

어제는 가벼운 감기였다. 전화를 들고 내 증상을 지배인에게 읊어 주었더니 처음 보는 웨이터가 약과 과일 바구니를 들고 방으로 올라왔다.

방금 진한 녹색 캡슐 하나 그리고 못대가리만 한 크기의 하얀 알약 두 개를 입에 털어 넣었다. 오늘은 많이 좋아진 것 같다. 그저께 결심했던 것처럼 나는 어제 미열로 종일토록 침대에서 뒤척이면서도 내가 살인범인지 그렇지 않은지 생각하지 않았다. 또 어제 오후 느지막이부터 구름이 걷히며 태양이 고개를 내밀었다. 창문을 열고 비스듬히 누운 태양 빛을 맞으며 나는 빗방울들의 기억을 천천히 말렸다.

나는 훌훌 털고 자리에서 일어났다. 살인범이거나 그렇지 않거나,라는 양자택일의 질문은 더 이상 그저께처럼 쓰라리지 않았다. 하지만 나는 여전히 둘 중의 하나라고 확신에 찬 목소리로 대답하고 싶었다. 아무것도 기억하지 못하는 내 몸속 어딘가에 이식되어 있는 질문 기계에게 말이다.

4월 15일자 일기장에 스카치테이프로 붙어 놓은 메모지를 찾았다. 일곱 군데 볼링장 이름과 주소. 다시 그 납골당을 찾아갈 엄두는 나지 않았다. **납골당은 그 끔찍한 빗속에 완전히 녹아 버렸을 거야. 틀림없어.**

그렇다면 이번에는 볼링장이었다. 두 번째 여자가 발견되었다는 볼링장. 메모지에 적혀 있는 일곱 군데의 볼링장 중 단 한 곳일 바로 그 볼링장. 나는 지도를 펴고 붉은 동그라미가 그려진 두 번째 여자의 주소지와 살해 장소를 주의 깊게 살폈다. 잠시 후 지도를 정성껏 접어 주머니에 점심과 저녁에 먹을 약과 함께 집어넣었다. 일곱 곳의 볼링장 중 단 하나의 볼링장을 찾는 것이 오늘의 숙제다.

4월 26일, 너를 욕실에 가두고 나는 볼링을 쳤지

상투적인 말이지만, 거듭된 실패 끝에 마침내 성공이 찾아왔다.

어제 오후와 오늘 오후 나는 메모지에 적혀 있는 순서대로 다섯 곳의 볼링장을 어렵게 찾아냈지만 결과적으로는 죄다 실패였다. 그 다섯 군데 중 어느 곳도 두 번째 여자의 살해 장소는 아니었다. 아니, 실은 다섯 군데의 볼링장을 순례하는 동안 나는 그곳이 살해 장소인지 아닌지 알아내지 못했다. 나는 감히 여기가 바로 그 두 번째 여자가 목이 졸려 숨진 채 발견된 곳이 아니냐고 누구인가에게 물어보지 못했다. 내 기억의 우편함으로 무엇이 배달되기를 희망하면서 병든 개처럼 속으로만 중얼거렸을 뿐이었다. **여기가 아닐까?**

볼링장 한 군데를 찾는 데만도 무척 기다란 시간이 흘렀다. 나는 땀을 뻘뻘 흘리며 우체부처럼 주소만 들고 낯선 동네를 쏘다녔다. 또다시 미행이 붙을까 두려워 함부로 타인에게 질문도 하지 못했다.

그러다 거짓말처럼 우뚝 서 있는 커다란 볼링 핀 하나를 만났다. 나보다 얼굴 한두 개는 더 컸던 첫 번째 볼링 핀. 좁은 언덕길을 내려와 마주친 2차선 차도의 가장자리, 경계가 자꾸 뭉개지던 가느다란 인도를 따라 걷다가 나는 그 볼링 핀을 만났다. 등 뒤에서 부서지던 햇빛 때문에 검은 실루엣으로 보이던 그 첫 번째 볼링 핀을 만난 순간, 내 머릿속에서는 이런 노래가 떠올랐다.

너를 욕실에 가두고 나는 볼링을 쳤지.
너를 욕실에 가두고 나는 볼링을 쳤지.

밑도 끝도 없이 툭 내게 던져진 이 노래 한 토막. 머리와 꼬리는 잘려 나가고 몸뚱이만 남은 기괴한 생물. 조잡한 기계음 뒤로 어린애 같은 중성의 목소리. **이런 건 하나도 반갑지 않아.** 우물거리며 한 번 따라 불러 보았지만 더는 아무것도 생각나지 않았다.

단지 짤막한 노래 한 조각을 얻었을 뿐 나는 거기 첫 번째 볼링장에서 아무것도 얻지 못했다. 다른 데서도 마찬가지였다. 나는 그저 조금 들어가다 멈칫거리고 주춤대다 물러나고 망설이다가 돌아섰다. 나는 어떤 단서가, 이를테면 나만이 알아볼 수 있는 살해의 징표 같은 것이, 납골당에서처럼 눈에 확 띄길 바랐던 거였다. 하지만 수상해지고 싶지 않아 침묵을 지키던 내게 바라던 선물은 주어지지 않았다. 네 번째 볼링장 정문에서 만난 "내부 공사 중이라 5월 둘째 주까지 쉽니다"라는 팻말이 반가울 정도였다. 나는 반가운 기색을 애써 숨기고는 네 번째 볼링장의 알루미늄 문고리를 거칠게 잡아 흔들었다. 노래를 부르면서, 입 안에서 그렇게 웅얼거리며.

너를 욕실에 가두고 나는 볼링을 쳤지.
너를 욕실에 가두고 나는 볼링을 쳤지.

하지만 그게 끝이 아니었다. 나는 오늘 오후 늦게 다섯 번째 볼링장을, 그러니까 오늘의 마지막 볼링장을 찾았다. 별다른 기대도 없이 몇 단의 계단을 성큼성큼 올라 때 이르게 형광등이 켜진 건물의 1층 복도로 들어섰다. 짧은 복도 끝 불투명한 간유리 두 짝으로 만들어진 미닫이문이 있었다. 나는 어느새 입에 붙어 버린 노래를 흥얼대며 간유리 두 짝 위에 붉은 셀로판테이프로 솜씨 좋게 오려 붙여진 그곳의 이름, 〈헬싱키 볼링장〉을 멍하니 바라보았다. 왼쪽 문에 〈헬싱키〉가 오른쪽 문에 〈볼링장〉이 각각 세로로 붙어 있었다.

그때였다. 헬싱키 볼링장의 〈헬싱키〉가 확 열리며 모자를 쓴 키작은 남자가 튀어나왔다.

"뭐하세요, 들어오세요."

이것이 계시가 아닐까,라는 생각이 들었다. 두꺼운 회색 점퍼를 입은 그 남자는 얼어붙은 것처럼 쭉 편 팔로 문을 잡은 채로 가만히 서 있었다. 들어오라는 뜻처럼 보였다. 거부할 수 없었다. 나는 헬싱키 볼링장으로 들어갔다.

"혼자시죠?"

질문 같지는 않았다. 나는 답 대신 되물었다.

"주인이세요?"

"아니요. 그냥 친구가 장사하는 곳인데 제가 잠시 봐 주고 있어요."

거기 헬싱키 볼링장의 내부는 너무 좁았다. 레인은 네 개밖에 없었고, 볼링 핀이 서 있는 곳은 공을 던지는 곳으로부터 지나치게 가깝게 느껴졌다.

"애버리지가 얼마예요?"

"잘 모르겠는데요, 하도 친 지 오래돼서. 그냥 보통 정도……."

나는 대충 얼버무린 답변을 그에게 돌려주었다. 그와 내가 게임을 하게 될 것 같았다. 내가 볼링을…… 할 수 있을까?…… 할 수 있을 것 같았다. 자전거 타기에, 운전에, 자물쇠 열기에, 이번에는 처음 보는 사람과 볼링까지. **기억하는 거 말고 내가 할 수 없는 게 뭐 있을까?**

나는 공을 하나 골라 후다닥 손가락을 쑤셔 넣고 최대한 자연스럽게 공을 볼링 핀 쪽으로 굴렸다. 의식적으로 이렇게 해야겠다고 작정한 건 아니고 그저 적당한 것을 적당한 구멍에 집어넣는, 그런 느낌이었다. 핀들이 우르르 쓰러지더니 네 개가 남았다. 멍하니 서서 남자가 던지길 기다렸는데, 움직일 생각은 않고 왜 안 던지냐는 표정으로 나를 쳐다보길래 잠시 딴청을 피우는 중인 척하다가 냅다 한 번 더 던졌다. 이번에는 세 개가 쓰러지고 하나가 남았다. 또 굴려야 하는지 남자가 굴리도록 기다려야 하는지 몰라 어중간하게 서 있었더니 이번에는 그 볼링장 주인의 친구가 일어나 공을 굴렸다. 공은 내 차례 때보다 훨씬 더 빠르게 굴러갔다. 그가 굴린 분홍색 공이 하얀색 볼링 핀을 하나도 남기지 않고 다 쓰러뜨렸다. 그 남자는 팔짝 뛰면서 주먹을 짧게 아래에서 위로 휘두르며 외마디 소리를 질렀다.

나는 볼링의 규칙을 전혀 모른다는 걸 깨달았다. 물론 모든 모르는 것에 대해 아는 척하기란 내 생활의 핵심이었다. 그와 볼링의 규칙을 전혀 모르는 또 한 명의 남자는 번갈아 가며 공을 굴렸고 기름기가 있는 마른 수건으로 공을 닦았고 그리고 천장에 매달린 푸른 수상기 위에 떠오른 알 수 없는 기호와 도형과 선과 숫자를 함께 감상했다.

한 시간쯤 번갈아 공을 굴렸을까, 마침내 지리한 게임이 끝난 것 같았다. 그가 이긴 것 같았다.

"한 게임 더 하실래요?"

이건 좀 경우가 아니잖아. 나는 그의 호들갑스러운 몸짓을 더는 보고 싶지 않아 잠시 뜸을 들이다 갑자기 생각났다는 듯 되물었다.

"사람이 없네요."

"그렇죠, 뭐. 더 치실 거예요, 말 거예요?"

나는 대답하고 싶지 않은 질문에 대답하지 않는 방법을 열 가지도 넘게 알고 있었다. 게다가 먼저 경우가 바르지 않게 행동한 건

그였으니, 나 역시 경우가 바르냐 그르냐를 신경 쓸 필요는 없었다.

"나쁜 소문이 돌던데, 그것 때문에 이렇게 썰렁한 거예요?"

"누가 그딴 소리를 해요? 아 그거 때문에 정말 열 받네. 우리가 아니고, 이 옆에 옆에 옆에 옆 블록에 있는 〈W 보링장〉 아시죠? 몰라요? 거기서 사람이 죽은 거예요, 거기서. 우리가 아니고요. 아, 재수 없게 거기서 사람이 죽는 바람에……."

남자가 씩씩대며 모자를 벗었다. 염색을 했는지 머리 위쪽은 샛노랑에 가까운 지푸라기 빛이었고 옆머리나 뒤통수 쪽은 한결 짙은 밤색이었다. W 볼링장. 어슴푸레 기억이 났다. 여섯 번째인가 일곱 번째인가로 내 메모지에 적혀 있던 볼링장.

"W 볼링장이라고요?"

"그래요, W 보링장, 거기서 죽었다고요. 어떤 새끼가 우리 보링장하고 상관있다는 말도 안 되는 소문을 내고 다니는 건지…… 걸리기만 하면……."

그렇게 마침내 성공이 찾아왔다. 두 번째 여자의 살해 장소를 의외의 곳에서 의외의 사람에게 의외의 방법으로 알게 된 것이었다.

"누가 죽인 거라면서요?"

"알면서 뭘 물어봐요. 요즘은 좀 수그러들었지만…… 한때 꽤 시끄러웠잖아요, 그 연쇄살인범."

나는 깍듯한 인사를 하고 돈을 치르고 헬싱키 볼링장을 빠져나왔다. 헬싱키의 바깥은 벌써 어두웠다. 근처 가로등 밑에서 허리에 찰 수 있는 작은 가방을 열어 일기장을 꺼내 4월 15일자의 일기에

121

붙어 있던 메모지를 찾았다. 있었다.

W 볼링장

　여섯 번째의 볼링장. 다섯 번째의 볼링장에서 함께 게임을 했던 남자가 알려 준 살해 장소. 이미 깜깜해졌고 또 지치기도 해서 W 볼링장을 찾지 않고 바로 택시를 타고 호텔로 돌아왔다.

4월 28일, 지도가 날아가 버리다

방금 4월 27일이 영원히 없어져 버렸다. 그러고는 너무도 간단히 4월 28일이 찾아왔다. 영원히 사라진 4월 27일.

나는 방금 사라져 버린 4월 27일의 아침, 태양이 하늘 꼭대기로 치솟을 즈음 느지막이 일어났다. 커튼을 확 열어젖히고 모락모락 피어오르던 태양의 냄새를 맡았다.

나는 내 할 일을 알고 있었지만 얼른 움직이는 대신 늑장을 피웠다. W 볼링장으로 가서 나는 내 전(前) 직업을 확인해야 했다. 살인자인지 아니면 그 밖의 다른 것이 될 여지가 남아 있는지 확인해야 했다.

잠그고 태양이 환한 바깥으로 나온 건 거의 4시가 넘어서였다. 〈W 볼링장〉을 찾는 데는 오랜 시간이 걸리지 않았다. 두툼한 모자를 눈썹 밑으로 눌러쓰고 있던 헬싱키의 남자가 말해 준 〈W 볼링장〉은 〈헬싱키 볼링장〉에서 1킬로미터도 채 떨어지지 않은 곳에 있었다.

나는 망설였다. 학교에 가는 아이처럼, 집으로 돌아가는 가장처럼, 그렇게 아무렇지도 않게 두 번째 여자가 살해당했다는 그 건물로 나는 들어갈 수가 없었다. 거기에 내가 책임이 있는지 없는지 그건 나중 문제였다. 내 가방 속 어디에 들어 있는 두 번째 여자의 신분증명서, 바로 그게 내 망설임의 근원이었다.

조금씩 날이 어두워지고 있었다. 나는 건물 회전문 앞에 덫에 걸린 고라니처럼 움쭉달싹 못한 채 서 있었다. 그러다 머릿수건을 쓰고 한쪽 손에 물이 찰랑찰랑대는 플라스틱 양동이를 든 아주머니와 눈이 마주치고 말았다. 아주머니는 양동이를 들지 않은 손으로 유리문을 밀고 나오다가 나를 쳐다보더니 얼굴을 찌푸렸다. 그 찌푸린 얼굴이 바깥으로 쏟아져 나오기 전 나는 황급히 좁아지고 있던 회전문 틈새로 몸을 던져 넣었다. 나는 곧 〈W 볼링장〉이라고 쓰인 초라한 아크릴 간판 하나를 발견했다. 간판은 입구에서 보아 오른쪽 구석, 어두컴컴해 보이는 지하로 내려가는 계단 바로 위쪽에 붙어 있었다.

로비 중앙에는 바닥과 같은 재질의 커다란 은빛 원형 탁자가 있었다. 내 가슴 근처께까지 올라온 그 원형 탁자 안에는 머리를 정수리에 찰싹 붙여 넘긴 두 명의 여자가 등받이 없는 의자에 앉아 있었다. **영혼이 없는 애들 같아, 눈도 깜빡이지 않는 게.**

그때 〈W 볼링장〉이라는 간판 아래서 연두색 레인코트의 여자가 나타났다. **뭐야, 왜 니가 거기에서 나오는 거지.** 나는 놀라서 입을 벌린 채 굳어 버렸다.

"아저씨."

"……."

보라색 유니폼을 입은 왼쪽 여자가 원형 탁자를 손으로 톡톡 두드리면서 나를 부르고 있었다.

"어딜 찾아오신 건가요?"

틀림없이 그 여자가 맞았다. 연두색 레인코트의 여자. 5시에 외출했던 여자. 첫 번째 남자의 전화선 속에서 내게 도대체 뭘 원하느냐고 따지듯 묻던 여자. 첫 번째 남자의 시체가 발견된 공동묘지에서 관리인과 대화를 나누던 여자. 그 연두색 레인코트의 여자가 은빛 바닥의 로비를 성큼성큼 가로질러 막 회전문 앞으로 다가가고 있었다.

"볼링장을 찾아오신 건가요?"

나는 그제야 열린 입을 닫고 뒤돌아 걷기 시작했다. **그만 내게 신경 끄고 눈 깜박거리는 법이나 배우는 게 어때?**

벌써 거리는 어두워지고 있었다. 보도블록은 어느새 토스터기에서 너무 오래 태운 식빵 색깔이었다. 그 위를 연두색 레인코트의 여자가 불에 덴 듯 빠른 속도로 걸어가고 있었다.

갑자기 여자가 화려한 등(燈)을 잔뜩 단 버스 속으로 사라졌다. 퇴락한 관광지 기념품 가게에서 흔히 볼 수 있는 미니어처 장난감

버스를 확대해 놓은 것 같은 조잡한 버스였다. 이번만은 놓칠 수 없었다. 밤색 식빵 위를 나도 죽을힘을 다해 달렸다. 버스는 잠시 꾸물대다가 마치 추적자의 존재를 눈치챘다는 듯 황급히 달아나기 시작했다. 나는 대기하고 있던 택시에 올라탔다.

"저 버스를 따라가 주세요."

다행히 운전기사는 내게 아무런 호기심도 보이지 않았다. 얼굴을 볼 수 없었던 그 운전기사는 한마디도 하지 않았다. 어쩌면 벙어리인지도 몰랐다. 아니면 이 도시에서는 버스를 추적하고 싶어 하는 미치광이들이 손님 서넛 중의 한 명꼴일 정도로 흔해 빠졌는지도 몰랐다, **하지만 나한텐 처음 일어나는 일이라고, 추적을 당한 적은 있지만 추적하는 건 처음이라고.**

버스는 지저분하고 복잡한 길 위를 서두르는 기색 없이 달렸다. 요란한 노란색 등 덕분에 버스는 추적자에게는 좋은 표적이 되었다. 정류장마다 나는 고개를 내밀고 혹시 연두색 레인코트의 여자가 내리지나 않는지 살폈다.

버스가 고가도로로 접어들자 차들의 수가 부쩍 줄었다. 금세 턱밑까지 낮춰진 스카이라인 위로 펼쳐진 하늘은 짙은 청바지 빛깔이었다. 버스는 보기와는 달리 날렵한 움직임으로 커브에서도 별로 속도를 떨어뜨리지 않으면서 사납게 노란색 자국을 길 위에 그었다. 열린 차창으로 타이어에 시달린 도로가 토해 낸 열기가 거세게 달려들었다. 문득 나는 연두색 레인코트의 행선지가 궁금해져서 가방에서 지도를 꺼내 폈다. 획획 소리를 내며 뒤로 내달리던 노란 나트륨등에 의지할 양으로 지도를 열린 차창 쪽으로 들이밀었는데 택시가 갑자기 차선을 변경하는 바람에 몸이 중심을 잃고 차 문 쪽으로 넘어졌다. 순식간이었다. 활짝 펼쳐진 지도가 내 손을 빠져나가 나트륨등이 만드는 빛의 영역 속으로, 또다시 순식간에 그 위쪽 청바지 색 어둠 속으로, 사라져 버렸다. 나는 차창 밖으로 고개를 내밀고 끈 떨어진 연처럼 하늘 높이 치솟아 오르던 지도의 마지막 모습을 보았다. 허망했다. **이제 다 날아가 버렸어. 다 날아가 버렸다고.**

정신을 차려보니 우리는, 버스와 택시와 나와 그리고 연두색 레인코트의 여자는 현기증 나는 고가도로에서 다시 지상으로 내려와 있었다. 지도만이 '우리'들을 따라 이 성스러운 지상으로 하강하지 않았을 따름이었다. 지도를 잃어버린 나는 연두색 레인코트마저 잃어버릴까 두려웠다.

그리고 지상의 어느 이름 모를 구석에서 연두색 레인코트가 버스에서 뛰어내렸다. 나는 택시 기사에게 지폐를 한 움큼 쥐여 주고는 지도가 분실된 이 도시로 다시 뛰어내렸다. 연두색 레인코트의 여자는 길 양편으로 노천카페가 즐비한 고갯길을 천천히 올라가고 있었다.

의자와 테이블과 주정뱅이들과 신사와 신사들 앞에서 애써 웃음을 감추고 있는 아가씨들과 웃는 법을 잊어버린 매춘부들과 달콤한 술 냄새와 고기를 볶는 냄새와 어깨 위로 커다란 쟁반을 들고 움직이는 멋쟁이 웨이터들과 유리잔들이 부딪치는 소리들로 인도

128

는 소란스러웠다. 그 소란스러움 속에서 나는 금방이라도 공기 중으로 사라질 것만 같았다. 지도처럼 나도 그 빛의 진공 속으로 빨려 들어가 흔적도 없이 지워질 것 같았다.

그래서 그 연두색 레인코트의 여자가 고갯길 중간에서 멈춰 서서는 두리번거리다 나와 시선이 마주쳤을 때, 나는 그녀의 눈길을 피하지 않았다. 그녀가 나를 이곳에서 날아가지 않도록 붙잡아 줄 수 있을 것 같았다. **하지만 정말로 그녀는 나를 보았던가?** 그랬던 것 같다. 정말로 그녀는 나를 보았을 뿐 아니라 나를 알아보았던 것 같다. 확실히 나를 알아보는 눈빛이었다. 하고 싶은 이야기를 담뿍 담고 있는 눈빛이었다.

하지만 우리는 아무 말도 주고받지 못했다. 우리의 시선 속으로 불쑥 끼어든 늙은 부부가 사라지고 난 뒤 되찾은 풍경 속에서 연두색 레인코트 옆에 어떤 남자가 서 있는 것을 보았을 때 나는 기분이 나빠졌다. 입맛이 썼다. 술이라고는 어제 하루 입에도 대지 않았는데 구역질이 올라왔다. 검정 정장 윗도리 소매 끝으로 튀어나온 하얀 와이셔츠에 그녀의 팔목이 감길 때 나는 화가 났다. 가만 둘 수 없다는 생각이 들었다. 남자의 얼굴은 나뭇가지에 가려 뾰족한 턱과 얇은 입술만 보일 뿐이었지만 틀림없이 웃고 있었다.

웃음으로 찌부러진 두 개의 눕혀 놓은 초승달같이 보이던 여자의 눈과 다시 마주쳤을 때 나는 정말로 참을 수 없는 기분이었다. 나는 이를 앙다물고 발길을 꺾어 고갯길을 내려가기 시작했다. 몇 걸음 걷지 않아 나를 지나쳐 느릿느릿 고갯길을 내려가던 택시를 따라잡아 세웠다.

이제 점점 더 기록되고 있는 나와 기록하고 있는 나의 거리가 가까워지고 있다. 이렇게 가까워지다 보면 언젠가는 그 두 개의 내가 충돌할지도 모른다. 그러면…… 그러면…… 왠지 그러면 안 될 것 같다. 잠으로, 잠으로 도망쳐야겠다는 생각이 든다.

한낮에 잠에서 깼다. 다행히 아무것도 잊어버리지 않았다. '그 날' 이후로 나는 아무것도 잊어버리지 않았다. 다 기억난다. 길거리에서 우뚝 서서 웃으며 나를 바라보던 연두색 레인코트의 손톱처럼 얇던 두 눈과 또 하늘로 높이 솟구치던 나의 지도.

하지만 운전기사가 급히 차선을 한번 바꾸는 것만으로도 모든 게 사라질 수 있는 거다. 그 지도처럼 내 기억도 언제 다시 사라질지 모른다.

L 문구점으로 지도를 다시 사러 가기로 했다. 일단 지도를 다시 손에 넣으면 어떤 것도 그리 간단하게 달아나지 못할 것이다. 지도 그리고 일기까지 내 손에 있다면, 그 어떤 것도…….

4월 29일, L 문구점에서 다시 지도를 사다

어제 있었던 일이다.

고가도로 위에서 지도를 날려 버린 후 나는 혹여 그처럼 나 역시 시커먼 기억 저편으로 다시 내동댕이쳐지지나 않을까 두려웠다. **이 한 달치의 기억마저 잃어버린다면**, 하는 구태여 하지 않아도 좋을 상상을, 검푸른 하늘을 향해 푸드덕거리며 날아가던 지도가 열어젖힌 셈이었다. 사실 한번 잃어버리고 나면 도저히 되찾을 수 없는 무엇이 그 지도 속에 들어 있었던 건 아니었다. 나는 그 모든 동그라미들의 위치를 정확하게 기억하고 있다. 정삼각형으로 잘려나간 모서리 역시. 게다가 나는 그것을 다시 살 수도 있다! 어디서 파는지도 알고 있으니까.

아무 일도 없었다는 듯 새로 지도를 살 수 있다니. 멋진 일이었다.

어제 나는 L 문구점으로 갔다.

L 문구점의 지도 매장에서 나는 예전에 만났던 그 점원을 다시 만났다. 나는 그 여자의 존재를 완전히 잊고 있었다. 여자는 예전과 똑같이 흰 블라우스와 붉은 원피스를 입고 고지도가 그려진 수첩들을 정리하고 있었다. 처음 그녀의 옆모습을 보았을 때 퍼뜩 나는 어딘지 '낯이 익다'라는 느낌이 들었다. 그냥 지나쳐 가다가 그 '낯이 익다'라는 느낌이 '낯이 익지 않아' 돌아보았더니 마침 그녀도 나를 보고 있었다. 나는 인사 대신, 앗, 하고 소리를 지를 뻔했다. 하지만 여자는 놀라는 기색도 없이 천연덕스럽게·내게 인사를 했다.

"안녕하세요?"

근사한 목소리. 귀에 익은 목소리, 안녕하세요?와 더불어 모든 게 기억났다. 한 달 전 바로 그 장소에서 나는 내가 그저께 택시에서 잃어버린 지도와 똑같은 지도 한 장을 샀었다. 여자는 같은 지도를 왜 한 장 더 사냐며 은근히 내 행동을 마음에 들지 않아 했다. 하지만 점원이었던 그녀는 나를 말릴 이유도 권한도 없었고 나는 그녀가 탐탁지 않게 생각하는데도 불구하고 기어코 똑같은 지도 한 장을 사서는 가까운 버스 정류장에서 찢어 버렸다. 그런 일이 있었다. **내 기억에는 문제가 없어. 아무 일도 일어나지 않았고, 또 일어나지 않을 거야.**

"예…… 안녕하세요……."

여자가 웃었다. 기억났다. 저 눈동자. 검은 눈동자가 너무 커서

흰자위가 잘 보이지 않는 저 눈.

"저…… 혹시 저, 기억하시겠어요?"

"그럼요, 지난번에 오셔서도 똑같은 질문을 하셨잖아요. 그 땐……."

"그땐 저를 기억하지 못한다고 하셨죠, 저도 기억해요."

'기억한다'라는 동사가 나를 얼마나 편안하게 만드는지.

"예."

"그런데 이번엔 저를 기억하시는 거네요?"

"네."

여자는 손으로 입을 가리며 웃었다. 예뻤다. 여자는 황급히 뒤를 한번 돌아보고는 시선을 들지도 않고 물었다.

"제게 무슨 하실 말씀이라도……."

"지도를, 그때 샀던 거와…… 정확하게는 안 되겠지만…… 빠듯하게라도, 그러니까 거의 같은 지도를……."

"이제 점심시간이에요. 잠시만 저기 E3라고 쓰인 카운터 앞에서 기다려 주실래요. 바로 들어가서 옷 갈아입고 나올게요."

그렇게 일방적으로 말하고 나서 여자는 돌아서서 고개를 숙이고는 종종걸음으로 걷기 시작했다. 여자가 하얀 벽에 난 하얀 문으로 사라지기까지 줄곧 나는 그 여자를 눈으로 쫓았다. 한 달 전에도 그 여자는 왠지 특별해 보였고 지금도 그랬다. 여자가 내 의도를 오해한 것만큼은 분명했지만 굳이 그런 오해를 바로잡고 싶은 마음은 없었다. 나는 내가 분실했던 지도와 똑같은 지도를 들고 계

133

산대로 가서 얼른 계산을 마친 후 L 문구점 밖으로 나가 지도를 싸고 있는 비닐을 찢어 버리고 지난번과 똑같이 접어서 가방 안에 집어넣고는 다시 L 문구점 E3 카운터 앞으로 서둘러 돌아왔다.

그녀는 꽤나 오랜 시간이 지난 후에 나타났다. 상기된 얼굴이었다. 옷을 갈아입는다고 했는데 그대로였다.

"죄송한데 오늘은 시간이 안 되겠네요. 절 교대해 줄 애가 늦을 것 같아서요."

미리 연습이라도 해 둔 것인지 여자의 말은 빠르고 또 여백 없이 빽빽했다.

"그럼 5월 1일 저녁은 어때요?"

5월 1일이라고, 나는 틀림없이 그렇게 얘기했다. 왜 그랬는지는 정말 모르겠다. 한 달치의 기억만 가지고 있는 내가 처음 맞는 5월 1일에 무슨 특별한 추억을 가지고 있을 리도 만무했다.

여자는 대답 대신 고개만 끄덕이더니 잠시 아주 조그만 목소리로 그날은 저녁 7시에 끝난다고 덧붙였다. 그러고는 고개를 크게 숙이며 인사를 하더니 다시 종종걸음으로 지도 매장 쪽으로 걸어갔다. **5월 1일 저녁 7시.**

방금 전 새로 산 지도를 붉은 카펫 위에 펼쳐 놓고는 침대 위에 올라서서 멀리서 지도를 내려보았다. 나는 붉은 펜을 가지고 와서 지도에 마치 서예가가 붓글씨를 쓰는 것처럼 공을 들여 천천히 네 개의 붉은 동그라미를 그려 넣었다. 순전히 모든 일을 기억으로만 진행했다.

　나는 더 이상 지도를 훼손하지 않기로 했다. 새로 산 지도는 내가 그저께 잃어버린 지도와 거의 비슷해 보였다.

5월 1일, '안녕'을 '인녕'으로 바꾸다

어제의 무시무시하고 끔찍한 모험에 관하여.

일부러 시작을 한껏 과장해 보아도 나는 더 이상 두렵지 않다. 두려운 감정은 이제 완전히 사라진 것 같다. 뭐랄까, 그저 한 발짝 더 나아간 느낌? 나는 여전히 내가 그걸 했는지 하지 않았는지 어느 한쪽의 손을 들어 줄 수가 없다. 어쩌면 이제 곧 끝날지 모르겠다는, 한꺼번에 확 끝날지 모르겠다는 느낌도 든다. 또 한편으로는 그런 끝이 내게 너무 빨리 덮치지는 않았으면 하는 우려도 있다. **복잡하구나, 들여다보면 들여다볼수록, 내 마음.**

L 문구점 여직원과 저녁 약속을 했던 그저께 저녁, 나는 잠들기

전 술을 좀 마셨다. (나는 지금 그 여자의 이름을 모른다는 사실을 깨닫고는 잠시 놀랐다.) 식물도감을 뒤적이다 잠이 오지 않아 늘 가는 편의점에 가서 늘 마시던 걸로 한 병 사 왔다. 처음에는 그저 입만 축이려 했는데 거의 3분의 2 정도 비운 후에 남은 술을 변기에 쏟아 버리고는 잠이 들었다. 그랬는데도 어제 아침 나는 매우 상쾌한 기분으로 자리에서 일어났다.

두 가지 하고 싶은 일이 있었다. 연두색 레인코트를 찾으러 가거나 W 볼링장에서 두 번째 여자가 살해당한 장소를 찾아보거나. 하지만 나는 연두색 레인코트가 어디 있는지 몰랐다. 그녀는 아무 예고 없이 이 도시의 아무 데서나 불쑥불쑥 나타나곤 했었다. **우연이 우리를 이 도시 어딘가에서 다시 만나게 해 줄 거야.** 어쩌면 내가 그녀를 추적하는 게 아니라 그녀가 나의 행선지 어딘가에 미리 잠복해 있다가 적당한 타이밍에 맞추어 내 앞에 나타나는 걸지도 몰랐다.

나는 W 볼링장으로 가기로 했다.

W 볼링장으로 들어가는 건물의 1층 로비에서 지하로 휘어져 내려가는 계단은 폭은 좁고 단이 너무 높아 자꾸 앞으로 넘어질 것 같았다. 나는 보일러실을 찾고 있었다.

지하로 내려서자 두 갈래 길이 펼쳐져 있었다. **왼쪽이냐 오른쪽이냐, 했느냐 하지 않았느냐.** 왼쪽 길은 어두컴컴하고 길었고 오른쪽 길은 짧고 또 밝았다. 그 오른쪽 길의 끝이 바로 W 볼링장이었다. 왼쪽 길로 접어들어 발소리가 유난히 울리는 어두운 복도를 반쯤 걷다가 오른편으로 보일러실을 찾아냈다. **시시하잖아, 이건 너**

무. 시시하게도 문고리를 돌리자 기름이라도 쳐 놓은 것처럼 손잡이가 부드럽게 소리도 없이 돌아갔다.

실내는 불이 켜져 있어 환했다. 문을 열자 지독한 냄새가 코를 찔렀다. 내가 묵고 있는 키브라의 로비 화장실에서 나던 레몬 향 방향제 냄새와 비슷했는데 그보다 몇 배는 강해 머리가 지끈지끈 아팠다. 나는 소리가 나지 않도록 문을 닫았다. 그다지 넓지 않은 실내 한가운데, 검은색 페인트가 번들거리는 커다란 원통형의 보일러가 있었다. 내 무릎 정도의 높이에는 유리로 된 손바닥만 한 크기의 유리창이 달려 있어 안을 들여다볼 수 있었다. 유리창 속은 이 도시 하늘 위에 떠 있는 태양의 빛깔처럼 밝은 주황이었다. 그 멋대가리 없는 보일러를 빙 둘러 철조망이 쳐져 있었고 그 꼭대기에는 하얀 나무 판때기에 '관계자 외 출입 엄금'이라고 쓰여 있었다. **나는 관계자일까, 그렇지 않을까?** 그렇지 않은 것 같았다. 두 번째 여자가 살해당한 곳이라고 신문에서 친절히 알려 주었던 그 보일러실과 나는 아무런 관계도 없는 사람인 것 같았다. 잘못된 곳에 와 있다는 느낌이 퍼뜩 들었다.

처음 접어들었던 왼쪽 길의 끝에 엘리베이터가 있었다. 나는 맨 꼭대기 층인 19층을 누르고 잠시 기다렸다. 19층까지 올라가는 동안 아무도 타지 않았다. 19층 역시 전체적인 구조는 비슷했다. 한쪽 변은 길고 한쪽 변은 짧은 거대한 직각. 지하였다면 W 볼링장이었을 바로 그 자리에는 옥상으로 통하는 문이 있었다. '들어가지 마시오'라는 붉은 글씨가 아무렇게나 회색 철제문 위에 휘갈겨져

138

있었다. 나는 그런 무례한 명령을 따르고 싶은 마음이 없었다. 문을 열고 옥상으로 나섰다.

19층은 반은 건물 반은 옥상인 구조였다. 거의 내 키만 한 담장이 한눈에 들어오는 크기의 직사각형 옥상 전체를 두르고 있었다. 거기 옥상 속에, 직사각형의 한쪽 꼭짓점 근처에 작은 창고가 서 있었다. 천천히 걸어가는데 마치 누가 내 머릿속 CD 플레이어의 재생 단추를 누른 것처럼 머릿속에서 음악이 흘러나왔다.

> 너를 욕실에 가두고 나는 볼링을 쳤지.
> 너를 욕실에 가두고 나는 볼링을 쳤지.

이곳이라는 근거 없는 확신이 들었다. 나는 확신에 차 'ㄷ' 자 모양의 창고 손잡이를 힘껏 잡아당겼다.

한 사람이 발을 펴고 누울 수나 있을까 싶을 만큼 좁은 공간이었다. 스위치를 더듬어 올리자 거미줄이 덕지덕지 묻어 있는 조그만 백열등 하나가 윙 소리를 내며 주위를 밝혔다. 출입문과 마주 보는 벽에는 용도를 알 수 없는 기다란 나무 막대기들이 비스듬히 세워져 있었다. 나는 '너를 욕실에 가두고 나는 볼링을 쳤지'를 콧노래로 부르며 주저 없이 길쭉한 나무 막대기들을 치웠다. **그럴 줄 알았지.** 거기에 있었다.

안녕

139

거기에 있었다. 처음부터 거기에 있었던 거다. 보일러실이 아니고 옥상의 낡은 창고에 안녕이 있었다. 진정한 장소를 상징하는 표식이 되어 버린 그 안녕. 납골당에서 보았던 안녕. 또 치료사를 표절한 꿈에서 내가 자꾸 녹아내리던 크레파스로 벽에 썼던 안녕. 붉은 안녕. '미—도—'의 '안—녕—'.

나는 검지에 침을 묻혀 '안' 자의 일부를 문질러 보았다. 그것은 꿈에서처럼 크레파스가 아니었다. 붉게 물든 검지 끝에서 구역질 나는 냄새가 났다. 틀림없이 피였다. 두 번째 여자의 피일 터였다. **근거 없는 확신이 아닐까?** 그렇게 스스로에게 물어보았지만 확신은 전혀 묽어지지 않았다. 나는 큰 소리로 웃었다. **하하하하핫.** 그러자 내 몸속에 웅크리고 있던 의심이 물러났다. 나는 다시 벽을 바라보았다.

인녕

내가 침으로 문질러 지우는 바람에 '안녕'은 이제 '인녕'처럼 보였다. 모음 'ㅣ'의 중간에, 바닥에 바짝 붙어서 베어 낸 나무의 그루터기처럼 튀어나오다 만 'ㅡ'의 흔적이 애처로워 보였다.

나는 '인녕'으로 변해 버린 '안녕'을 다시 나무 막대기들로 덮어 주고 옥상으로 나왔다. 19층 화장실에서 손을 씻고 거울에 비친 내 얼굴을 봤다. **이게 정말 내가 한 일일까?** 거울 속에 나는 연쇄살인 마답지 않은 얼빠진 표정을 짓고 있었다.

벌써 6시다. L 문구점 점원과의 약속 시간도 이제 한 시간이 채 남지 않았다. 잊지 않고 이름을 물어보겠다고 생각한다.

5월 3일, 여자가 원하는 것은 진실이 아니다

어제 아침 나는 그저께 저녁에 있었던 작은 실패를 일기로 남길 수가 없었다. 어제 아침 나는 그 실수를 정면으로 쳐다볼 수가 없었다. 쓰라리고 창피하고 낯 뜨겁고 지울 수 없는 그런 실수. 일기장을 방에 남겨 두고 지도만 들고 밖으로 나가 하루 종일 이 도시를 돌아다녔다. 나처럼 지도를 들고 다니는 관광객들로 도시는 시끌벅적했다. 나는 그들 사이에 숨어 좀 편안해졌다.

저녁의 지친 태양이 둥근 돔 지붕에 걸려 있던 성당이 보이는 광장의 노천카페에서 나는 아스파라거스를 곁들인 양고기찜을 먹으면서 내일, 그러니까 오늘이면 일기를 다시 쓸 수 있게 될 거라고 생각했다.

그때 자그마한 방해가 있었다. 내가 앉아 있던 2인용 테이블에 다른 손님이 합석을 해도 되겠냐고 거구의 금발 웨이터가 정중하게 물었던 것이다. 내가 좋다고 하자 웨이터 뒤에서 수줍게 숨어 있던 한 여자가 나타났다. 그 여자가 만약 어떤 식으로든 L 문구점의 점원을 떠올리게 할 만한 젊은 여자였다면, 아마도 나는 정중하게 자리를 떴으리라. 다행히 나와 합석하게 된 여자는 늙은 할머니였다. 이 도시에는 처음으로 온다며 내가 먹고 있는 것과 같은 것을 좀 시켜 달라고 부탁했다. 할머니는 나이답지 않게 수줍어 보였다. 우리는 같이 맥주를 마시면서 이런저런 얘기를 했다. 그다지 열광적인 대화는 아니었지만 내가 대화 도중 생각의 옆길로 샐 만큼 따분한 대화도 아니었다. 요컨대 할머니의 보속(步速)에 딱 맞는 그런 대화였다. 나는 그 할머니에게 **실은 저 이 도시를 잘 몰라요,** 라고 바로 전날 저녁 내가 L 문구점 점원에게 했던 말을 그대로 되풀이했다. 반응을 보고 싶었던 거다. 할머니는 맥주 때문에 발그레 달아오른 볼과 입가를 훔치고는, 그럼 우리는 다 XX네요, 라고 말하며 웃었다. 나는 할머니의 말을 잘 알아듣지 못했지만 그저 따라 웃고는 맥주를 한 모금 더 삼켰다.

하지만 그저께 저녁 내가 L 문구점 점원에게 똑같은 이야기를 하자 그녀는 못 믿겠다는 눈치였다.

"거짓말이죠?"

한참 침묵을 지키다 그녀는 그렇게 소리를 지르며 말했고 나는 대답하지 않았다. 나 역시 침묵 속에서 좀 더 생각해 봐야 할 것 같았다. 정말 내가 이 도시를 잘 모르는지, 그렇지 않은지.

143

어디서부터 시작해야 할까, 내 실패의 기록을?

빨강 2층 버스에서부터가 어떨까?

우리는 그저께 저녁 빨강 2층 버스의 2층 맨 뒷좌석에 앉아 있었다. 그건 내가 처음 타 보는 버스였는데 2층의 뒤편은 지붕이 없어서 시원하기는 했지만 서로의 목소리가 잘 들리지 않아 조금 불편했다.

"전 이 도시의 이맘때가 가장 마음에 들어요."

그녀는 소리를 질렀고, 나 역시 소리를 지르며 왜냐고 물었다.

"이렇게 2층 버스에 타고 있으면 온갖 좋은 냄새들이 바람에 실려 오거든요."

나는 과장되게 냄새를 맡는 시늉을 해 보였다. 아무 냄새도 나지 않았다. 하지만, 그렇군,이라고 짧게 덧붙였다. 그녀가 들었는지 자신할 수는 없었다. 버스가 갑자기 커브를 틀었고 나는 혹시 바깥으로 튀어 나가지나 않을지 두려워 시트를 꼭 붙잡았다.

"아저씨는 언제가 제일 좋으세요?"

나는 그다음 날 광장에서 저녁을 들다가 처음 보는 할머니에게 했던 말을, **실은 저 이 도시를 잘 몰라요,**를 악을 써 가면서 그녀에게 들려주었다. 그러자 한참 있다가 그녀가, "거짓말이죠?"라고 소리 질렀다. 좀 있다가 왜 그렇게 생각하냐고 큰 소리로 물었다.

"아저씨에게선 이 도시의 냄새가 나요. 여기가 틀림없이 고향일 거예요."

나는 대답하지 않았다. 바람이 거세게 불어와 눈물이 흘렀다. 미량의 슬픔도 함유되어 있지 않은, 그건 순수한 액체였다. 고개를 외면하고 눈물을 훔쳤다.

거기까지는, 별 문제 없었다. 문제는 식당에서였다. 딱 한 번의 실수가 모든 걸 망쳐놓았다. 우리는 새로 열었다는 중국 식당에서 기름에 튀기고 붉은 소스에 볶은 다양한 고기와 생선 요리를 먹고 있었다.

"저는 중국 음식이 참 좋아요."

그녀는 중국 음식에 대해 해박한 지식을 갖고 있었다. 주문한 음식의 양이 좀 과하다 싶었지만 그녀는 낯선 남자 앞에서 거리낌 없이 많은 양의 음식을 먹어 치웠다.

"제가 좀…… 너무 잘 먹지요…… 초면인데."

그녀는 냅킨으로 입을 훔치다 말고 빈 접시들을 바라보며 즐겁게 웃었다. 나는 보기 좋다고 그리고 음식도 정말 맛있었다고 대답해 주었다. 둘 다 진심이었다.

거기까지는 모든 일이 터무니없이 순조로웠다. 입도 눈도 마음도 더없이 즐겁고 만족스러웠다. 지도 얘기만 없었다면 끝까지 그럴 수 있었을지도 몰랐다.

후식이 나올 때쯤부터 여자는 자신이 근무하는 L 문구점에 관한 시시콜콜한 이야기들을 들려주었다. 그녀는 평범한 이야기를 재미있게 풀어내는 재주를 가지고 있었다. 그곳에서 일을 시작하게 된 계기, 모든 사원들이 싫어하는 유니폼에 얽힌 이야기, 모두에게 까다롭게 굴며 성적 취향마저 의심스러운 매니저, 너무 짧은 점심시간, 막무가내인 손님들이 일으킨 몇 가지 소동들, 그리고 그녀가

팔고 있는 물건들을 공급하는 회사 직원들의 무능력과 게으름에
관한 험담까지 그녀의 이야기는 멈출 줄을 몰랐다.

아마 지도 얘기를 먼저 꺼낸 쪽은 나였나 보다. 듣고만 있으면
혹시 내가 그녀 얘기에 관심이 없다는 뜻으로 비칠지 몰라 딱히 별
뜻 없이 그 지도는 지금도 잘 팔리냐고 그렇게 물었던 것 같다.

"지도요?…… 아, 그 지도."

여자는 다시 손으로 입을 가리며 웃었다.

"아 참, 그런데 그 지도는 어떻게 하셨어요?"

그녀가 어떤 지도를 가리키는지 나는 종잡을 수가 없었다. 내게
는 많은 지도가 있었다. 내 주머니에서 발견되었고 연두색 레인코
트를 추적하는 길에 하늘로 날아가 버린 첫 번째 지도. 그리고 L 문
구점에서 샀던 두 번째 지도. 나는 그걸 버스 정류장에서 찢어 버
렸었다…… 그리고 마지막으로 L 문구점에서 여자가 잠시 자리를
뜬 사이 샀던 마지막 지도. 그건 그때 내 재킷 안주머니에 고이 모
셔져 있었다. 세 개의 지도 중 그녀는 어떤 지도를 말했던 걸까? 하
지만 나는 물어볼 수 없었고 그래서 어쩌면 거기서부터 오해가 시
작되었는지도 모른다.

"같이 일하는 애 중에 P라고 저보다 두 살 어린 애가 있거든요.
얼굴도 귀엽고 손님한테도 늘 싹싹하게 굴어서 어디서나 인기가
많은 앤데 그전에 나하고 같은 코너에 있다가 작년 여름인가부터
전자 제품 매장에서 일하게 됐어요. 그런데 작년 9월부터 매달 5일
마다 와선 똑같은 모델의 전자수첩을 사 가는 손님이 있었대요. 그

해 겨울까지 해서 글쎄 똑같은 걸 네 갠가 다섯 개를 사 가더래요. 저도 한 번 봤는데 사람은 멀쩡하더라고요. 못생긴 얼굴도 아니고 키도 훤칠하게 크고. 좀 숫기가 없어 보이긴 했지만. 참 이상한 손님이구나 했는데, 올 초에 걔가 핸드폰 매장으로 옮겨 왔어요. 신참들은 한 1~2년 그렇게 뺑뺑이를 돌리거든요. 그랬더니 글쎄 바로 다음 달에 그 손님이 다시 핸드폰 매장에 나타나 핸드폰을 사 가더래요. 웃기죠. 그 다음에는 저희 문구점 안에서도 소문이 쫙 퍼졌는데 걔가 다음에는 글쎄 컴퓨터 매장으로 옮겼지 뭐예요. 그게 바로 지지난 달인가 그럴 거예요. 그랬더니 손님이 매장에 나타나서 그러더래요. '지금 당장 컴퓨터를 살 돈은 없고, 근사한 저녁을 살 돈은 있는데, 오늘 저녁에 시간 괜찮으세요?' 너무너무 웃긴 얘기죠? 글쎄 P 걔 눈이 높다고 소문이 자자했는데, 그 사람하곤 잘 되나 보더라고요."

그녀의 얘기가 재미없지는 않았지만 또 그녀의 오해가 불쾌하지는 않았지만, 괜히 나는 그 얼굴도 본 적 없는 남자와 도매금으로 묶여 취급당하는 게 싫었다. 그럴 필요까지는 없었는데 나는 그 지도가 내게 꼭 필요한 것이었고 그래서 L 문구점에 들러 산 것이라고 얘기해 주었다. 그러자 그녀의 얼굴에서 순식간에 웃음이 달아났다. 그 아찔한 속도에 소름이 쫙 끼쳤다.

"네?"

나는 상황을 수습하고 싶었지만 어디서부터 손을 대야 할지 몰랐다. 나는 마치 결백을 증명할 결정적인 증거를 제시하는 피고인처럼 재킷 안주머니에서 지도를 꺼내 그녀에게 보여 주었다. 그게 바로 '결정적인' 일격이었던 듯싶다.

"그게 그렇게 중요한 거라고요?"

화가 잔뜩 난 목소리였지만 나도 물러설 수가 없었다. 그래서 다시 한 번 그 지도는 내게 특별한 의미가 있는 것이라고 말했다.

"그래서, 세 장이나 사셨다는 거예요, 똑같은 지도를? 그게 말이 나 된다고 생각하세요?"

그녀는 자리에서 일어나 서서히 비어 가던 식탁 위에 두 손을 짚고 내게 소리를 질렀다. 심하게 상처를 받은 듯했다. 하지만 그 세 장의 지도에 대해 나는 설명할 엄두가 나지 않았다. 그녀처럼 조리 있게 설명할 자신도 없었다.

"왜, 그렇게 우기시는 거죠? 왜 거짓말을 하는 거죠, 저한테? 왜?"

나는 거짓말을 하지 않았고, 그렇지만 거짓말이 아니라고 하면 그녀가 더욱 화를 낼 것 같아서 입을 다물고 가만히 있었다. 조금 있다가 슬그머니 그녀가 밖으로 나갔다. 형식적인 작별 인사도 없었다. 나도 30분가량 자리에 더 앉아 있다가 밖으로 나왔다. 그녀는 돌아오지 않았고 밖에서 나를 기다리지도 않았다. 하늘에는 거짓말같이 아름다운 별들이 반짝거리고 있었다.

5월 4일, 연두색 레인코트를 기다리다

웨이터가 커피를 빈 잔에 채우고 떠났다. 전날 밤에 쓴 일기를 아침 식탁에서 읽는 것이 습관이 되었다. 오자를 찾는 식자공(植字工)처럼 나는 내 일기를 꼼꼼히 살폈다. 그러다 마음에 들지 않는 부분을 찾아냈다.

하지만 그 세 장의 지도에 대해 나는 설명할 엄두가 나지 않았다. 그녀처럼 조리 있게 설명할 자신도 없었다.

엄밀히 말하면 그건 사실이 아니었다. 엄두가 나지 않았던 것도, 자신이 없었던 것도 아니었다. 단지 '할 수 없었을' 뿐이었다. 내가 살해범일지도 모르기 때문에 그녀에게 아무것도 설명할 수 없었던 것이었다. 나의 실패는 처음부터 예견된 것이었다. 살인범일지도 모르는 내가 그녀에게 무엇을 털어놓을 수 있겠는가?

만에 하나 내가 살인범이 아니라면…… 그러면 그녀와의 관계를 회복할 수도 혹은 또 다른 여자를 사귈 수도 있다는 뜻이 된다. 현재는 물론 내가 그걸 했을 확률이 높다는 걸 잘 알고 있다. 나는 단지 확실히 해 두고 싶은 거다. **내가 그걸 했는지 하지 않았는지, 혹은 여자를 사귀어도 좋은지 그렇지 않은지.** 그걸 확실히 해 두지 않고서는 아무것도, 가령 이제 커피 잔에 반 정도 남은 커피를 마시고 방으로 올라갈 건지 아니면 남겨 놓고 자리를 뜰 건지, 그마저도 결정할 수 없을 것 같다는 생각이 든다.

연두색 레인코트와 담판을 짓는 것, 내게 남은 카드는 그것밖에 없다.

차창 밖 짙푸른 어둠이 큰대자로 드러누워 있다. 나는 내 차의 조수석에 앉아 한참 전부터 수면 중인 어둠을 뚫어져라 쳐다보고 있다. 내 찢어진 일기장을 뒤적이며 말이다. 어린애들 놀이처럼, (나는 어린애였던 적이 있었을까?) 종잇장 위에 묻었던 시선을 불시에 거두고 고개를 홱 쳐들어도 어둠은 한 발짝도 움직이지 않는다.

오늘 오후 6시경, 그러니까 지금부터 약 4시간 30분 전에 첫 번째 남자의 주소지 앞 바나나 모양으로 휘어진 길에 내 차를 어렵사리 주차했다. 여기서라면 틀림없이 연두색 레인코트 여자를 만날 수 있을 것 같았다. 그리고 그전, 그러니까 오늘 아침 내가 주차장에 새초롬하게 앉아 있는 내 차의 헤드라이트를 멀리서 깜박이자 자동차의 시종이 마술처럼 나타나 내게 물었다.

"이제, 그 운전사는 다시 오지 않는 건가요?"

나는 짜증이 났다. 바로 그전 나는 아침을 먹으며 연두색 레인코트를 찾으러 가기로 마음먹었다. 내가 그걸 했는지 하지 않았는지, 그녀라면 알 것 같았다.

"그만두었네. 다시는 볼 수 없을 거야."

왠지 그런 것 같았다. 나는 짜증을 누르며 나보다 나의 운전사였다는 남자에게 더 관심이 많은 것 같은 자동차의 시종에게 퉁명스레 대답했다. 그리고 호텔 주차장에서 나와 W 볼링장과 19층 옥상에 숨겨진 살해 장소가 있는 건물로 차를 몰았다. 입구에서 멀지 않은 길가에 차를 세우고 그대로 연두색 레인코트를 기다리기 시작했다. 꼭 거기로 온다는 보장도 없었지만 그렇다고 딱히 기다릴 만한 다른 장소가 있는 것도 아니었다. 해가 차 안으로 들어 중간에 한번 자리를 옮긴 것 말고는 거기서 나는 마치 식충식물처럼 꿈쩍 않고 연두색 레인코트를 기다렸다. 그렇게 오래 기다리다 보니 점점 더 내가 기다리는 일이 절대로 일어나지 않을 일처럼 여겨졌다. **틀림없이 오지 않을 거야.** 그렇게 다짐하고 나니 더더욱 기다리기를 그칠 수 없었다. 4시가 다 되어 나는 길 건너 조그만 빵집에서 참치 샌드위치를 사 차 안에서 먹어 치웠다.

5시가 넘어가자 화가 나기 시작했다. 미리 거기서 만나자고 약

151

속을 한 것도 아니니 그녀의 잘못이랄 만한 건 없었다. 하지만 대로 위에 널린 빌딩 그림자가 점점 길어지는 만큼 내 분노도 자라났다. **틀림없이 오지 않을 거야.** 그리고 조금 있다가 나는 이곳, 첫 번째 남자의 주소지이자 연두색 레인코트를 처음으로 만난 이곳으로 차를 몰았다. 보조석에 지도를 펼쳐 놓고 길을 눈으로 짚어 가며 나는 끊임없이 중얼거렸다. **틀림없이 오지 않을 거야.**

오랫동안 검푸른 어둠 밑으로 아무것도 지나가지 않았다. 진짜로 식충식물이 된 기분이다. 식충식물이면 식충식물답게 행동해야겠다는 생각이 든다. **틀림없이 오지 않을 거야.** 조수석 앞 등을 끄기로 한다. 일기를 쓰는 식충식물이라는 건 아무래도 어색하다.

5월 5일, 결정적 증거를 발견하다

하하핫, 드디어 알아냈다. 이제 여자의 도움 따위는 필요 없다. **내가 그걸 했다, 내가 그걸 했단 말이다.**

내가 그걸 했다는 것을 한 치의 망설임도 없이 증언해 줄 목격자를 내가 발견했다. 실은 아주 가까운 곳에 있었다. 처음부터 연두색 레인코트의 도움 따위는 필요 없었다. 하하핫, 정말이다, 내가 그걸 했단 말이다.

나는 방금 전 언덕 아래까지 한달음에 달려 내려가서 밤새 열려 있는 구멍가게에서 담배와 일회용 라이터를 사 왔다. 담배가 내 새끼손가락 두 마디 정도의 길이가 될 때까지 푸른 연기를 거푸 뱉어냈다. 어젯밤 내내 일기장을 덮고 식충식물이 되어 어둠을 감시하

153

는 동안 연두색 레인코트는 나타나지 않았다. 하지만 이 증거를 발견했다. 한 짝의 장갑. 글러브 박스 안에 누워 있던 한 짝의 장갑.

푸른 어둠이 묽어지던 어느 순간, 차창에 맺히는 물방울의 숫자가 점점 더 많아지던 어느 순간, 나는 식충식물이길 간절히 단념하고 싶어졌다. 아니, 단념할 수 없다면 담배를 피우는 식충식물이라도 되고 싶어졌다.

간단했다. 마술의 속임수라는 게 다 그렇듯 너무 간단했다. 나는 무의식적으로 담배를 찾기 위해 차 안을 뒤지다 무심코 글러브 박스를 열었고 그 안에 장갑 한 짝이 들어 있었다. 오른손 장갑 한 짝, 엄지와 새끼손가락만 온전하고 가운데 손가락 세 개는 없는.

똑같았다. 정말 똑같았다. 첫 번째 남자의 숨겨진 살해 장소였던 납골당에서 보았던 그 장갑과 똑같았다. 그러니까 왼쪽은 납골당에 그리고 오른쪽은 지금 내 차의 글러브 박스에 들어 있는 셈이다.

뭐가 더 필요한가? 장갑을 들고 자세히 살펴보니 새끼손가락과 밑동부터 잘려 나간 약지가 갈라지는 부분에 연한 붉은 얼룩이 있는 게 아닌가! 침을 묻혀 손가락으로 문지르고 냄새를 맡아 보니 그리고 혀에 대 보니, 하하하 피다.

뭐가 더 필요한가?

자동차의 시계가 5시 4분을 가리키고 있다. 마른기침 소리 같은 시동 소리가 새벽 푸르스름한 안개를 향해 컹컹 짖었다.

4장

나는 내가 아닌 곳에서 생각한다.
고로, 나는 내가 생각할 수 없는 곳에 존재한다.
—자크 라캉, 「무의식에서 문자가 갖는 권위
또는 프로이트 이후의 이성」
(5월 5일~5월 15일)

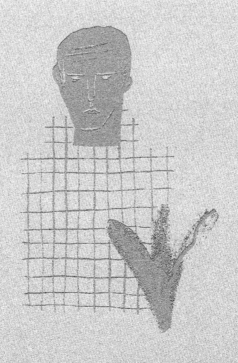

5월 5일, 가짜 하얀 비둘기가 나오는 꿈을 꾸다

눈을 뜨니 오후 5시 30분이었다.

내가 그걸 했다는 확신을 가지고 일어나는 첫 번째 아침, 아니 저녁이었다. 침대가 흠뻑 젖어 있었다.

샤워를 하면서 오늘 새벽의 광경들을 머릿속에서 하나 둘 떠올렸다. 오늘 새벽 돌아온 키브라 지하 주차장에는 자동차의 시종이 없었고…… 까닭 모르게 놈이 싫었던 나는 좋은 징조라고 생각했고…… 호텔로 돌아오는 길 건널목 앞에서 급브레이크를 밟았더니 네 개의 타이어가 일제히 비명을 질렀고…… 글러브 박스에 들어 있던 외짝 장갑을, 결정적인 증거를 주머니에 넣고 방 안으로 올라왔고…… 식당에 들르지 않고 방으로 그냥 올라와서…… 내 검은 하드 케이스 여행용 가방 속 비밀 주머니에 장갑을 집어넣었다…… 언제 시작된 건지 모를 딸꾹질이 도통 떨어지지 않아 물 한 잔을 단숨에 들이켰고…… 그러고는…… 그러고는 나는 흰 비둘기를 재킷 주머니에 넣고 달리고 있었다…… 흰 비둘기를…… 넣고? 달리고 있었다?

눈을 번쩍 떴다. 따뜻한 물줄기 뒤로 타일들의 경계가 춤을 추고 있었다. **이게 뭐지? 흰 비둘기라니.** 갑자기 오한이 들었다. 기억이…… 나는 건가? 나는 몸을 닦고 밖으로 나왔다.

나는 뭐든지 기억해 내려 했다. 필사적으로 연상해 내려 했다. **비둘기, 하면 나는 무엇이 떠오르는가? 평화의 상징? 소매에서 비둘기를 꺼내는 마술사?**

그러자 마술처럼 내가 봤던 영화 「치료사」가 머릿속에 떠올랐다. 곧이어 치료사를 닮았던 내 꿈도 생각났다. 내가 자꾸 녹아내리는 크레파스로 안녕이라고 벽에 낙서하던 그 꿈. 거기에 비둘기가 있었다. 사람인 줄 알고 총을 쏘았던 새장 속에서 푸드덕거리고 있던 바로 그 비둘기.

그리고 또 하나의 꿈이 기억났다. 오늘 아침 혹은 낮에 꾸었던 꿈. 거기에도 또 비둘기가 나왔다. 일기를 쓰기 전의 기억이 아니라 나는 좀 실망했지만 실은 지푸라기에라도 매달릴 심정이었다. 침대에 누워 이불을 머리에 뒤집어쓰고 뒤죽박죽 섞여 있는 꿈의 필름들을 편집했다.

기억이 닿는 첫 번째 꿈의 장면에서 나는 서둘러 새장을 열고 있었다. 배경은 지난번 꿈의 배경과 대체로 비슷했다. 사람인 줄 알고 총을 쏘았던 새장이 있던 그 방. 그러고 보니, 이번 꿈은 지난번 꿈의 속편 격인 셈이었다. 새장의 걸쇠를 벗겨 내고 나니 어느새 흰 비둘기 두 마리 중 한 마리는 죽어서 바닥에 널브러져 있었다. 나는 살아남은 흰 비둘기 한 마리를 새장에서 꺼내 오른쪽 재킷 주머니에 황급히 쑤셔 넣었다.

그러고 나서 문득 내가 도망 중이었다는 걸 깨달았던 것 같다. 이 비둘기 때문에 내가 쫓기고 있었던 게 아닐까 하는, 꿈에서 깨어나 곱씹어 보면 얼토당토않지만 거기에서는 묘하게 설득력이 있었던, 그런 생각을 떠올렸다. 또 새장 속에 누워 있던 비둘기 한 마리는 실은 죽은 게 아니라 죽은 척하는 게 아닐까 하는 생각도.

그리고 나는 도주로를 찾아냈다. 창문 밖에 나선형 철제 계단.

나는 권총을 들고 나를 추적하고 있는 두 명의 악한을 상상하며 지름이 너무 작아 계단 폭이 내 어깨 폭밖에는 되지 않아 보이던 그 좁고 엉성한 나선형 철제 계단을 내려갔다. 끝도 없었다. **153층도 넘겠군,** 하며 내뱉었던 엉뚱한 중얼거림 역시 나는 기억한다. 마침내 지상에 도달한 나는…… 다치지나 않았을까 걱정하며 주머니에서 비둘기를 꺼냈다. 비둘기는 내 염려와 달리 멀쩡해 보이기는 했는데, 이상하게도 마치 칠이 벗겨진 것처럼 그 하얗던 몸뚱아리가 군데군데 잿빛으로 변해 있는 게 아닌가! 손으로 깃털을 쓰다듬으니 손바닥에 하얀 물감이 묻어났다. 그 비둘기의 정체는 흰 물감을 칠한 잿빛 비둘기였던 것이다. **감쪽같이 속았군.** 나는 손바닥에 묻은 물감을 건물 벽면에 문질러 닦고는 다시 달리기 시작했다. 때마침 등 뒤에서 요란한 발자국 소리가 들리기 시작했다.

그 뒤로…… 많은 장면들이 기억에서 달아난 것 같다…… 그리고 한참 뒤 나는 좁고 어둡고 긴 미로 속을 달리고 있었다. 계속 도망 중이었다. 가끔 낡아 부서질 듯한 나무 문들이 미로 벽면에 달려 있는 게 보였다. 나무 문을 발견할 때마다 이제는 살았군 하는 안도감을 느끼면서 달려가 손잡이를 세차게 잡아당겼다. 하지만 문은 열리지 않았다. 반복되는 실패에도 불구하고 나는 지치지도 않고 손잡이에 매달렸고 문은 꿈쩍도 하지 않았다. 그러다가…… 얼마나 그 헛된 시도를 반복했을까, 어두운 미로 벽면의 나무 문 하나가 드디어 맥없이 열렸다.

나는 그 환한 실내로 뛰어들려다가 우뚝 멈춰 서고 말았다. 그 따뜻해 보이는 방 한가운데에는 고급스러워 보이는 나무 식탁이 있었고, 한창 연두색 레인코트의 여인과 L 문구점 점원이 마주 앉아 식사를 하고 있었다. 약속이라도 한 것처럼 두 여자가 일제히 나를 향해 고개를 돌리기 시작했는데…… 나는 차마 그들과 눈을 마주 칠 수 없어 세차게 문을 닫았다…… 부끄러움이 몰려와 나는 고개를 푹 수그리고 다시 좁은 미로 속을 달렸다.

그러고는…… 재차 많은 장면들이 지워진 듯하다…… 어느새 나는 어느 캄캄한 방에 들어와 있었다. 벽에 기댄 채 숨을 고르다 무심코 재킷 주머니를 더듬어 보니 비둘기가 없었다. **이런.** 모든 게 도로아미타불이라는 생각이 들었다. **왜?** 캄캄한 방에서 나는

내 실수 때문에 괴로워했다.

거기까지였다. 거기까지 생각해 내곤 이불을 벗었다. 그런데 이불을 벗고 늦은 오후의 태양 빛으로 갈아입은 나를 이런 질문 하나가 물어뜯었다.

꿈은 넝마주이인가? 예언자인가?

질문의 요지는 이런 게 아닐까? 꿈은 예전에 있었던 일들을 주워서 맞춰 만든 사진첩인가? 아니면 미래를 예언하는 수정구(水晶球)인가? 만약 넝마주이 혹은 사진첩이 정답이라면 나는 내 과거를 발견하기 위해 꿈을 조사해야 할 것이다. 만약 예언자 혹은 수정구가 정답이라면 나는 내 미래를 발견하기 위해 꿈을 조사해야 할 것이다.

이러나저러나 내가 해야 할 일은 똑같았다; 꿈을 조사하는 일.

5월 6일, 생활체육실-5를 발견하다

어제보다는 이른 시간이지만 그래도 평상시보다 훨씬 늦게 자리에서 눈을 떴다. 창문으로 들어온 햇빛이 재촉이라도 하듯 발목을 간질이고 있었다.

곧장 일기장을 폈다. 일기장에 적힌 어제의 꿈이 지금 붉은 카펫을 연한 핑크와 칙칙한 핏빛으로 가르고 있는 햇빛의 경계선처럼 선명하다. 그리고 어제 내 발목을 덥석 물었던 그 질문, '꿈은 넝마주이인가? 예언자인가?'도.

그건 말도 안 되는 질문이었다. 터무니없이 어리석은 질문이었다. **꿈이 어떻게 예언자가 될 수 있겠니?** 가령 점쟁이가 비둘기가 주워 오는 나뭇가지의 생김새를 보고 점을 치러 온 사람의 딸이 몇 살에 결혼하게 될지 예측하는 일과 무엇이 다르겠는가?

163

그렇게 오늘 아침 나는 어제의 양자택일 질문에게 하나의 답을 골라 던질 수 있었다. 꿈은 넝마주이일 수밖에 없고 고로 나는 내 지워진 과거를 발견하기 위해 꿈을 조사해야 한다.

갑자기 이런 말이 떠올랐다. 나뭇가지를 숨기기 가장 좋은 곳은 숲이다. 때맞춰 멋진 대구(對句)가 다시 머릿속에서 떠오른다. 내 머릿속 행운의 과자가 제공하는 오늘의 금언; 꿈을 조사하기 가장 좋은 곳은 지하철이다. **머릿속에서 마구 떠오르는 이 미친 말들은 언제 끝이 날까?**

저녁 9시 30분. 나는 지금 〈조라〉에 와 있다. 칠흑 같은 어둠을 피해 노천 테이블 대신 〈조라〉의 2층 구석 자리에 앉아 있다. 오늘 있었던 또 한 번의 무서운 일을 나는 지금부터 일기장 위에 적으려고 한다. 무서운 일들. 적어 넣기도 무서운 일들.

우선, 내 꿈의 넝마들 속에서 나는 무엇을 발견했던가? 출근 시간이 지난 한적한 지하철 좌석에 앉아 나는 꿈속의 넝마들을 일일이 조사했다. 첫 번째로 내가 깨달았던 것은 5월 5일의 꿈에 나오는 대부분의 소재가 영화 「치료사」나 그 영화를 본 직후에 꾸었던 첫 번째 꿈에 등장했던 것들이라는 거였다.

그러자 내가 뭘 찾아내야 할지 분명해졌다. 「치료사」나, 첫 번째 꿈이나, 내 일기에 제대로 기록되어 있는 한 달치 내 생에 등장하지 않았던 것, 그걸 가짜 하양 비둘기가 나오는 꿈에서 찾아내야 했다. 내 기억-지층의 부정합 밑에 잠들어 있다 가느다란 균열을 타고 꿈의 지상으로 올라온 것들, 즉 기억나지 않는 과거들을 참조했을지 모를 것들을 나는 거기 꿈의 소쿠리 속에서 건져 내야 했다.

나는 그렇게 세운 기준에 부합하지 않는 수많은 넝마들을 소각장 속에 던져 버렸다. 차례로 가짜 하양 비둘기, 새장, 도주와 추적, 좁고 어둡던 미로, L 문구점 여인과 연두색 레인코트 여인, 미로의 벽에 그림처럼 붙어 있던 문들이 이글대는 불길 속으로 삼켜졌다.

도시의 북쪽에 있는 지하철 종점 역사에서 나는 내 새로운 기억으로부터 (그러니까 일기를 쓰기 시작한 후의 기억) 발췌된 것 같지 않은 두 가지 사물을 찾아냈다.

그 두 가지 사물 중 첫 번째: 건물 외벽에 위태위태하게 달려 있던 나선형 철제 계단.

그 두 가지 사물 중 두 번째: 미로 속 어딘가에 위치해 있던 어두컴컴한 방.

내 기억 속 어디에도 그런 나선형 철제 계단이나 그런 어두컴컴한 방은 없었다. 그래서 나는 그 두 가지 사물이 내 기억 저 뒤편에서 쏘아 보내진 거라고 단정 지었다. 그리고 나는 그 운동장 밑 지하 미로에 가기로 했다. 어디엔가 열리는 문이 있을 거라 믿으면서 말이다.

자연스레 그 얘기로 넘어가자. 미로의 참된 구조에 대해서 말이다. 먼저 4월 12일 일기에 그렸던 미로의 얼개를 다시 한 번 옮겨 본다.

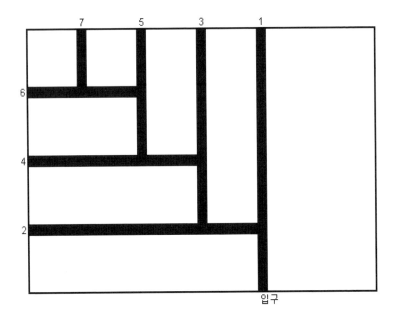

입구

오늘 오후, 나는 이 미로 속에서 총 열 개의 문을 찾았다. 그중 아홉 개는 열리지 않았고 단 하나가 열렸다. 하지만 그 문이 꿈속에서 만났던 그 어두컴컴한 방으로 곧장 나를 데려가 주지는 않았다. 문을 여니 그 문 뒤로 다시 새로운 미로의 앙상한 뼈대가 펼쳐졌다. 그 단 하나 열렸던 문은 위의 지도에서 보자면 입구에서 1번 출구를 향한 기다란 직선상 5분의 4 정도 되는 지점의 오른쪽 벽에 있었다.

나는 천장에 드문드문 붙어 있던 형광등을 길잡이 삼아 새로운 미로를 배회했다. 아래 그림은 새로운 미로를 포함한 운동장 지하 미로의 전체적인 평면도이다.

166

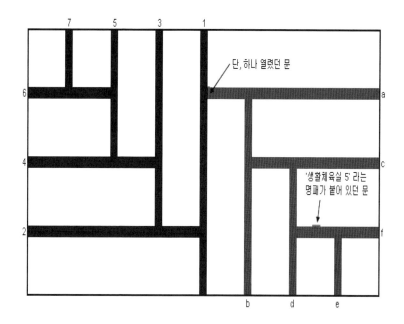

단, 하나 열렸던 문

'생활체육실 5' 라는
명패가 붙어 있던 문

그려 놓고 나니 미로는 일종의 대칭형 도형처럼 보였다. 180도 돌리고 나면 원래의 모양으로 회귀하는 도형. 커피를 엎지르지 않도록 조심조심 일기장을 가만히 거꾸로 놓아 보니 똑같은 잎맥을 가진 미로 한 잎. 사소하지만 대칭에 어긋나는 부분이 있다면 a부터 f까지 표시한 출구들은 1부터 7까지의 출구들과는 달리 죄 닫혀 있었다는 점이었다. a부터 f까지 그 막다른 끝에는 뚱뚱한 자물쇠로 봉인된 거대한 철문이 있었다.

그 철문들 말고도 아홉 개의 문이 더 있었다. 꿈에서처럼 복도에 그림처럼 붙어 있던 아홉 짝의 문들. 그 역시 오래된 미로와 같은 수였다. 나는 어제의 꿈에서처럼 또 구(舊)지역의 미로에서처

167

럼 그 문들에 매달렸지만, 어느 하나 열리는 문은 없었다. 지하 미로를 통틀어 열리지 않던 18개의 문들과 그 위에 달려 있던 18개의 명패. **하긴 L 문구점 점원을 만나는 것보단 이 편이 낫겠지.**

열리는 문이 없다는 걸 확인한 후에도 나는 쉬이 그곳을 뜨지 못하고 이리저리 돌아다녔다. 주로 새로 발견한 구역을 하릴없이 걸었다. 그러다가…… 그러다가, 하나의 명패가 망막을 쾅 하고 때렸다.

생활체육실-5

눈에 익었다. 아니 입에 익었다. 생활체육실, 생활체육실, 생활체육실. 머릿속에 쌓여 있던 가연성 물질에 화라락 불이 붙었다. 나는 황급히 매고 있던 여행용 가방을 뒤졌다. 생체-5. 나와 함께 호텔 방에서 깨어났던 그 구릿빛 열쇠. 13B란 이름의 은빛 열쇠와 함께 삼색 털실 열쇠고리에 꿰어 있던 생체-5. 아마도, 아니 틀림없는 생활체육실-5의 줄임말.

생체-5를 쥔 내 손이 나비를 움켜쥐기라도 한 것처럼 파르르 떨렸다. 나는 파닥거리는 생체-5를 간신히 둥그런 문고리 중앙 작은 홈 안으로 밀어 넣었다. **틀릴 리가 없지, 틀릴 리가 없어.** 딸깍, 하는 소리가 나면서 문고리가 돌아가기 시작했다.

"손님 죄송한데, 이제 문 닫을 시간이 돼서요."

168

방금 전, 선생님에게 잘못을 털어놓으려는 학생처럼 쭈뼛거리며 어린 급사가 내 테이블 앞에서 내게 말했다. 과연 실내에는 지금 나 말고는 아무도 없다.

오후 11시 55분.

일어날 시간이다. 집으로 돌아갈 시간. 생체-5 이야기는 다음 이 시간에.

5월 8일, 미모사를 당기다

어제 하루 나는 이 도시를 아무 목적 없이 돌아다녔다.

아니 생각해 보니 막연하게나마 목적이랄 만한 게 있었다. 기억 상실증자로 걸어 다니고 앉아서 쉬고 기록하던 이 도시를 살인자의 눈으로 바라보고 싶었다. 무엇인가 좀 달라 보일까 싶었다.

어제 오후 어느 지하철역 근처 작은 성당에서 있었던 일이다. 나는 작은 등나무 넝쿨 밑 벤치에서 쉬고 있었다. 그때까지만 해도 아무도 없던 조용한 성당이었다. 그런데 갑자기 성당 문이 열리더니 미사를 마친 사람들이 순식간에 성당의 좁은 마당을 가득 채워 버렸다. 어디에나 서서 서로를 마주 보고 대화하던 사람들. 지나치게 진지해 보이던 얼굴들. 마치 대화를 하기 위해 태어난 것처럼 보이던 사람들. 당연한 얘기지만 나는 거기에 낄 수 없었다.

그전에는 그저 지금 당장 낄 수 없을 뿐이지 언젠가 기억이 돌아온다면 나도 그 자리에 있을 수 있다는 막연한 기대가 있었다. 하지만 내가 살인자였다는 걸 알아 버린 이상, 기억이 돌아온다 해도 그들과 아무것도 이야기할 수 없을 터였다. **앞으로 주욱 그럴 거야. 어쩌면 영원히.**

그러고는 저녁에 호텔로 돌아오다가 예전에 한번 들른 적이 있던 꽃집 앞에 발을 멈췄다. 미모사 때문이었다. "그게 미모사예요." 라고 내게 말했던 4월의 백발 아주머니는 없었지만 미모사는 거기 그대로 있었다. 그녀가 없어서 나는 화가 났다. 게다가 왼손에 붕대를 감은 중년 남자는 무뚝뚝하고 불친절하기까지 했다. 내게 작은 비닐봉지에 담은 미모사 화분을 건네주던 남자는, 과연 니가 죽이지 않고 일주일이나 기를 수 있겠어,라는 듯한 표정을 지었다. 하지만 내게는 미모사를 사야 할 이유가 있었다. 내가 예전에 그랬던 것처럼 미모사로 누구와 대화를 하고 싶었다. 예전에 내가 미모사를…… 아차차, 나는 아직 그저께 낮에 있었던 일에 대해, 생활체육실-5와 미모사와 안녕과 인녕과 사인을 알 수 없는 죽음과 그 모든 것에 대해 기록하지 않았다. 돌아가야 한다. 힘들지만 돌아가야 한다.

그래서 나의 가는 펜 끝은 그저께 오후 생활체육실-5가 있는 운동장 지하 미로로 돌아간다. 아니, 조금 더 전으로 거슬러 가면, 나는 장갑 한 짝을 발견했고…… 그래서 내가 살인자라는 확신을 갖게 되었고…… 이상한 꿈을 꾸었고…… 스스로에게 꿈에 대한 양

171

자택일의 질문을 했고…… 결론적으로 나는 꿈이 내 과거들을 조립해서 만든 거라고 믿기로 했다, 내 미래가 꿈으로 조립된 게 아니라. 하지만 그저께 오후 유령처럼 그 운동장 지하 미로를 헤매면서 나는 내 꿈이 예언한 미래에 갇혀 버린 것 같은 느낌이 들었다. **무서웠다. 이럴 수가, 이건 내가 꿈속에서 봤던 장면 그대로잖아.** 그 어리석은 공포심은 내게서 쉬이 떨어져 나가지 않았다.

물론 나는 내 꿈이 넝마주이란 사실을 여전히 믿는다. 하지만 그 믿음 역시 나를 위안해 주지 않는다. 그 대신, 쓰라린 깨달음을 준다.

예를 들자면 이런 거다. 내가 처음 이 운동장 지하 미로를 찾은 날, 나는 첫 번째 남자에게 전화를 걸 적당한 공중전화 부스를 찾고 있었다. 그리고 공중전화 부스를 찾다가 아주 우연히 이 운동장 지하 미로를 찾아냈다……라고, 나는 지금까지 그렇게 믿고 있었다. 하지만 내가 생활체육실-5에서 발견한 걸 보면 그리고 꿈이 넝마주이라는 걸 믿는다면 그건 우연이 아니었다. **그러니까 간단히 말하자면 우연이라고 생각했던 게 실은 우연이 아니었다는 거지.** 언제인가 아주 오래전, 아마도 일기 따위는 쓰지 않았을 아주 오래전, 나는 그 지하 미로를 방문했던 거다. 그 잊어버린 기억이 나를 거기로 데려간 거다. 그렇다, 나는 마치 보이지 않는 줄에 매달린 마리오네트 같은 존재였던 거다.

해서 또 무섭다. 내 모든 현재의 의지가 온전히 내 것일 수 없다는 게 무섭고, 알 수 없는 저 먼 곳에서 쏘아진 타인의 텔레파시가 나를 조종하고 있을지도 모른다는 게 또 무섭다.

문고리가 돌아갔다. 딸깍.

그 순간 나는 깨달을 수 있었다. 아니 이렇게 말해도 좋으리라. 바로 그때 예전의 내가 쏜 텔레파시가 비로소 현재의 나에게 도착했다. 거기가 바로 세 번째 여자의 살해 장소였다. 아직 신문에는 나지 않았지만…… 틀림없이 그녀가 거기서 죽었다,는 걸 나는 알 수 있었다. 미처 내가 몰랐던 건 그녀가 거기에 있다는 사실 정도였다.

그녀가 거기에 있었다.

진짜로 그녀가 거기에 있었다.

신문도 모를 수밖에, 시체는 아직 발견되지 않았으니. 나와…… 또 예전의 나를 제외하면 그녀가 지금 어디 있는지 아는 사람은 아무도 없는 거다.

불을 켜니 그녀는 방 한구석에 벽면과 나란히 하늘을 보고 두 손을 다소곳이 가슴 위에 모은 채 누워 있었다. 모든 게 자연스럽고 여유로워 보였다. 하마터면 그녀가 죽은 사람이라는 걸 잊어버릴 정도였다. **틀림없이 죽은 거지, 너?** 과연 그 세 번째 신분증명서 속 사진의 얼굴이었다. 사진 속과 다른 점이라면, 눈을 감고 있다는 정도였다. 나는 눈을 감고 있는 그녀 편이 훨씬 좋았다. 눈을 뜨지 않았으면 했다. 나는 그 창백한 피부를 살며시 만져 보았다. **틀림없이 죽은 거지, 너?** 내게 볼을 꼬집힌 세 번째 여자가 벌떡 일어나며 '서프라이즈!' 하고 소리를 지를까 봐 나는 두려웠다. 다행히 그녀의 볼은 생체-5의 진회색 콘크리트 바닥처럼 차가웠다. **틀림없이 죽은 거야, 넌. 알았니?** 여자가 살아날지도 모른다는 무서움이 내 안에서 빠져나갈 때까지 나는 쉴 새 없이 중얼거렸다. 내 중얼거림에 질리기라도 했는지 그녀는 일어나지 않았다.

그리고 나는 미모사를 보았다. 바짝 마른 곶감 같던 그녀의 입술 사이 뾰족이 튀어나와 있던 길이 2센티미터 정도의 푸르고 가는 막대기. **저게 뭐지?** 마치 'Pull Me—나를 당겨 주세요'라고 속삭이는 것 같던. 그걸 당기면 왠지 소리를 지르며 여자가 벌떡 일어날 것 같던. 하지만…… 무서웠지만…… 도저히 당기지 않고는 배겨 낼 수 없었던. 마침내 내 몸속 무엇이 무서움을 이겼다. 나는 힘껏 그녀의 입술에 물려 있던 짤막한 막대기를 잡아당겼다. 아무런 저항 없이 그 푸른 줄기가 그녀의 입술 사이에서 빠져나왔다. 미모사. 내 검지 길이 정도 되던 미모사. 나는 그걸 한눈에 알아보았다. '그게 미모사예요.'라고 내게 말했던 백발 아주머니의 얼굴이 새삼스레 떠올랐다. **이게 미모사라는 거야, 알겠니?** 모든 게 기억났다. 콩과의 다년초이고…… 브라질산이고…… 잎을 건드리면 오므라드는 속성을 가졌고…… 꽃말은 부끄러움…… 그렇게 모든 게 기억났다, 왜 그게 이 여자의 입에 들어가 있었는지에 대한 대답만 빼고. 갑자기 기억의 부정합 그 밑에서, 나라고 불리던 사람이 왜 이런 짓을 했는지 미치도록 궁금해졌다. 왜 나라고 불리던 사람이 죽은 여자에게 (죽인 여자에게) 미모사를 물고 있게 했는지 미치도록 궁금했다. **대답 좀 해 봐, 넌 알고 있지? 이 바보. 벙어리. 화냥년. 암비둘기.**

그래도 그걸 내가 했다는 것만큼은 이제 더할 나위 없이 분명해

174

보였다. 더 이상 가능한 내 전(前) 직업의 목록 같은 건 만들 필요가 없었다. 내가 한 게 틀림없었다. 그렇지 않고서야 어찌 내가 이곳을 발견했으며 어찌 이곳 생활체육실-5의 열쇠를 가지고 있으며 또 어찌 미모사에 대해 그토록 잘 알고 있겠는가? **그러니까 간단히 말하자면 우연이 우연이 아니라는 거지.** 우연은 없었고, 나는 그저 내가 기억의 국경 저 너머에서 저질렀던 사건들의 자취를 순례자처럼 묵묵히 따라 밟고 있었을 따름이었다.

그리고 그 '인녕'까지. 그 정도로도 이미 충분했는데 덤으로 그 '인녕'까지. 'ㅏ'의 오른쪽으로 튀어나온 부분이 유난히 짧아 '인녕'처럼 보이던 그 '안녕'이 거기에 있었다. 그 헤모글로빈으로 쓰인 '안녕' 혹은 '인녕'은 생체-5의 진회색 콘크리트 벽에 붙들린 채 평안하게 잠든 그녀를 지켜보고 있었다.

이제 그 세 번째 여자가 다시 제 발로 일어나 태양을 볼 수 없으리라는 것이 확실한 만큼, 딱 그만큼 내가 그 모든 것을 했다는 것도 확실한 것 같았다. 6번 출구를 빠져나오다 지는 태양을 바라보며 나는 그런 생각을 했다.

자, 오늘 아침 미모사를 가지고 행했던 작은 실험에 대해 써 보자. 나는 이 실험을 위해 엊저녁 왼손에 붕대를 감은 남자에게서 미모사를 샀었다.

실험의 개요는 뭐 이런 거였다; 무엇인가 대단한 걸 알고 있는 것처럼 늘 수상쩍은 태도를 보이는 웨이터에게 이 미모사를 보여 주고 그 반응을 보자. 거기에 반응하면 그가 살인에 대해 무엇인가를 안다는 뜻이고 반응하지 않는다면 모른다는 뜻이다.

나는 하얀 테이블보 위에 보란 듯이 미모사를 올려 두었다. 그리고 사우전드 아일랜드 소스를 내 샐러드 위에 붓고 있는 웨이터에게 문득 생각났다는 듯 이렇게 물었다.

"이걸 아나, 자네?"

그의 표정은 그야말로 볼 만했다. 눈이 커졌고 콧구멍도 커졌다. 그리고 입이 천천히 벌어졌다. 입이 벌어졌지만 그 속에서 아무 소리도 나오지 않았다. 음소거 버튼을 누른 TV 속 광경 같았다. 그의 표정은 조잡했지만 진짜 같았다. 진짜였다. 하긴 그가 놀란 척해야 할 필요가 뭐 있겠는가? 놀라지 않은 척하기라면 또 몰라도.

"아…… 아니…… 아니요……."

그의 팔목 근육이 깜박 그 사우전드 아일랜드 소스가 든 그릇을 멈춰야 한다는 사실을 잊는 바람에 테이블 위에 분홍색 걸쭉한 액체가 쏟아졌고 그만 펼쳐 두었던 지도의 우측 상단 귀퉁이가 젖었다.

"죄송합니다. 앗, 죄송합니다. 잠깐만, 잠깐만 기다리십시오."

그가 놀랐다는 것만큼은 확실했다. **너도 나와 같은 배를 탔다는 말이지.** 안타깝게도 그는 돌아오지 않았다. 다른 웨이터가 와서 뒤처리를 했다. 그는 작별 인사도 없이 황급히 하선(下船)하고 말았다. 하선이라는 게…… 완전한 하선이라는 게, 물론 간단한 일은 아닐 테지만.

5월 10일, 신선한 시체에 대해 불만을 갖다

과연 바람대로 내가 살인범이라는 걸 확인했지만…… 그렇지만 크게 달라진 건 없었다. 나는 여전히 이 도시를 발길 닿는 대로 쏘다녔다. 지하철을 타고 또 무작정 걷고 가끔은 버스나 택시를 타기도 하고 또 아주 가끔은 내 자동차에게 자외선을 뿌려 주기도 했다.

여전히 이 일기의 첫째 날 이전으로는 기억이 스며들지 못한 이 도시 어디서도 나는 혼자였다. 그게 문제가 되지는 않았다. 혼자가 아닌 사람들이 특별히 더 행복해 보이지도 않았다.

길을 걷다가 때로 나는 그 사실을 되씹었다. **내가 했단 말이다, 내가.** 사람들이 듣지 못하도록 혼자 속으로 소리치며 나는 마음껏 기뻐했다. 내 한 달치의 기억을 먹고 자라난 도시의 곳곳에서 그 메아리를 들으며 나는 행복했다. **내가 했단 말이다, 내가.**

하지만…… 메아리는 점점 잦아들었고…… 하지만 그걸 알았다고 해서 크게 달라지는 건 없다는 걸 곧 깨닫게 되었다. 그래도 나는 더 맹렬히 이 도시를 돌아다녔다. 그리고 내 기억은 허겁지겁 도시의 곳곳을 먹어 치웠다.

'아델마(Adelma)', 오늘 아침 들렀던 헌책방의 이름이다.

오늘 아침 나는 그전에는 한번도 가 본 적 없는 거리를 걷다가 차도 건너편에 서 있던 아델마란 입간판을 발견했다. 차 두 대가 좁은 도로를 지나가길 기다린 후 나는 무단 횡단을 했다.

아델마는 헌책방이었다. 들어가기 전까지는 그걸 몰랐다. 성의 없이 칠해진 티가 역력한 하얀 문을 열자 한쪽 벽에 책들이 빽빽이 꽂혀 있는 좁고 가파른 계단이 나타났다. 계단을 내려서자 여덟 개 남짓한 서가들이 나를 바라보며 평행하게 늘어서 있었다. 나는 그 서가와 서가 사이의 얇은 길로 들어설 엄두가 나지 않았다. 그곳은 너무 좁았다. 그곳은 똑바로 걸어가기는커녕, 몸을 모로 돌리고 게처럼 옆으로 걸어갈 수 있을지도 의문일 만큼 좁았다. 게다가 그 좁은 길에는 가끔 바닥에 내려놓은 책들의 탑이 쌓여 있어서, 그 책으로 쌓은 바벨탑을 무너뜨리지 않고 그 길을 지나간다는 건 쉽지 않아 보였다.

나는 종이들이 일제히 썩어 가는 것 같은 냄새를 오래 견디지 못하고 밖으로 나왔다. 찾을 책이 없었던 나는 거기, 헌책으로 만들어진 탑에서 순순히 물러났다.

시원한 바람을 맞으며 나는 길을 걸었다. 길을 걸으며 나는 누가 왜 그 죽어 가는 종이들의 악취로 가득한 곳을 찾는지 궁금했다. 아델마의 헌 책들. 오래된 책들. 오래전에 만들어진 책들. 사람들은 거기서 무엇을 기대할까?

사람들은 주로 미래에 올 무엇을 기대하지 않았던가, 하는 깨달음이 아델마에서 꽤 떨어진 허름한 식당에서 수상한 냄새가 나는 볶음밥을 깨작거리고 있던 내게 떠올랐다.

사람들은 대개 미래를 기대하지만 헌책방에서는 좀 다르리라. 거기서 사람들이 기대하는 건 과거다. 아직 나오지 않은 (쓰이지 않은) 책이 아니라 이미 나와 버린 책을 기대하는 사람들. 이미 일어난 과거가 자신의 기대를 채워 주지 않을까 하는 바람을 가지고 있는 사람들. 미래가 아니라 과거를 기대하는 사람들.

내 머릿속에도 그런 헌책방이 있는 게 아닐까? 이 한 달 반 동안 내가 기대했던 건 내 미래가 아니라 순전히 과거였다. 나는 이렇게 단언할 수 있다; 나는 내 미래에 대해 바라는 게 하나도 없다, 단지 과거를 알고 싶을 뿐. 그리고 손가락에 피를 묻혀 가며 세 번의 살인을 알아냈다. 내 과거에 누워 있는 세 구의 시체. 그리고 어쩌면 남아 있는 단 한 구의 시체.

일기장을 덮고 무릎까지도 오지 않는 얕은 잠에 빠졌다가 퍼뜩 일어났다. **이럴 수가.** 이건 말도 안 된다. 이런 생각을 일기장에 적을 수는 없다. 아예 생각조차 하지 말았어야 했는데. **아니 어떻게 이**

럴 수가. 재앙같이 난데없는 생각이 내 머리채를 부여잡고 얕은 잠에 빠져 있던 나를 끄집어냈다.

요 며칠, 나는 지금까지 내가 이 낯선 도시에서 발견한 사실들이 '내가 했다'라는 과거를 증명하는 데 잘 들어맞는다고 생각해 왔다. **너무 잘 들어맞아 왔지. 지나치게 딱딱 맞아 왔다고.**

그런데 오늘 저녁 얕은 잠에서 물장구치던 내게 이상한 점이 눈에 띄었다. 세 번째 여자의 시체, 내가 찾아낸 나의 과거, 바로 그것들이 이상하다는 거다.

왜 그걸 전에는 눈치 채지 못했지?

내가 죽였다면, 내가 지금은 잃어버린 내 기억 속에서 그 여자를 죽였다면…… 그 여자는 최소한 3월 28일, 즉 내가 일기를 처음으로 쓴 날 이전에 죽었다는 말이 된다.

그게 이상하다는 거다.

내가 며칠 전 생체-5에서 발견한 그 세 번째 여자는 태어난 지…… 아니 죽은 지 기껏해야 하루 이틀 정도밖에는 되지 않은 것처럼 싱싱해 보였다. 여자는 갓 죽은 신선한 시체처럼 보였다. 한 달 반이나 그 전에 죽었다면 다 썩어 형체도 알아볼 수 없을 만큼 엉망진창이 되어 있어야 하는 게 아닐까? 그 여자의 시체는 너무 신선했다. 기억을 잃기 전의 내가 그걸 했다고 하기에는 너무 신선했다.

너무 혼란스럽다. 내가 하지 않았다면…… 아니, 그것도 말이 되지 않는다…… 혹시 내가 시체에다 무슨 특별한 처리를 한 건 아닐까? 박제를 뜨는 것처럼. 이를테면 방부제를 내장 가득히 집어넣었다던가. 아, 농담이나 하고 있을 때가 아니다. 아, 모르겠다. 둘 다 말이 되지 않는 것 같다. 그걸 했다는 것도 하지 않았다는 것도, 다 말이 되지 않는다. 아, 모르겠다. 술이나 먹자. 술이나 사러 가야겠다. 귀찮으니 여러 병을 사 놓아야겠다.

5월 11일, 자동차의 시종, 돈 냄새를 맡다

오늘은 하루 종일 아팠다. 아프면 아픈 사람답게 자중했어야 하는데 그만 아침에 새 술병을 하나 따고 말았다. 내가 그걸 하지 않았을지도 모른다는 잔인한 가능성이 술병의 반을 눈 깜박할 사이에 비워 버렸다. 그러고는 잘못 발을 디디는 바람에 빠진 깜빡 잠 속에서 내내 살결이 지나치게 곱던 세 번째 여자와 입씨름을 했다. 나는 그녀가 시체치고는 지나치게 고운 피부를 가지고 있다고 집요하게 비난했다. 퍽이나 피곤해 보이던 그녀는 내 말에 대꾸하지 않았다. 이미 죽은 사람이니 그럴 수밖에. **그러지 말았어야 했는데.** 점심나절 잠에서 깨어나 줄곧 관자놀이를 정으로 쪼는 듯한 두통과 술 냄새에 범벅이 된 죄책감에 시달렸다. **그러지 말았어야 했는데.** 점심도 거르니 배가 고파 다시 남은 술 반 병을 비워 버렸다.

그래도 죄책감은, 두통은, 내가 그걸 하지 않았을지도 모른다는 가능성은 '0'으로 돌아가지 않았다. 머리가 뜨거웠다. **제기랄.**

죄책감과 술 냄새로 혼란스러운 머릿속으로 하나의 문장이 길 잃은 종이비행기처럼 사뿐 날아들었다. '유니폼을 입은 사람치고 불쾌감을 주지 않은 사람은 호텔 웨이터뿐이다.' 뭐 늘 그렇듯 어디서 날아온 건지 알 수 없는 두서없는 문장. 그놈, 미모사를 알고 있던 그놈의 얼굴이 머릿속에 다시 떠올랐다. 놈이라면 알지 모르겠다는 생각이 들었다. 미모사를 안다면 자초지종을, 그러니까 내가 했는지 안 했는지, 안 했다면 누가 한 거고 내가 가지고 있는 그 증거들은 다 무엇인지 알 거라는 생각이 들었다. 오늘 한 생각들 중 유일하게 박수를 받을 만한 생각이었다.

지하 주차장으로 내려가서 자동차의 시종을 만났다. 술기운에 한자리에 오래 서 있는 것마저 힘들었다. 나는 웨이터의 이름을 대며 그를 아느냐고 물었다. 그는 아주 잠깐이었지만 인상을 찌푸렸다 펴며 안다고 했다.

"그가 언제 퇴근하는지 아나?"

"네?"

"그가 내일 언제 퇴근하는지 내게 얘기해 주면, 그리고 자네 입에 지퍼를 채워 준다면 이걸 주겠네."

나는 왼쪽 바지 주머니에서 돈을 꺼내 힘없이 흔들어 보였다. 지쳤을 때는, 또 구질구질해지고 싶지 않을 때는 돈이 최고다.

"잠시만 기다려 주시겠습니까?"

그는 내 손에서 돈을 낚아채더니 보기보다 날랜 동작으로 사라졌다 곧 가쁜 숨을 쌕쌕 뱉어 내며 돌아왔다.

"제가 알고 있던 그대로네요. 화목토는 아침 7시부터 오후 4시, 월수금일은 아침 9시부터 저녁 10시까지 근무입니다. 첫 번째 세 번째 일요일은 쉬고요. 연차는 모두……."

"그만하면 됐네. 그렇다면 내일은……."

"4시 퇴근인 거죠. 틀림없습니다."

고개를 끄덕이고 간신히 몸을 추슬러 주차장을 떠나려는데 자동차의 시종이 쪼르르 달려와 허리를 구부리고 낮은 목소리로 내게 속삭였다.

"언제든 필요한 일이 있으면 말씀만 하십쇼. 입이 무겁기로는 이 호텔 안에 저만 한 놈도 없을 겁니다."

나는 다시 고개를 끄덕이며, 그 '필요한 일'이라는 게 다시는 없기를 빌며 지하 주차장을 떠났다. 나는 놈의 목소리가 말투가 행동거지가 다, 마음에 들지 않았다.

내일 오후 4시. 내일 오후 4시.

5월 12일, 수영장에서 웨이터와 대화를 나누다

오전 내내 아무 일도 손에 잡히지 않았다. 뭐 손에 잡아야 할 일이 특별히 있었던 것도 아니었다. 잠도 안 오고 방에 있으면 자꾸 술병 쪽으로 손이 가 2시 조금 전에 일찌감치 밖으로 나와 호텔 맞은편에 있는 빌딩 1층 커피숍 창가에 자리를 잡고 앉았다.

한낮인데도 오후 7~8시라도 된 것처럼 바깥이 어둑어둑했다. 빌딩의 스카이라인들 사이로 흐르는 도시의 가느다란 하늘길 위로 두툼한 솜 같은 구름이 한 치의 틈도 없이 깔려 있었다. 재앙의 전조 같은 어둠이었다.

나는 식어 버린 커피를 홀짝대며 두 눈을 유리창 너머 키브라 정면에 딱 못 박아 두었다. 그리고 지난 두 번의 미행의 기억을 곱씹었다. 한 번은 따라왔고 또 한 번은 따라갔던 두 번의 미행. 열차 안의 광고판처럼 눈에 띄지 않던 그 첫 번째 미행의 남자는 어쩌면 경찰일지도 몰랐다. **그런데 그 남자 혹은 경찰은 왜 나를 미행하고 있었던 거지?**

내가 정말 범인이 아니라면, 그래서 그게 다 내가 한 일이 아니라면 경찰이든 누구든 나를 쫓을 이유가 없었다. 그렇다면 그 남자의 미행은 내가 '그걸 했다'는 또 하나의 증거가 아닐까? 내게는 내가 그걸 했다는 걸 뒷받침하는 수많은 증거들과 내가 그걸 하지 않았을지 모른다는 단 하나의 반대-증거가 있었다. 그 세 번째 여자. 갓 구운 식빵처럼 신선하던 그 시체. 결정적일 수도 있는 단 하나의 증거. 시체는 아직 세 구뿐인데 증거들은 너무 많았다.

그때 재앙의 전조 같은 어둠 사이로 놈이 나타났다. 나는 커피숍의 푹신한 의자에서 일어났다. **자, 이제 시작이로군.**

놈은 자주색 드레스 셔츠를 입고 있었다. 아니 자주색이 아닐 수도 있겠다. 그 어둠 아래 도시 전체의 색깔은 평소와는 많이 달랐으니까. 놈의 보폭은 큼직큼직했지만 왠지 모르게 불안해 보였다. 나는 사람들 사이를 필사적으로 헤치며 놈을 따라갔다. 몇몇은 나와 거칠게 부딪쳤고 또 더러는 등 뒤에서 내게 욕을 하거나 소리를 지르기도 했다.

내게는 놈이 지금 어디로 가고 있는지 상상할 여유가 없었다. 나는 필사적으로 몰염치한 사람들을 떠밀고 또 그들에게서 저주를 받아가며 앞으로 나아갔다. 놈이 어디로 가든 끝까지 따라가 줄 생각이었다.

186

그 '어디로'가 지하 실내 수영장이라는 걸 알았을 때 나는 약간 김이 새는 느낌이었다. 변기 청소를 할 때 쓰는 파란색 소독약처럼 안전한 곳이라는 게 그곳에 대한 내 첫 번째 인상이었다. 놈은 안내소에 새초롬히 서 있는 여자에게서 열쇠를 받아 들고 금세 안으로 사라졌다. 나 또한 어디든지 놈을 따라가야 했다. 나는 안으로 들어가는 데 얼마냐고 여자애에게 물었다. 마음이 급했는데 여자애는 정기권이 어쩌니 강습은 어떠니 주절주절 늘어놓기 시작했다. 나는 화가 나서 지금 당장 저기로 들어가는 데 필요한 게 뭐냐고 소리를 질렀고 여자애는 잔뜩 겁먹은 표정으로 거의 울먹거리며 꼭 필요한 것들의 목록을 읊기 시작했다. **진작 그럴 것이지.** 나는 지하에 있는 운동구점으로 달려가 가장 비싼 수영모와 물안경과 수영복을 샀다. 왠지 필요할 것 같아서 은빛 야구방망이도 하나 샀다. **수영장과 야구방망이라니, 훌륭한 조합이로군, 박쥐우산과 재봉틀처럼 말이야.**

그리고 부리나케 탈의실로 달려갔는데 하마터면 놈과 마주칠 뻔했다. 놈은 막 팬티를 벗어 철제 사물함에 집어넣고 있었다. 어둡고 음침하고 우울한 탈의실이었다, 어린 동성애자가 어디 숨어 있다가 툭 튀어나올 것 같은.

철제 사물함 한쪽에서 몸을 숨기고 있노라니 곧 '쾅' 하고 사물함 닫히는 소리가 들렸다. 142번, 묵직한 푸른색 고무 고리가 달린 열쇠로 사물함을 열자 녹슨 경첩이 기다란 비명을 내질렀다. 야구방망이는 들어가지 않아 사물함 위에 대충 올려놓았다. 푸르스름한 빛이 도는 샤워실 거울 위에서 물안경에 수영모에 수영복을 입은 나를 만났다. 낯설었다.

수영장 안은 한층 더 어두웠다. 이런 어둠에다 이런 차림이라면 정말 눈앞에서 마주친다 해도 놈이 나를 알아볼 것 같지 않았다. 그건 마음에 들었다. 물빛은 흡사 흙탕물 빛이었다. 놈은 마지막 레인에서 자유형 연습을 하고 있었다. 그다지 빠르지도 느리지도 않은 평범한 솜씨였다. 물 밖에 오래 있자니 몸이 으슬으슬 떨려 놈이 수영하고 있는 옆의 옆 레인 끄트머리에 몸을 집어넣었다. 물안경을 쓴 채로 물속에 쭈그려 앉고 보니 물빛이 그다지 어둡지만은 않았다. 벽과 바닥에 칠해진 색깔 때문인지 밖에서 보는 것과는 달리 물은 옅은 연둣빛이었다. 사람들이 저마다 입꼬리에 수면으로 향하는 기다랗고 가는 물방울 줄기를 달고 나에게 다가오거나 또 멀어지고 있었다.

나는 비슷한 물안경을 쓴 사람들이 만드는 비슷한 동작들이 마음에 들지 않아 곧 밖으로 나왔다. 탈의실에서 옷을 갈아입었지만 수영모와 물안경은 벗지 않았다. 그래야 더 무서워 보일 것 같았다.

한 20분쯤 기다렸을까? 놈이 한 손에 수영모를 움켜쥐고 샤워실에서 나왔다.

"늦었군. 그 바람에 꽤 오래 기다렸어."

나는 야구방망이를 휘둘러 공중에 자그마한 동그라미를 하나 그렸다. 놈은 당황한 표정으로 나와 방망이를 번갈아 바라보았다. 아무것도 모르는 순진한 표정이었다.

"누구…… 누군지 잘…….."

나는 물안경을 낚아채듯 얼굴에서 벗겨 냈다. 한번에 벗겨져서 다행이었다.

"아하……."

놈은 무심결에 나를 따라 물안경을 벗으려고 희멀건 팔을 쐐기 모양으로 휘었다. 선수를 쳐야 했다. 나는 방망이를 장판 바닥에 힘껏 내리쳤다.

"누가 벗으래. 그냥 둬. 니 얼굴이 보고 싶어 여기 온 건 아니거든."

방망이를 잡은 손이 저려 왔지만 나는 아무런 내색도 하지 않았다. 반면에 놈은 겁을 먹은 기색이 역력했다. 놈의 손끝에 맺힌 물방울도 혹여 큰 기척이라도 낼까 바닥으로의 다이빙을 미루고 있는 것 같았다. 그쯤이면 이 방망이로 무엇을 더 할 수 있을지 충분히 알아들었으리라.

"돌아서."

놈은 말을 잘 들었다. **진작 그럴 것이지.** 놈이 등을 보이며 걷기 시작했다. "왼쪽으로 가. 그래, 그쪽으로."

탈의실에서 아까 봐 둔 곳이 있었다. 탈의실 한 구석 네 단의 계단 위에는 작은 문이 있었고 거기에는 관계자 외 출입 금지라는 낯익은 종이쪽지가 붙어 있었다. **나는 어디에나 관계하는 사람이야, 나는 그래, 나는 원래 그렇다고.**

"저…… 아무래도 무슨 오해가…….."

놈이 고개도 돌리지 못하고 멈칫대며 입을 열었다. 나는 방망이 끝으로 놈의 등을 아프게 쿡 쑤셨다.

"주둥이를 놀리라고는 하지 않았는데."

놈은 전기라도 오른 듯 펄쩍 뛰어오르더니 다시 순하게 걷기 시작했다.

"그거 열어."

우리는 네 개의 계단을 밟고 관계자 외 출입 금지를 열고 안으로 들어갔다. 그곳은 공사를 하다 공사비가 모자라 중간에 엎기라도 한 것 같은 휑한 방이었다. 천장 바닥 벽 할 것 없이 온통 콘크리트가 드러난 넓은 방이었다. 맨발에 콘크리트 알갱이들이 밟혔다. 머리가 아슬아슬 닿을 듯 천장이 유난히 낮았다. 나는 한 팔은 천장에 다른 팔은 야구방망이에 기대고 비스듬히 섰다.

"돌아서."

놈의 어깨 뒤로 용도를 알 수 없는 색색깔의 플라스틱 판때기들이 잔뜩 쌓여 있었다.

"저…… 왜 도대체……."

나는 두 손으로 야구방망이를 잡고 바닥을 아까보다 더 힘껏 내려쳤다. 깡 하는 맑은 소리와 함께 콘크리트 알갱이들이 사방으로 튀었다.

"묻는 말에만 대답해. 오래 기다리느라 기분이 썩 좋지 않아서 말이야…… 좋아 그렇게 내가 묻지 않을 땐 입을 닥치고 있으라고. 질문은 내가 하는 거야, 니가 아니고, 알았지?…… 니가 아는 게 도대체 뭐야?"

"네?"

"뭘 아냐고. 미모사 말이야. 거기에 대해서 뭘 아냐고."

"그걸…… 그걸 왜 저한테 물어보는 거죠?…… 저보다 더 잘 아시잖아요."

아하. 놈은 아직 내가 3월 어느 날 그때까지의 기억을 홀라당 다 태워 먹었다는 사실을 까맣게 모르고 있었다. 하긴 내가 기억을 잃어버린 걸 누가 알겠는가? 아무한테도 얘기한 적이 없는데.

"왜 이러시는지 정말 모르겠어요, 저는."

다 얘기해 버릴까 놈한테? 그게 이치에 맞아 보였다. 내가 그걸 했는지 하지 않았는지 알아내려면 그게 최선의 방법인 것 같았다. 그제야 놈의 입이 열리기 시작할 터였다. 하지만…… 굳이 남에게 내 비밀을 알려 주고 싶지 않았다, 내게는 알루미늄 방망이도 있고 푸른 지폐 다발도 잔뜩 있는데.

"오늘 일도 그렇고, 도대체 요즘 뭘 하시는 건지 모르겠어요, 정말. 더 이상 그분의 일을 망치지 마시라고요."

그분의 일?

"그분의 일이라는 게 뭐야?"

"왜 이러세요. 제가…… 제가 누군지 모르세요? 저 알잖아요. 저도 선생님이 누군지 잘 안다고요. 무슨 장난을 치고 있는 건지 영문을 모르겠어요, 전."

"난 기억을 잃어버렸어."

엉겁결에 내뱉고 말았다. 엎질러진 비밀이었다. 상관없었다. 그 분의 일이라는 게 무엇인지 알 수만 있다면.

"말도 안 돼. 내가 들어 본 변명 중 가장 웃긴 얘기로군요."

"진짜야, 진짜라고. 빨리 얘기해. 그분의 일이라는 게 대체 뭐야?"

"왜 이런 장난을 치는 건지 사실대로 말하기 전까진 아무 말도 않겠어요."

이제 내가 장군을 부를 차례다,라는 듯한 표정이 물안경 아래로 살짝 비쳤다. **나는 체질적으로 멍군이 싫은데, 어쩌지.**

"빨리 말해. 말하지 않으면 피차 좋을 일이 없어…… 알아, 계속해서 고집을 부리면 난 널 죽일 수도 있어."

"……당신이 사람을 죽일 수 있다고요?…… 핫…… 당신이 나를?…… 당신도 알잖아요, 당신은 나를, 아니 사람을 죽일 수가 없어요. 당신은 그런 사람이 아니……."

그때 등 뒤에서 문을 여는 소리가 들렸다.

"거기 뭐예요. 관계자 외 출입 금지란 말이 안 보여요?"

기회라는 듯 재빨리 놈이 덩치 좋은 남자에게 거듭 인사를 하더니 밖으로 줄행랑을 쳐 버렸다. 기운이 스르르 빠져나갔다. **내가 사람을 죽일 수 없는 사람이라고? 내가?** 야구방망이가 짧은 울음소리를 내며 바닥으로 쓰러졌다.

호텔 방으로 돌아오니 그저께 저녁에 사 놓은 술병이 나를 반겼다. 저녁밥 대신 커다란 유리컵에 술을 부어 마시며 놈이 했던 얘기를 안주 삼아 곱씹었다.

더 이상 그분의 일을 망치지 마시라고요.

내 쪽이 아니라 놈한테 뭔가 중대한 오해가 있는 게 아닐까, 그런 생각도 든다.

하하, 벌써 남은 술의 흘수선이 술병의 레이블 밑으로 가라앉았다. **거기, 아무도 없나요?** Is there anybody in there?

5월 13일, 공주가 사라지다

마음을 독하게 먹고 식당에 다녀왔다. 물안경을 쓰지 않은 웨이터를 만나기 위해서였다. 만나서 구체적으로 무엇을 하겠다는 생각까지는 하지 못했던 것 같다. 놈을 보러 가야겠다는 결심을 짜내는 데 몸속에 있는 레몬을 다 써 버린 후였다. 레몬이 조금이라도 남았다면 얼음과 술이 섞여 있는 유리잔에 짜 넣었을 텐데.

그런데 식당에 웨이터가 없었다. 우선 안도의 한숨이 절로 나왔다. 특별한 거라고는 눈곱만큼도 찾아볼 수 없는 상투적인 아침 메뉴에도 오랜만에 식욕이 돋았다. 한참 샐러드로 나온 적채를 씹다가 자동차의 시종이 했던 얘기가 기억났다. '첫 번째 세 번째 일요일은 쉬고요.' 하지만 오늘은 두 번째 일요일이었다! 나를 마주치기 싫어 무단결근을 한 건가 하는 생각도 들었지만 결론을 내리기에는 일렀다.

나는 자리에서 일어나 최면에 걸린 듯 지하 주차장으로 내려가고 있었다. 내 자동차가 눈에 들어오기 무섭게 자동차의 시종이 쪼르르 달려 나왔다.

"자동차를 닦아 두게. 곧 외출을 할 테니."

속에 없던 말이 입 밖으로 줄줄 샜다. 지나치게 굽실대며 자동차를 마치 핥기라도 할 양 달려드는 놈의 모습이 보기 싫어 얼른 내 방으로 올라와 버렸다.

자, 이제 어디로 가야 하나?

일단 뱉어 놓은 말이니 어디든 차를 끌고 움직여야 했다. 매주 토요일 오후 4시마다 지하 실내 수영장 마지막 레인에서 자유형 연습을 하는 웨이터가 결근한 호텔에 더 눌러앉아 있을 이유가 없었다.

열쇠를 주머니에 넣었다. 나갈 준비가 되었다.

거지같은 일이 내게 일어났다. 일어나지 말아야 할 일이 자꾸 내게 일어났다. 술을 먹지 않고는 도저히 견딜 수 없는 일이 내게 일어났다. 쌍.

그분? 도대체 어떤 새낄까?

누가 있다. 틀림없이 있다. 밥 대신 술을 거듭 목구멍에 쏟아 부었지만 정신은 멀쩡하다. 며칠 전까지만 해도 내가 한 게 틀림없다고 생각했는데…… 누가 있다. 미로로 향하는 차 속에서만 해도 그 여자에게 넌 3월 28일 이전에 죽은 거라고 어떡해서든 설득할 수 있을 거라 믿었는데…… 아니다. 틀림없이 누가 있다. **도대체 어떤 새끼일까?** 바로 그 새끼 때문에 그런 개 같은 일들이 자꾸 벌어지는 거다.

생활체육실-5, 거기에 그녀가 없었다.

지난번에는 있었는데 오늘은 없었다. 인영만 남겨 두고.

이런 제기랄. 그녀가 거기에 없었다. 이게 말이 되나. 지난번 거기서 미모사를 물고 틀림없이 죽어 있었던 그년, 그 세 번째 기집애가 오늘은 거기에 없었다. 제 발로 걸어 나가기라도 했단 말인가? 거봐, 누가 있다니까. **누가 내 공주를 데려간 거지? 거기, 어떤 씹할 왕자 놈이야.**

그 대신 돌아오는 미로에서 나는 다른 여자를 만났다. 없어진 잠자는 공주 대신 연두색 레인코트를 거기 어두운 미로에서 만났다. 그전에는 한번도 붙잡지 못했던 그 여자를 내가 오늘 붙잡았다. 내 손아귀 안에서 잠시 퍼드덕거리던 그 여자의 어깨뼈가…….

갑자기 참을 수 없는 구역질이

모든 게 틀렸다 변기에서 나는 악취처럼 씹할 모든 게.

5월 15일, 공주의 실종에 대해 대화를 나누다

일주일 남짓 내가 비운 다섯 병의 술병이 지금 햇빛 들어오는 창문 앞 라디에이터 위에 일렬로 나란히 늘어서 있다. 가는 모가지를 통과한 햇빛이 병 속에서 무지개 빛깔 간섭무늬를 한가로이 토해 내는 정오다. 청소하는 아줌마가 저걸 왜 치워 버리지 않는지 모르겠다. 치워 버려야겠다.

아쉽게도 지금 내게는 술병의 그림자뿐, 술은 없다. 그게 화가 난다. 술을 사러 밖에 나가는 일은 생각하는 것만으로도 짜증이 난다. 나는 지금 밖으로 나가고 싶지 않다.

술이 없을 때, 술이 내 머릿속에서 소란을 피우지 않을 때 조금이라도 더 일기를 써 두는 편이 낫겠다.

어제 일부터. 어제는 무슨 일이 있었지? 하루 종일 술을 마셨고 머리가 계속 아팠다. 아침에는…… 놈을 찾아볼 양으로 식당에 갔었다. 비틀거리지 않으려고 엘리베이터 안에서 손잡이를 꼭 움켜쥐고 필사적으로 식당으로 내려갔다.

하지만 놈은 없었다. 나는 놈의 무례함에 화가 버럭 났다. 화가 나서 처음 보는 웨이터에게 샐러드가 싱싱하지 않다고 소리를 질렀다. 포크를 식탁 위로 내던지기도 했다. 나는 초조했다. 그분의 일을 망치지 말라던 놈의 기분 나쁜 목소리가 맛없는 아침 식사를 위장 속으로 감추는 그 짧은 시간 동안에도 몇 번이나 들려 고개를 헛되이 두리번거려야 했다.

방으로 돌아와 나는 마지막 술병을 따고 병 아가리에서 스멀스멀 피어오르던 알코올의 시큼한 향기를 맡았다. **알코올중독자라면 어떨까? 살인자가 될 수 없다면.** 지금까지 나는 한 번도 미래에 무엇이 되고 싶다고 생각해 본 적이 없지만…… 알코올중독자라면 꽤나 괜찮은 생각인 것 같았다. 그리고 침대에 누워 조금씩 술을 축냈다.

그러고는 밤에 벌떡 일어나 지하 주차장으로 내려갔다. 몇 시인지는 잘 기억이 나지 않는데 내려가는 도중 아무도 마주치지 않았던 걸로 보아 꽤 늦은 시간이었던 것 같다. 자동차의 시종이 다시 쪼르르 내 앞으로 달려 나왔다. 그 비굴한 표정을 보자 모든 걸 다 그만두고 방으로 돌아가 버리고 싶었다.

"차에 타게."

나는 문을 쾅 닫았고, 그는 마치 도자기로 만든 문을 다루듯 조심스레 문을 닫았다. 나는 건조한 가죽 의자에 몸을 푹 파묻듯 앉았고 그는 내 옆자리에 허리를 꼿꼿이 세우고 엉덩이만 살짝 댄 자세였다. 내가 입을 열자마자 독한 술 냄새가 차 안을 순식간에 점령했다.

자동차의 시종은 놈의 결근을 모르고 있었다.

"놈이 오늘 안 나왔다고요?…… 늘 돈이 급해 보이긴 했는데…… 뭔 일이라도 생긴 걸까요?"

"그걸 자네가 좀 알아봐 줬으면 하네."

그리고 돈을 건넸다. 뻔한 레퍼토리에 뻔한 반응. 싫지만 할 수 없었다.

"네, 알겠습니다."

말투는 마음에 안 들지만 이것저것 꼬치꼬치 캐묻지 않아서 좋았다. 자동차의 시종이 다시 살얼음이라도 만지듯 조심조심 문을 열고 내렸고 나는 잠시 더 거기에 누워 있다가 방으로 올라왔다.

그리고 그저께 낮에 있었던 일에 대해서도 이 참에 써 두자. 그 연두색 레인코트와의 대화. 나는 그날 내가 발견했던 시체가 감쪽같이 사라져 버린 미로에서 처음으로 연두색 레인코트를 붙잡았고 그리고 처음으로 몇 마디 대화라고 불릴락 말락 한 것을 나누었다. 결론부터 말하자면 그녀 역시 내가 그걸 했다는 가능성을 일축해 버리고 싶어했다. 그 점에서 그녀는 결근한 웨이터와 같았다.

다들 똑같아 보이는 미로의 어느 모퉁이에서 나는 그녀와 마주쳤다. 여느 때처럼 그녀는 나와 눈이 마주치자마자 달아나기 시작했다. 세 번째 여자는 사라졌지만 연두색 레인코트만은 놓치고 싶지 않았다. 그리고 마침내 그녀를 붙잡았다. 내가 어깨를 붙들자 그녀는 언제 달아났나 싶게 순순히 멈춰 서서 나를 돌아보았다. **알겠니? 이젠 니가 술래야.** 그녀는 나를 알아보는 눈치였다. 통성명이나 날씨 얘기 따위로 대화를 시작하기에는 숨이 너무 찼다.

"그걸 어떻게 한 거지?"

"뭘 말하는 건지 잘 모르겠는데요."

연두색 레인코트는 예뻤다. 그렇게 말하는 그녀의 표정은 귀여웠다. 지도에 대한 나의 집착에 진절머리 치던 L 문구점의 점원보다 훨씬 더. 그렇다고 그녀의 말을 믿고 싶은 마음은 없었다.

"내가 뭘 말하는 건지 잘 알 텐데."

"제가 그런 게 아니란 건, 그쪽이 누구 못잖게 잘 알고 있지 않나요?"

"그럼 누가 한 거지?"

나는 곧장 본론으로 들어가고 싶었다. 그녀가 눈을 똥그랗게 뜨고 당신이 한 거지 않냐고 되묻길 바랐다.

"그걸 왜 저한테 묻죠?"

"니가 알고 있으니까."

"그쪽도 알고 있잖아요."

그런 걸 대화라고 할 수는 없었다.

200

"누가 그녀를 죽였는지 안다는 거야?"

"차츰차츰. 아직 증거는 없지만."

나는 우겨 보고 싶었다. 그녀를 떠보고 싶었다. 허세를 부려 내 패를 보여 주지 않고도 그녀 스스로 자신의 패를 바닥에 내려놓도록 만들고 싶었다. 그런데 문제가 있었다. 이 불공평한 포커 판에서 나는 처음부터 내 패를 보지 못하도록 돼 있었다는 거다.

"그럼 내가…… 먼저 자수를 해 버릴까? 그쪽에서 다 알아채기 전에."

"하하하하."

그녀의 무서운 웃음이 미로의 골목길을 따라 질주했다. **내 패가 다 보이니, 너한텐? 정작 나는 볼 수 없는데.**

"무슨 얘기를 하시는 거죠?…… 자수라고요? 하하하. 뭘 자수하시겠다는 거죠?"

"너도 알잖아, 내가 했다는 걸. 내가 그걸 했고…… 또 안녕이라고 쓴 거잖아."

어쩔 수 없었다. 더 구질구질해 보일지 모르겠지만 거기까지 간이상 멈출 수가 없었다.

"하하하…… 안녕이라…… 고약한 농담이네요. 유머라기에는 그건 너무 조잡하지 않나요? 진지하게 듣기에는 너무 터무니없는 소리고."

나는 내가 그 게임에서 졌다는 걸 알았다. 하지만 뒤집어 보여 줄 패가 내게 없었으므로 정상적으로 그 게임을 끝마칠 수도 없었다.

"다음에 다시 만나게 되면 좀 더 이성적인 대화를 해요, 우리."

그렇게 우리는 우리의 게임을 마무리 짓지 못하고 미로 속에서 헤어졌다. 다음에 그녀를 다시 만나게 되면…… 다시 게임을 할 수 있을지 자신이 없다.

지금 술을 사러 나간다. 편의점 점원과 짧고 상식적인 대화를 마치고 호텔로 돌아와 술과 좀 더 길고 이성적인 대화를 나누어야겠다.

5장

저 놈이 내게서 내 궁전을 강탈하려 하는구나.

一보르헤스 「궁전 이야기」

(5월 19일~5월 29일)

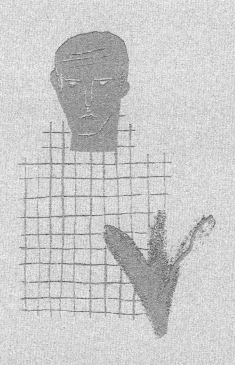

5월 19일, 웨이터가 사라지다

일기를 마지막으로 쓴 게 꽤 오래전 일인 듯싶다. 실은 고작 나흘 전의 일인데 말이다. 그 나흘을 증언이라도 하듯 창가에는 아홉 개의 빈 술병이 서 있다. 숙성된 햇빛으로 가득한 아홉 개의 빈 술병.

그리고 침대 옆 작은 탁자 위에는 아직 반 정도 남아 있는 또 하나의 술병이 있다. 그렇게 모두 아홉 개하고도 반 병을 채우고 있던 술이 일기를 쓰지 않는 나흘 동안 사라진 셈이다.

나는 그 나흘 동안 나를 지배했던 화학물질의 이름이 에틸알코올이라는 것을 자연스레 안다. 그리고 그 화학식이 CH_3CH_2OH이라는 것도. 에틸알코올 혹은 CH_3CH_2OH, 한 가지 물질에 붙여진 서로 다른 이름들.

다시 한 모금 술을 더 들이켰다. 이거 축하할 일이다. 아무래도 가장 유력한 내 전 직업은 화학자인 것 같다. 가만, 내 기다란 전 직업 리스트에 무엇이 올라가 있었던가? 정원사, 식물학자, 플래티넘 고객, 그리고 이번에는 화학자. 언더그라운드 밴드의 드러머나 에어로빅 강사이지 말라는 법도 없지 않을까? 무엇인들 안 되겠는가?

살인자.

하지만 살인자였을 리는 없는, 그 외에는 무엇이었어도 좋을 나는 호텔 방에 처박혀서 나흘 동안 에틸알코올을 소비했다. 그 나흘 동안 내게는 새로운 버릇이 생겼다. 어느 날 화장실에서 나올 듯 나오지 않던 똥 때문에 시간을 흘리다가 일기를 읽기 시작했다. 화장실 변기에 앉아 일기 읽기, 그게 새로 생긴 버릇이다. 그리고 지금 나는 화장실에서 이 일기를 쓰고 있기까지 하다!

그리고…… 또 그 나흘 동안…… 자동차의 시종은 내게 사라진 웨이터 놈에 대한 보고를 했다.

"완전히 사라져 버린 것 같습니다."

나는 지하 주차장에 얌전히 정박되어 있던 내 자동차 뒷좌석에 등을 기댄 채 눈을 감고 있었다. 놈은 운전석 옆 조수석에 앉고 말이다. 나는 놈이 내 옆에 앉는 게 싫어 그리 시켰고 놈은 늘 그렇듯 적당한 양의 돈만 던져 주면 아무런 불만이 없었다.

"핸드폰은 물론이고 집 전화도 받지 않습니다. 호텔에 미리 알리지 않은 건 물론이고요. 돈 계산이라면 아주 철저한 놈인데, 이상한 게 퇴직금은커녕 이번 달치 월급도 받아 가지 않았더라고요,

사흘만 지나면 월급날인데 말이죠."

나는 자동차의 시종의 보고를 받으며 뒷좌석에서 구역질과 싸우고 있었다. 그 나흘, 내 몸이 오로지 에틸알코올을 아세트산으로 산화시키는 활동만을 하고 있던 그 나흘 동안 구역질은 내내 내 곁에 있었다. 예외가 있다면 술을 들이켜는 바로 그 잠깐의 순간 정도였을 뿐이다.

"호텔에는 놈의 친구라곤 거의 없다시피 하긴 한데…… 그나마 객실부에 가끔 같이 어울려 다니는 여자애가 한 명 있거든요. 근데 걔도 별 얘기를 못 들었답니다. 눈치가 빠른 앤데 아무 낌새도 못 챘다더라고요. 걔는 납치일지 모른다며 경찰에 신고부터 해야 되는 게 아니냐고 하더군요. 물론 제가 괜히 나서서 호텔에 누가 될지도 모르는 짓은 섣불리 하지 말라고 일러두긴 했습니다만……."

그는 말꼬리를 쭈욱 뽑으며 내게서 잘했다는 칭찬을 듣고 싶어 하는 눈치였다. 나는 그러지 않았다. **칭찬받은 고양이가 제일 먼저 주인의 정강이를 물어뜯는 법이지.**

"정말 납치일까요?"

나는 대답 대신 끙 하는 신음을 냈다.

"더…… 제가 좀 더 알아보길 원하신다면……."

"아니, 거기까지."

나와 자동차 시종의 대화는 거기까지였다.

헌데, 나와 웨이터 놈과의 대화는 어떻게 끝났던가?

기억난다. 우리는 5월 어느 날 소독약 냄새 가득한 지하 수영장 창고에서 마주 보고 서 있었다. 나는 알루미늄 방망이로 놈을 위협했었고 놈은 내가 사람을 죽일 수 없다고 단정 지어 버렸다, 감히. **거기까지.** 거기까지였다. 거기까지 말하고 놈은 이리 갑작스레 내 앞에서 사라져 버렸다.

놈과 연두색 레인코트가 잘못 안 걸 수도 있지 않을까? 둘 다 뭔가 중대한 착각에 사로잡혀 있는 건 아닐까? 놈들에게 내가 왜 죽이지 않았다고 생각하는지 물어봐야 했다. 그리고 그들에게 내가 가지고 있는 네 장의 신분증명서도 보여 줘야 했다. 그걸 봤다면 아마 그들의 반응도 달라졌으리라.

하지만 그들은 더 훌륭한 대답을 마술사가 소매에서 숨겨 놓은 장미 다발을 꺼내듯 꺼내 보였을 것 같다. 어쩌면 **거기까지,**로 끝난 게 다행일지 모르겠다.

내가 한 게 아니라고 한다면…… 내가 찾아내야 하는 건 나와 '그분'의 연결 고리다. 나는 어떤 식으로든 '그분'과 연결되어 있어야 한다. 그렇지 않고서야 내가 어찌 이리 많은 증거들의 무덤에서 허우적거리겠는가. **어떻게 나는 '그분'과 연결되는가?** 어떻게 살인자의 가방 속에 들어 있어야 할 네 장의 신분증명서가 내 가방 속에 들어 있는 건가?

머릿속 끈적끈적한 수프 속에서 헤엄치고 있는 짝 없는 물음표들을 씻어 내기 위해 밖으로 나가 술을 목구멍에 부어 넣었다. 그리고 내친 김에 술병을 화장실 안으로 가지고 들어와 세면대 위에

올려놓았다.

그러는 도중 엉뚱한 생각 한 가지가 떠올랐다. 내게 문제가 있다면 너무 조금 알고 있는 게 아니라 너무 많이 알고 있는 게 아닐까?

확실히 그럴지도 모르겠다. 윗문장을 쓰다가 갑자기 나는 네 번째 남자가 죽은 곳을 알게 되었다. 아마도 '그분'에게서 받은 것일 이 놀라운 능력. 어쩌면 세 번째 여자처럼 네 번째 남자의 시체 역시 아직 거기에 있는지도 모르겠다. 지하 수영장 창고. 내가 알루미늄 방망이로 죄 없는 바닥을 아프게 내리쳤던 그곳에는 나와 웨이터 놈이 드나들었던 문 말고도 또 하나의 문이 있었다. 갖가지 색깔의 플라스틱 판때기 더미 뒤편에 숨어 있던 작은 문. 그 낮은 문으로 허리를 구부리고 들어가면 늘 그렇듯 죽음의 흔적이 어쩌면 시체도 덤으로 나를 기다릴 거다.

하지만 나는 거기에 가고 싶지 않다. (술을 한 모금 더 들이켜고) 너무 많이 아는 게 문제라면, 이젠 더 이상 '그분'의 일 따위는 알고 싶지 않다. **가이사의 것은 가이사에게, 그분의 것은 그분에게.**

210

5월 21일, 키브라의 뒷면에서 구토를 하다

오늘은 한 모금도 술을 입에 대지 않았다. 생각해 보면 나는 불확실한 내 과거 때문에 처음 술을 입에 대기 시작했고 나중에는 내가 혹시 살인자가 아닐지도 모른다는 두려움 때문에 술을 마구 부어 넣었다.

그리고 방금 전 나는 술을 끊기로 결심했다. 키브라의 뒤편 더러운 시궁창에서 구토를 하고 토사물에 튄 구정물에 바짓단을 적시며 나는 한 사람에 대한 증오가 술에 대한 욕구를 대치할 수 있다는 걸 깨달았다. **개새끼.**

아침에는 그저 술이 떨어졌다는 걸 견딜 수 없었을 뿐이었다. 호텔 밖으로 나가는 일이 죽기보다 싫었지만 내 방에 술이 없다면 정말 죽을지도 몰랐다. 죽음의 신이 찾아와 주지 않는다면 깨진 빈 병으로 팔목에 그림을 그리려 할지도 몰랐다. 그랬을 뿐인데, 오랜만에 밖에서 쬐는 햇볕은 유난히 따뜻했다. 에틸알코올이 내 몸속을 쉬지 않고 순환하는 동안 나는 유난히 추웠다. 아침에 일어나면 늘 이불이 밤새 내가 흘린 땀으로 흥건하게 젖어 있고는 했지만, 나는 밤이면 동면하는 뱀 새끼처럼 이불 속으로 푹 파묻히고는 했다.

그런데 살갗에 닿는 햇볕이 너무 따뜻했다.

그렇게 나는 술을 사러 밖으로 잠시 나왔을 뿐이라는 사실을 망각하고 걷기 시작했다. 긴팔 셔츠의 소매를 걷어붙이고 따뜻한 햇볕 아래서 유영하기 시작했다.

도시는 그대로였다. 내가 한기가 감도는 호텔 방에서 열심히 에틸알코올을 아세트산으로 변화시키는 동안 도시는 그대로였다. 나는 어느새 구불구불 오르막길이 거미줄처럼 얽힌 이름 모를 산동네에서 길을 잃었다. 단층집 하얀 벽돌담이 햇살에 반짝반짝 빛나는 오전이었다. 나는 절벽처럼 시야를 가로막고 일어선 경사가 급한 계단 제일 아랫단에 앉아 담배를 맛있게 피우며 그런 생각을 했다. 거기서는 더 이상 아무 일도 일어나지 않을 거라는. **살인이 모두 끝난 조용한 도시,** 그게 오늘 아침 이 도시가 내게 준 인상이었다. 그랬다. 집들은 아코디언처럼 생긴 문을 꼭 닫은 채 조용했고 계단은 가팔랐고 하늘은 편평했고 모든 살인은 과거형이 되고 말았다.

오후에는 사람들이 좀 더 북적대는 도심으로 내려왔다. 결코 분리해 낼 수 없을 것 같던 수만 가지 소음들로 가득 찬 중고품 시장을 배회하며 나는 나도 모르게 과거형이 되어 버린 네 건의 살인에 대해 생각했다. 처음에는 그저 두려웠고 다음에는 내가 한 짓이라고 확신했고 지금은 아무것도 알 수 없게 되어 버린 그 살인들.

그리고 그 안녕 또는 인녕에 대해서도. 나는 중고 악기를 팔고 있는 작은 난전(亂塵) 앞에서 무거워 보이는 은색 나팔을 닦고 있는 중늙은이를 바라보다 그 이상한 인사들을 떠올렸다. 이상했다. 특히 내게는 첫 번째 시체였던 세 번째 여자를 만난 그 미로 속 작은 방에서 발견한 인사, 인녕.

그럴 리가 없었다.

만약 그 세 번의 살인이 모두 내가 저지른 것이라면 그리고 어떤 이유에서든 벽에다 인사를 남기고 싶었다면 그건 모두 '안녕'이어야 했다. 첫 번째와 두 번째 숨겨진 살해 장소에서 발견한 인사 말까지는 실제로 그랬다. 둘 다 '안녕'이었다. 살인이 일어난 후 한참 뒤, 두 번째 여자의 살해 장소였던 W 볼링장이 있던 건물의 19층 창고에서 아주 우연히 내가 침 묻힌 손가락으로 피 냄새를 확인하다 '안녕'을 '인녕'으로 바꾸었을 뿐이었다. 만약에 세 번째 살인 사건도 내가 기억을 잃기 전에 내 손으로 저지른 것이라면, 어찌 나중에 기억을 잃은 내가 먼젓번 장소에서 '안녕'을 '인녕'으로 바꿀 줄 알고 거기다 미리 '인녕'이라고 써 놓을 수 있겠는가? 도무지 말이 되지 않는다.

이런 간단한 생각을 왜 전에는 하지 못했지?

그땐 너무 흥분해서 나사가 하나 빠졌던 거지 뭐.

그랬다. 세 번째 살인 현장에서 '인녕'을 발견했을 때 나는 그게 '내가 그걸 했다'라는 걸 뒷받침해 주는 또 하나의 증거라고만 생각했었다. 나는 오른손으로 내 볼을 찰싹, 소리가 나도록 한 번 때렸다. 은색 나팔을 닦고 있던 한쪽 볼에 커다란 검버섯이 나 있는 중늙은이가 나를 한번 쳐다보더니 혀를 찼다. 이빨이 몇 개 남아 있지 않은 입 속으로 시커먼 암흑이 보였다.

간단한 답이 있었다. 나에게만 모호한 그 과거 언제인가 누가 내가 아닌 다른 사람 그러니까 이를테면 '그분'이 모든 살인을 저질렀고, 현재로 돌아와 내가 그 살인 현장을 차례차례 발견했던 거다. 그리고 두 번째 살인 현장에서 내가 '그분'이 벽에 써 두었던 (왜? 무엇 때문에? 누가 보라고?) '안녕'을 '인녕'으로 바꾸었고 그걸 본 '그분'이 다시 세 번째 살인 현장에 '안녕' 대신 '인녕'이라고 써 놓았던 것이다.

나만 추리할 수 없었던 과거에 대한 간단하기 짝이 없는 설명이었다.

한두 시간 정도 그 중고 시장을 돌아다녔을까, 갑자기 하늘이 어두워지며 부슬비가 한 방울씩 듣기 시작했다. 어쩐지 하늘이 심상치 않아 큰길로 달려 나와 택시를 잡아탔다. '그분'이라…… **거참, 유머 감각이 풍부한 새끼군.**

씹으면 씹을수록 기분이 좋지 않았다. 그 중고품 난전에서 내게 떠올랐던 설명대로라면 '그분'이란 새끼는 처음부터 주욱 나를 지켜보고 있었다는 말이 된다. **왜?** 그리고 어쩌면 나를 놀릴 심산으로 세 번째 여자를 숨겨 놓은 그 생활체육실에 '인녕'이라는 글자를 써 놓은 셈이 된다. **왜?**

그 덜컹거리던 택시 안에서 나는 화가 났고 또 햇볕을 받지 못해 그런 건지 다시 속이 울렁거리기 시작했다. 나는 핸드폰으로 전화 통화를 하고 있던 운전사에게 소리를 질러 택시를 키브라 뒤편 작은 골목에 세우도록 했다. 자동차 뒷바퀴가 심하게 미끄러졌고 웅덩이에서 튄 더러운 물이 차창을 때렸다. 구역질을 참은 채 도저히 내 방까지 올라갈 수 있을 것 같지 않았다. 지폐를 운전석 쪽으로 한 움큼 뿌리고는 차문 밖으로 튀어 나갔다.

개새끼. 거기 성냥처럼 얇고 길쭉한 직사각형 하늘 아래 수십 개의 물웅덩이가 달의 분화구처럼 널브러져 있었다. 지폐의 세례를 받은 택시가 급히 분화구를 떠나는 소리가 공중전화기 저편에서 나는 소리처럼 아득히 들렸다. 그중 하나의 분화구 안에 나는 구토를 하기 시작했다. 키브라의 뒷면, 처음 가보는 곳. 내가 선택한 조그만 둥근 탁자만 한 웅덩이에는 선명하고 날카로운 하늘이 비쳤다. 수십 개의 웅덩이와 수십 개의 하늘. 내가 입을 열자 초콜릿 빛깔 잔잔한 거울 하나가 부서지기 시작했다. **지금까지 그 존재를 몰랐던 내 몸속 낯선 거주자가 밖으로 튀어나오려는 것 같았다.** 개새끼, 가만히 두지 않겠어. 토사물이 천천히 풀어지던 웅덩이 속으로 자빠지지 않도록 조심하며 나는 눈물을 훔쳤다. 다시 그 웅덩이 위에 도장처럼 찍힌 내 어색한 모습을 보고 싶지 않아 급히 시선을 들어 올렸다.

키브라의 뒷면. 나는 연신 속에서 솟구쳐 올라오는 경련을 참으며 호텔과 또 호텔 뒤 쌍둥이처럼 서 있는 처음 보는 건물 사이, 그 지저분하고 얇은 공간에 어색하게 끼여 있었다. 키브라의 뒷면, 나는 더러운 시궁창이 군데군데 갉아먹은 버려진 땅 위에 서 있었다. 고개를 들고 높게 떠 있는 얇디얇은 하늘을 올려다보고 있었다. 키브라의 뒷면에 아스라하게 붙어 있던 철제 계단의 실루엣 사이로 비치던 그 회색 하늘을 바라보고 있었다.

5월 23일, 네 번째 남자를 만나다

바로 내일이다.

어제의 그리고 오늘의 결심: 이제 더 이상 멍하니 있다가 뒤통수나 맞지는 않겠다. 이제 내가 그 개새끼의 뒤통수를 때릴 차례다.

그러니까 그저께 오후 키브라의 뒷면에서 만난 증오가 내게 달려들어 내 먹살을 잡고 흔들던 그때, 나는 술을 끊어야겠다고 생각했다. 그 개새끼를 잡을 때까지 빈 술병 모으는 일은 그만두어야겠다고 작정했다. 바보짓은 그만두겠다고, 다 집어치우고 그 개새끼를 어떡해서든 찾아내 뒤통수를 한방 시원하게 갈기겠다고 결심했다. 그리고 어제 저녁 수영장 창고에서 네 번째 남자를 만나고 방으로 돌아와 창가 라디에이터 위에 줄 서 있던 빈 술병들을 싹 치워 버렸다. 그리고 오늘 아침 나는 오랜만에 아침을 씩씩하게 비우고는 주차장에서 자동차의 시종을 만났다. 나는 그에게 실종된 웨이터의 주소를 알아 오라고 시켰다.

"그것만 알아 오면 되겠습니까?"

물론 그것만으로는 충분하지 않았다. 놈의 말대로 그걸로 충분하지는 않았지만…… 놈의 말투에는 늘 신경에 거슬리는 구석이 있었다. **처음부터 그랬어, 처음 볼 때부터 이 새끼는 늘 묘하게 내 기분을 망쳐 놓곤 했어.** 나는 오늘 오전 그 휑한 주차장에서 쉽게 대답하지 못하고 망설였다.

"뭐든지 할 준비는 돼 있습니다만……."

놈의 목소리는 좁은 차 안에서 웅웅 울렸다. 잠시 후 용기를 내 거기에 들어가 보고 싶다고 가까스로 말했다. 망설이고 있다는 티를 내지 않기 위해 나는 최대한 느릿느릿 말했고 놈은 얼른 대답했다.

"내일은 어떻겠습니까?"

우리는, 그러니까 나의 신경을 긁어 대는 자동차의 시종과 나는 내일 오전 11시, 근처 지하철역에서 만나기로 했다.

"이 차는 두고 가시는 편이 좋을 겁니다. 이놈이라면 어디서든 눈에 띄니까요. 좀 불편하긴 하시겠지만 제 차로 움직이시지요."

차는 그가 정했고 시간은 내가 정했다. 오전 11시…… 호텔에 무단결근한 웨이터의 주소지에 무단 침입하기에 딱 어울리는 시간.

바로 내일이다.

그분, 그러니까 나를 조롱하고 있는 그 개새끼에 다가가기 위해 이제 나는 무엇이든 할 준비가 되어 있다. 그 개새끼가, 그리고 웨이터 놈이, 그리고 연두색 레인코트까지 나를 그저 조롱이나 속없이 당하고 시체를 제조하는 것 같은 위험한 일에는 손도 까딱 못할 놈이라고 마음 편히 생각하는 사이, 그야말로 제대로 뒤통수를 쳐 주리라.

어제 오후 산책길…… 아니, 좀 더 앞에서부터 시작해 보자. 오늘부터 정확히 나흘 전, 나는 일기에 그렇게 썼다. "(술을 한 모금 더 들이켜고)…… 가이사의 것은 가이사에게. 그분의 것은 그분에게." 그때는 그랬다. 그때는 그게 현명한 길인 것처럼 보였다. 그저께 늦은 오후 키브라의 뒷면에서 처음 만나는 증오가 내게 달려들기 전까지는 그랬다. 딱 그때까지만이었다. 덜 여문 증오가 내 목덜미에 콱 박히는 순간 나는 여태껏처럼 헐렁헐렁 물렁물렁 굴지는 않겠다고 다짐했다.

하여간 어제 오후 산책길…… 그다지 내키는 일은 아니었지만, 나는 지하 수영장 창고로 가서 네 번째 시체를 확인하기로 했다. 뒤통수를 제대로 치기 위해서라도, '그분'을 계속 방심시키기 위해서라도, 그 개새끼가 나를 위해 정성스레 준비한 조롱들을 모두 다, 싫은 내색 없이 기꺼이, 무르지 않고 죄, 봐주자는 마음이었다. 그리고 어제 오후 지하 수영장 창고, 기대하지 않았던 일은 아무것도 일어나지 않았다. 모든 것이 예상대로였다. 창고의 문을 닫으며 나는 이미 청력을 상실한 네 번째 신분증명서 속 남자에게 그렇게 물었다. **내 미래는 마치 기억처럼 정확하지, 그렇지 않니?** 눈을 감은 사내는 내내 과묵했다.

다시 어제 오후 산책길…… 나는 또 한 번의 조롱을 달게 받겠다는 각오를 하며 내 뒤틀린 복수심처럼 엉망으로 엉킨 산책길에서 수영장으로 발길을 돌렸다. 나는 다시 수영복을 사야 했고 자유수영 시간이 시작될 때까지 두 시간이나 밖에서 기다려야 했다. 하늘은 칙칙했고 공기는 후덥지근했고 또 굼뜬 분침은 자비를 몰랐다. 그렇지만 그 지루한 기다림 동안 나는 단 한 번도 내 예감이 틀릴지 모른다는 생각을 품지 않았다. **내 미래는 마치 기억처럼 정확하니까.** 네 번째 신분증명서 속 남자는 틀림없이 거기 있어야 했다. 수영장 근처 텅 빈 공사장 모래밭에 누워 있던 기다란 철근 파이프 위에 걸터앉아서 나는 아무것도 기다리지 않았다.

시시하게도 나는 어제 오후 산책길의 끝, 지하 수영장 창고에서 네 번째 남자를 만났다, 내내 과묵하던, 내 질문을 자꾸 피하기만 하던. 그리고 여전하던 벽 위의 붉은 인녕, 나를 위한 조롱의 표지.

오늘은 여기까지. 내일을 위해 일찍 자 두기로 한다.

5월 24일, 어제의 기록, 오늘의 기억

아침 일찍 침대에서 일어나지 않은 채로, 눈도 뜨지 않은 채로, 내가 오늘 해야 할 일들을 최대한 짧게 요약해 보았다; 자동차의 시종과 함께 웨이터의 집에 무단 침입하여 '그분'에 대한 단서를 샅샅이 뒤져 보기.

6시 정각이 이제 막 지나고 있었다. 약속된 무단 침입까지는 아직 긴 시간이 남아 있었다. 시간 죽이기를 위한 레퍼토리를 다양하게 갖추지 못한 나는 화장실로 일기장을 가지고 들어가서 잠시 뒤적이다, 내가 '어제 오후 산책길'이라고 이름 붙였던, 그저께 오후에 대한 기록이 착오가 있다는 것을 발견하고 정정하기로 한다.

나는 어제 오후 산책길의 최종 목적지, 지하 수영장 창고 안 작은 방에서 기대하지 않았던 일은 아무것도 일어나지 않았다고 썼었는데 가만 생각해 보니 그건 사실이 아니었다. 아니 실은, 처음 그 시체를 발견했을 때 나는 무척이나 놀랐다. 처음 나는 그 시체가 웨이터 놈인 줄로 착각했다. **아니, 이 새끼가 왜 여기에 와 있는 거지? 니 차례가 아니잖아?** 그런 오해를 할 만도 했던 게, 시체는 수영 팬티를 제외하고는 다른 옷은 전혀 입지 않았었고 물안경에다 수영모까지 쓰고 있었다. 얼굴은 가려 있고 체형은 비슷하다 보니, 게다가 수영복을 입고 있던 웨이터의 기억이 머릿속에 강렬하게 남아 있다 보니 그런 착각을 했던 것 같다.

물안경을 들춰 보고 웨이터의 얼굴이 아니라는 걸, 누워 있던 남자가 네 번째 신분증명서 속의 남자가 맞다는 걸 확인하기 전까지, 나는 어쩔 줄 몰라 했다. 수영장에서 비명횡사한 놈의 집에 장례식도 채 치르기 전에 무단 침입을 한다는 건 좀 경우가 아닌 것 같았다. 그렇게 당황해하며 나는 예상치 않게 미모사를 물게 된 웨이터에게 심심한 위로를 표시했다. **어차피 모든 사람은 어떤 식으로든 한 번은 죽게 되어 있는 거잖아.**

즉흥적으로 내 입에서 튀어나온 그 말은 내게 낯설지 않았다. 그 낯설지 않음의 상류를 거슬러 올라가며 나는 그게 오래전 웨이터가 내게 했던 말인지, 내가 내게 했던 말인지 아니면 내 일기가 했던 말인지 헛갈렸다.

하나 더. 어제 일기는 내가 그저께 창고를 떠나며 네 번째 신분증명서 속 남자에게 **내 미래는 마치 기억처럼 정확하지, 그렇지 않**

니?라고 물었다고 진술하는데, 나는 그게 얼마나 진실된 것인지 의심스럽다. 나는 그 시체가 웨이터가 아닌 걸 확인한 다음 어느 정도 안정을 되찾기는 했지만, 여전히 혼란스러운 상태였다. 그런 농담을 던질 만큼 배짱을 부릴 수 있었을지 적이 의심스럽다. **둘 중에 누가 거짓말쟁이인 거니?**

어제의 기록과 오늘의 기억 중 누가 더 진실한지, 양측의 최후 논고를 듣다 보니 커튼이 아이보리 빛에서 순수한 하양으로, 아무도 밟지 않은 눈[雪]에 가까운 빛으로 변해 버렸다. 달구어진 태양이 빚어낸 눈빛. 8시 45분이다, 벌써. 일기장을 덮고, 어저께와 그저께의 진실 게임을 닫고, 기억과 기록의 전쟁에 휴전을 선고하고, 웨이터 집으로의 무단 잠입을 준비할 시간이다. 샤워부터 해야겠다.

5월 25일, 웨이터의 집에 침입하다

　이제는 익숙해진 늦은 오후 조라의 노천 테이블에 앉아, 어느새 익숙해진 커피와 수제 쿠키의 맛을 느긋이 음미하며, 좀처럼 익숙해지지 않은 후덥지근한 서풍(西風)을 맞고 있다. 점점 더 이 도시의 많은 것들에 익숙해져 가고 있지만, 습기 가득한 끈적끈적한 서풍이 예고하는 이 도시의 여름은, 두렵다. **나는 여름을 좋아하는 유형의 인간일까, 그렇지 않을까?**

　오늘 오후에는 헬싱키 볼링장에 다녀왔다. 여름의 매운 냄새가 열린 차창으로 불어오던 그 오르막길을 천천히 오르며 나는 오늘의 방문이야말로

　아니, 어제의 일부터 풀어 놓는 게 순서겠다. 실은 어제도 일을

마치고 자동차의 시종과 헤어진 후에 조라로 왔었다. 어제의 조라는 오늘보다 어둠의 농도가 짙고 아주 약간 덜 축축하고 조금 더 사나운 바람에 나부끼고 있었다. 나는 일기를 백 퍼센트 신뢰하지 못하게 되는 상황들(어제, 그러니까 5월 24일자 일기에 기록했던 상황처럼 말이다)이 무척 불편했고 그런 일들을 되도록 줄이기 위해서라도 중요한 사건들은 바로바로 기록하기로 작정했었다. 헌데, 오늘보다 약간 더 건조했던 어제의 조라에 나는 일기장을 가지고 오지 않았다. 무단 침입을 앞두고 많이 긴장했었나 보다. 그리고 방으로 돌아가서는 긴장이 풀리는 바람에 일기장을 손에 댈 경황도 없이 바로 뻗어 버렸다. 그리하여 다시 나는 여기서, 아주 조심스럽게, 내 어제의 기억들을 일기로 바꾸어 본다.

자동차의 시종은 몸에 달라붙는 라운드 넥 회색 티에 짙은 밤색 슈트 차림이었다. 자신의 차 옆에 잔뜩 긴장한 자세로 서서 나를 기다리고 있었다. 왁스로 앞머리 옆머리 할 것 없이 죄 뒤로 머리통에 바짝 붙여 넘겨 놓은 바람에, 유니폼 차림일 때보다 머리가 작아 보였다. **유니폼을 벗은 호텔 웨이터만큼 불쾌한 존재는 없다.** 놈은 내가 뒷좌석에 타기를 권했지만 나는 앞자리를 고집했다. 자동차의 시종은 운전이 꽤 능숙했고 쉽사리 웨이터의 아파트를 찾아냈다. 평소와 달리, 놈은 웨이터의 아파트로 가는 내내 조용했고 나는 그런 어울리지 않는 침묵이 마음에 들었다.

웨이터의 주소지로 가기 위해 우리는 이 도시에서 지금껏 본 적

없는 오래된 시장통 뒷골목을 통과해야만 했다. 길은 바둑판처럼 가로 세로 수직으로 반듯반듯하게 나 있는 게 아니라 날카로운 쐐기 모양 자주 꺾이고는 했고, 차도와 인도의 구분 없는 길 위를 아침부터 지친 표정의 사람들이 말 그대로 점거하고 있었다. 바쁘게 움직이는 사람들은 찾아볼 수 없었다. 문명의 본능을 잊어버린 지 오래된, 지친 인간들을 사육하고 있는 사파리에 자가용을 끌고 들어가는 관광객이라도 된 기분이었다.

"지독한 빈민가네요…… 이런 데 살고 있었군요."

자동차의 시종은 클랙슨을 남발하는 일 없이 그 피곤한 사파리 인간들을 요령껏 지나쳐 마침내 웨이터가 살고 있는 것으로 믿어지는 아파트에 당도했다. 철거를 앞두고 시간이 멈춘 퇴락한 아파트였다.

"놈이 안에 있으면 어떡하죠?"

인도와 차도, 차도와 주차장, 건물의 내부와 외부, 그 모든 것의 경계가 불분명한, 그래서 딱히 이름 붙이기 애매한 장소에 차를 세우고서 자동차의 시종은 내게 물었다. **정상적인 상황이라면 놈이 안에 없으면 어쩌지,라고 물어야 할 게 아닌가?** 우리는, 아니 나는 그 문제에 대해 전혀 생각해 보지 않았었다.

"그건 그때 가서 생각하자고."

우리는 차 바깥으로 내렸다. 자동차의 시종이 앞장서서 가난의 냄새가 찌든 대기를 갈랐다. 입구라고 부르기도 민망한 철제 아치에서도, 쓰레기인지 살림살이인지 분간할 수 없는 잡동사니들이

점유한 계단과 복도에서도 놈은 늘 어울리지 않는 이인조(二人組)의 선두였다. 놈은 내게 묻지도 않고 문패도 방 호수도 적혀 있지 않은 4층 복도의 마지막 방문을 세차게 두드렸다.

"다행히 없는 것 같네요."

나는 그럴 줄 예상했다는 심드렁한 표정을 지었고 그는 내 지시를 기다리지도 않고 슈트 안 주머니에서 꺼낸 꼬챙이로 문고리를 마구 쑤셔 대더니 마법사처럼, 진짜 범죄자처럼 문을 열었다.

"내려가서 기다리게나. 이제부터는 나 혼자 처리하겠네."

불만스러운 표정이 놈의 얼굴에 잠시 떠올랐다가 바로 지워졌다. **불만을 집어넣는 게 니 일이잖아, 돈을 뿌리는 게 내 일이고.**

"그럼, 제 핸드폰을 가져가시죠. 제가 밖에서 망을 보고 있다가 무슨 일이 생기면 공중전화로 연락드리겠습니다."

"좋은 생각이군."

"그리고 제가 들어와야 하는 경우가 생기면 문을 밖에서 네 번 쿵쿵쿵쿵 두드릴 겁니다. 쿵쿵쿵쿵."

회색 장갑은 쿵쿵쿵쿵 발소리를 내며 미련 없이 계단을 내려갔고 나는 아파트 안으로 들어가 쿵 소리 나게 문을 닫고 열쇠를 잠갔다. 이제 혼자다,라는 정체 모를 안도감이 나를 감쌌다.

현관에서 한눈에 전체 구조를 알아볼 수 있을 만큼 좁고 간단한 구조의 실내였다. 저녁 뉴스에 실을 목적으로 급구한 빈민가 아파트의 샘플 사진 같은, 주인의 개성은 가난에 압도되어 좀처럼 찾아보기 힘든, 무색무취한 공간이었다. 한 변에 꽉 끼는 3인용 소파가 낡은 TV와 서랍 달린 앉은뱅이책상을 마주 보고 있는 작은 거실 바닥에 나는 퍼질러 앉았다. 거실 벽에는 군데군데 오래된 벽지가 찢어진 자국과 대가리가 큰 못 몇 개만이 눈에 띌 뿐, 시계도 달력도 그림도 십자가에 박힌 남자도 아무것도 없었다. 반 정도 올라간 블라인드 아래로는 때 묻은 햇살이 꾸물꾸물 실내로 기어 들어오고 있었다. **이제부터는 나 혼자 처리하겠다고? 도대체 뭘 처리한다는 거지?** 자동차의 시종이 눈앞에서 사라지자 나는 무엇을 해야 할지 종잡을 수 없었다. '그분'의 흔적을 찾으러 이 빈민가 아파트에 무단 침입을 했다는 건 분명했지만, 그다음부터는 모든 게 막막했다. 하지만 이상하게도 초조하거나 불안하지는 않았다.

그런 이유 없이 느긋한 마음에 햇빛이 기어들어오는 창문 쪽으로 발을 쭉 뻗고 발가락이나 꼼지락대며 앉아 있다가 목이 말라서 냉장고 쪽으로 걸어갔다. 냉장고 측면 벽에는 지름 1센티미터 정도의 검은 원형 자석으로 몇 장의 사진들이 고정되어 있었다. 대부분 다양한 곳에서 찍은 웨이터'들'의 사진이었다. 이 살풍경한 아파트의 주인인 웨이터의 냄새가 남아 있는 유일한 흔적이었다. 다양한 배경과는 대조적으로 늘 똑같은 웃음을 짓고 있던 웨이터를 잡아낸 몇 장의 사진들을 죽 훑어보다가, 주목을 끄는 사진 한 장을 발견했다.

가로로 찍은 그 사진 안에는 두 명의 남자가 어두운 밤하늘을 배경으로 쾌활하게 웃고 있었다. 사진의 왼쪽 거의 반 이상을 차지하고 있는 웨이터의 얼굴은 초점도 잘 맞지 않은데다가 과도한 플래시 불빛에 얼룩이 져 흐릿하게 보였지만 사진의 오른쪽에는 그보다 조금 더 작고 초점이 잘 맞은 남자가 수줍은 웃음을 턱에 걸고 고개는 약간 숙이고 눈은 약간 치켜뜬 상태로 렌즈를 뚫어져라 쳐다보고 있었다. **누구지 이건?······ 눈에 많이 익은데.** 사진 속의 두 남자는 어깨동무를 한 채였다. 웨이터의 왼팔은 얼굴이 작은 남자의 어깨 위에 올려져 있었고, 사진 속에는 나타나지 않는 오른쪽 팔은 필시 사진기를 들고 있었던 것으로 보였다. 셀카놀이를 하기에는 너무 늙어 보이는 두 남자는 타인의 시선에 아랑곳없이 무척이나 즐거워 보였다.

사진을 냉장고에서 떼어 내어 주머니에 넣는 순간, 나는 웨이터의 사진기와 한창 눈싸움을 하고 있던 그 얼굴이 작은 남자가 누구인지 깨달았다. 이 사람은······ **이 사람은 헬싱키잖아.** 헬싱키 볼링장에서 만났던 바로 그 남자. **헬싱키, 니가 왜 여기에 있는 거지?** 노란색으로 머리를 염색했던, 나에게 볼링의 규칙을 몸소 보여 주었던, 기억을 잃고 나서 처음으로 볼링을 치는 나를 이기고서는 아이처럼 기뻐했던, 나를 W 볼링장 그러니까 두 번째 살인 사건의 현장으로 인도했던, 레인이 네 개밖에 없던 초라한 헬싱키 볼링장을 주인 대신 잠시 봐주고 있다고 말했던 그 남자. 그 사진을 이치에 맞게 설명할 수 있는 방법이야 수백 수천 가지도 가능하겠지만 내 본능은 내게 그러지 말라고 일러 주었다. 헬싱키는······ 확실히 수상했다.

첫 번째 증거가 발견되자, 그 다음에는 무엇을 해야 할지 좀 더 분명해 보였다. 나는 네 단의 서랍이 붙어 있는 마루의 앉은뱅이책상과 안방 장롱 안의 서랍을 샅샅이 뒤졌다. 나는 사진과 비슷한 부류, 그러니까 무엇인가 기록되어 있는 사물들을 찾고 있었다. 예를 들자면 일기장이나 노트, 통장이나 각종 공문서, 혹은 컴퓨터 같은 것들.

한참을 열심히 뒤졌지만 별로 큰 소득은 없었다. 앉은뱅이책상 위에 마우스와 마우스 패드가 덩그러니 놓여 있는 걸로 보아 분명히 노트북 컴퓨터가 있었던 것 같기는 한데, 현재는 웨이터처럼 부재중이었다. 그 대신 별로 두껍지 않은 외국어 사전 옆면에 비스듬히 기대어 있던 빈 CD 한 장을 발견하고 다시 주머니에 넣었다. 사진 한 장과 아무런 제목도 붙어 있지 않던 CD 한 장. 그 두 가지가 대략 한 시간에 걸쳐 진행되었던 단독 잠입 조사의 전리품이었다.

자동차의 시종은 닫힌 차창에 이마를 기대고 잠들어 있었다. 차창을 가볍게 두드리자 손으로 턱가에 묻은 침을 닦고는 황급히 차 밖으로 나왔다.

"이게 누군지 알아보겠나?"

나는 방금 전까지만 해도 웨이터의 냉장고에 붙어 있던 차가운 사진을 그에게 건넸다.

"운전사네요. 사장님 운전사."

사장님이라고 하면…… 그건 나를 부르는 말인 듯했다. **그런데 운전사라니?**

"둘이 친했나?"

230

"그럼요. 모르셨나 보죠? 하긴 뭐…… 아실 필요가 있는 것도 아닐 테고. 죽고 못 사는 정도는 아니었지만, 말하자면…… 일방적으로 웨이터가 사장님 운전사를 따르는 편이었죠. 운전사야 뭐…… 잘 아시겠지만 원래 성격이 그렇잖아요. 딱히 이건 좋다 저건 싫다, 딱 부러지는 스타일이 아니니까요. 따르는 사람 굳이 물리치지 않는, 그런 정도였던 것 같은데요."

노랑머리 헬싱키가 내 운전사라니. 사라진 내 운전사라니. 그건 좀 말이 안 되는 것 같았다. 그때…… 거기 W 볼링장에서, 아니 헬싱키 볼링장에서 그는 나를 마치 처음 보는 사람처럼 굴었다. 내 운전사라면 어찌 나를 못 알아볼 수가 있겠는가? **어떻게 헬싱키가 내 운전사일 수 있는 거지?**

"어디서 찍은 건지 알아봐 드릴까요?"

"아니 그럴 필요는 없고…… 머리가 늘 노랬나?"

"아니 그것도 기억 못하세요? ……올 초였죠, 아마, 머리를 염색한 게? 아닌가요, 작년 가을이었던가? 늙어서 무슨 주책이냐고 대놓고 몇 번이나 면박도 줬는데. 여기도 머리가 노란 걸 보니, 그 후에 찍은 사진이네요."

놈의 단정적인 말투가 마음에 들었다. 놈의 단정적인 말투에 질투가 났다.

"맞아, 그랬던 것 같네…… 그랬지."

나는 온 힘을 다 짜내 간신히 맞장구를 쳐 줄 수 있었다. 의혹의 표정을 무시하고 나는 자동차 뒷좌석으로 올라탔다.

5월 26일, 헬싱키는 더 이상 헬싱키 볼링장에 없다

한동안 나는 기억 저편에서 내가 무엇이었는지 알아내려고 조바심을 냈었다.

하지만 기나긴 여정 뒤 정작 내가 알아낸 건, 내가 무엇인지에 대한 것이 아니라, 내가 무엇이 아닌지에 대한 것이었다: **나는 내가 무엇이었는지 모르지만, 나는 내가 살인자가 아니란 사실만은 안다.**

내게 그 사실을 깨닫도록 해 준 건 '그분'이라는 미지의 존재였다. 내가 살인자가 아니고 살인은 모두 '그분'이 저지른 것이고 '그분'이 나를 조롱하고 있다는 사실을 깨닫게 되자, 나는 더 이상 내가 무엇이었는지 궁금하지 않았다. 그 대신, '그분'이 누구고 왜 내게 이런 짓을 하는지 다시금 미치도록 궁금해졌다. **나는 살인자가 아니다. 하지만 '그분'은 누굴까?**

그리고 나는 어제, 노랑머리의 헬싱키, 그러니까 기억의 저편에서 나의 운전사였던 그놈이 '그분'이라는 것을 알게 되었다. **'그분'은 헬싱키 = 운전사다.** 자동차의 시종이 내게 헬싱키 = 운전사라는 비밀의 등식을 알려 주자마자 나는 그 헬싱키 = 운전사라는 존재가 바로 '그분'이라는 것을 깨달았다. 운전사가 헬싱키라면, 헬싱키는 헬싱키 볼링장에서 나를 알아보았어야 한다. 한데 헬싱키는, 주인인 나를 알아보았어야 할 헬싱키는, 능청스럽게도 나를 알아보지 못한 척했다. 완벽한 연기. 헬싱키가 나를 알아보지 못한 척한 건, 내가 헬싱키를 운전사로 알아보지 못할 거라는 걸 미리 알았다는 뜻이고, 그건 헬싱키가 내가 기억을 잃어버린 존재라는 걸 알고 있다는 뜻이었다. **요약하자면, 헬싱키만이 내가 기억을 잃어버렸다는 걸 알고 있는 존재란 거다.** 웨이터도, L 문구점 점원도, 지배인도, 연두색 레인코트도, 묘지 관리인도, 자동차의 시종도, 그 누구도 내가 기억을 잃어버렸다는 사실을 몰랐다.

'그분'은 나를 조롱했고, 그 조롱은 내가 기억을 잃었다는 사실 위에서나 가능한 내용이고, 내가 기억을 잃었다는 사실을 알고 있는 존재는 유일하게, 혹은 유이하게 헬싱키 = 운전사밖에 없으므로, '그분'은 헬싱키 = 운전사이다. **이상 증명 완료.** 그리하여 날이 잘 선 증오가 내 깨달음 위에 한 켜 더 쌓인다. 나쁜 새끼.

헬싱키 = 운전사가 '그분'이라는 걸 증명할 또 하나의 약한 고리도 발견했다. 그 역시 자동차 시종의 도움을 빌려서였다. 그 노래. 두 번째 살인 사건의 현장에서 펄럭, 슬그머니 내 머릿속으로 날아들었던 그 노래. 아, 그렇구나. 이 부분을 설명하려면 다시 어제의 모험으로, 그 끄트머리로 돌아가야 한다.

"사진 말고, 뭐 더 찾아내신 건 없으신지요?"

돌아오는 길 자동차 안에서 자동차의 시종은 뒷자리에 앉은 내게 쭈뼛거리다 큰 결심이라도 한 듯 그렇게 물었다. 나는 놈이 던져준 헬싱키 = 운전사라는 등식에 혼란스러워하고 있었다. **뭘 더 찾아내? 내가 뭘 찾으려 하는지 니가 알기나 해?** 괘씸스러운 질문이었지만 나는 놈이 그 마법의 등식을 내게 가르쳐 준 것처럼 또 다른 열쇠를 던져줄지도 모른다는, 이를테면 헬싱키가 지금 어디 숨어 있는지 같은, 그런 근거가 빈약한 생각에 매달렸다. 사거리 신호등에 자동차가 묶인 동안 나는 놈에게 CD를 건네주었다. 놈은 CD를 잠시 노려보더니 자동차 오디오 CD 데크 속으로 넣었다.

잠시의 공백 후 또 한 번의 마술.

노래가 나오기 시작했다. 노래라기보다는 웅얼거림에 가까운 가사, 그 뒤로 깔리는 단조로운 배경음, 그리고 중성의 목소리.

"이게 뭐죠?"

"조용히 하란 말야!"

나는 소리를 빽 지르고는 그 노래 같지 않은 노래에 집중했다. 귀에 익었다. 곧 후렴이 마지막으로 다가왔다. 그 결정적이고, 마술적이고, 지구상의 모든 볼링장과 볼링 선수들과 볼링공들을 찬양하기 위해 지어진 것 같은, 그 신성하고도 유일무이한 후렴.

234

너를 욕실에 가두고 나는 볼링을 쳤지.
너를 욕실에 가두고 나는 볼링을 쳤지.

나를 두 번째 살인 사건의 진정한 무대로 이끌어 주었던 그 매혹적인 후렴. 그 후렴이 끝나자 자동차의 시종이 말했다.

"어…… 저 이 노래 들은 적 있어요."

"어디서?"

그렇다, 장소가 중요했다. 나는 그 노래를 시체가 발견되었던 볼링장으로 향하는 길에서 들었었다. 내 머릿속 얼굴 없는 가수가 불러 주던 그 노래.

"그게…… 어디선진 잘 모르겠고, 운전사가 흥얼거리는 걸 들었던 것 같아요. 맞는 것 같네요. 그 후렴 부분…… 뭐 볼링을 쳤지, 그 부분을요. 운전사가 자주 입에 달고 다니길래 별 개떡 같은 노래를 다 부른다고 생각했었는데……."

나는, 눈에 보이는 사실도 먼저 의심부터 하고 보는 나는, 하지만 그때 그 CD 역시 헬싱키, 그러니까 그 운전사 새끼가 웨이터에게 건네준 거라는 확신을 했다. **볼링의 신을 믿는 사이비 종교 단체라도 만들려는 건가, 헬싱키 그 자식은?**

재차 후렴을 듣기 전에 나는 자동차의 시종에게 노래를 끄고 CD를 돌려달라고 했다. 놈은 더러운 오물을 쥐듯 손끝으로 모서리를 조심스럽게 잡고는 내게 그 볼링장을 위한 찬송가가 담긴 CD를 돌려주었다.

235

그리하여 '그분'은 헬싱키 = 운전사이다. **이상 증명 완료.**

그리고 오늘 낮 나는 헬싱키 볼링장에 다녀왔다. 헬싱키 = 운전사 = '그분'을 추적할 유일한 끈, 헬싱키 볼링장. 이번에는 자동차의 시종 없이 나 혼자였다. 특별 고객 전용 구역에 고이 모셔 있던 내 차를 타고, 웨이터의 아파트에서 발견한 CD를 자동차의 CD 플레이어에 물리고 나는 헬싱키 볼링장으로 향했다.

별 어려움 없이 헬싱키 볼링장이 있던 건물은 발견했지만, 어쩐지 예감이 좋지 않았다. 이렇게 쉽게 헬싱키의 먹살이 내 손안에 고스란히 잡힐 것 같지 않았다. 나는 불길한 예감을 애써 뿌리치며 건물 안으로 들어갔다. 1층 복도의 끝, 불투명한 미닫이 간유리 문과 붉은색 테이프로 오려 붙인 헬싱키 볼링장 여섯 글자는 그대로였지만, 지난번과 달리 칙칙한 어둠이 그 배경 색이었다. 나는 낡아서 곧 부서져 나갈 것 같은 알루미늄 손잡이를 세차게 흔들어 보았지만 문은 꿈쩍도 하지 않았다. 쿵쿵쿵쿵 창문이 부서져라 문을 두들겨 보았지만 여전히 기적은 없었다.

그때 문득 머릿속에 날아와 앉은 생각: 혹시 삼색 털실 고리에 달려 있던 열쇠 중 남은 하나, 그러니까 13B가 헬싱키 볼링장의 문을 열어 줄 열쇠가 아닐까? 나는 불길한 예감을 도리질로 쫓아내며 가방 속을 뒤졌다. 다행히 삼색 털실 열쇠고리는 가방 속에 있었지만, 고리가 가방 속 어디 날카로운 부분에 걸린 탓인지 밖으로 나오려 들지를 않았다. 나는 가방을 바닥에 내려놓고 아무도 없는 복도에 쭈그리고 앉아 몇 분을 끙끙거린 끝에, 13B라고 쓰여 있는 타원형 핑크색 플라스틱 판과 함께 가느다란 철사에 꿰여 있던 은빛 열쇠를 삼색 털실 고리에서 분리해 냈다.

그러나, 결국은 그러나였다. **내가 뭐랬어, 안 될 거라고 했잖아.** 불길한 예감을 딛고 마침내 삼색 털실 고리를 탈출한 은빛 열쇠는 일단 알루미늄 손잡이 위에 달려 있던 열쇠 구멍에 들어가는 데까지는 성공했지만, 거기서부터는 꿈쩍도 하지 않았다. 모가지가 휘어져라 온 힘을 다해 이 방향 저 방향 돌려 보았지만 요지부동이었다. 헬싱키가 더 이상 헬싱키 볼링장에 없다는 것만은 확실해 보였다. **헬싱키는 더 이상 헬싱키 볼링장에 살지 않는구나.**

돌아오는 길, '너를 욕실에 가두고 나는 볼링을 쳤지'는 쓸쓸히 문을 닫은 헬싱키 볼링장을 추억하는 듯 한층 구슬프게 들렸다.

5월 27일, 새벽 2시 반에 노래 가사를 옮겨 적다

새벽에 일어났다. 2시 반이었다. 화장실에 갔다가 자연스레 입에 배어 버린, 너를 욕실에 가두고 나는 볼링을 쳤지,를 흥얼대며 침대로 돌아오는 중이었는데 중간에서 가사가 딱 막혀 버렸다. 그러고는 잠이 찾아오지 않았다. 가사 나부랭이 따위는 기억해 내지 못해도 헬싱키를 찾는 데는 아무 문제 없을 거라고 아무리 설득해 보아도 잠을 단념한 내 두뇌 속 수면 관장 기구는 말을 듣지 않았다. 그래서 나는 일기장과 볼펜을 손에 들고 지하 주차장으로 내려갔다. 그나마 다행스러웠던 건 성가신 자동차의 시종이 보이지 않았다는 점이었다.

결국 나는 아무에게도 방해를 받지 않고

어느 날 그대가 마치 영화에서처럼 내 곁을 떠나기라도 한다면
그대와 함께했던 추억의 볼링장 8번 레인도 쓸쓸할 테요.

마치
뻐꾸기가 사라진 괘종시계, 언니가 부족한 가족사진
소시지가 빠진 핫도그, 오토바이를 박탈당한 중국집 배달원
처럼 말이에요.

차라리 그럴 바엔

널 욕실에 가두고 난 볼링을 쳤지
널 욕실에 가두고 난 볼링을 쳤지

어느 날 그대가 슬픈 노래에서처럼 내게 이별을 전하기라도 한다면
짜릿했던 터키의 추억도 이젠 내겐 아무 의미 없을 테요.

마치
아킬레스건이 파열된 근대5종 국가대표, 화요일이 삭제된 10월 달력
의사 선생님들이 결근한 심장판막 수술, 컵라면이 분실된 동네 PC방
처럼 말이에요.

차라리 그럴 바엔

널 욕실에 가두고 난 볼링을 쳤지

널 욕실에 가두고 난 볼링을 쳤지

를 끝까지 받아 적을 수 있었다. 이제는 편히 잠이 들 수 있겠다.

5월 28일, 헬싱키를 위한 특제 에그타르트

이제는 헬싱키로 이어지는 끈이 모두 끊어지고 만 게 아닐까 하는, 머릿속에서 내내 바스락거리던 질문-걱정과 함께 나는 어제와 오늘 이 도시를 걷고 또 걸었다. 어제는 평소보다 도시가 한적했다. 갑자기 나도 모르는 사이 전쟁이 일어나서 사람들이 한꺼번에 트럭에 실려 어디로 징발된 게 아닐까 싶을 만큼. 하지만 한층 낮아진 푸른 하늘, 공습을 마치고 귀환하는 적기(敵機)는 보이지 않았다. 도시 어디서도 난데없는 총소리는 울리지 않았다. 흰 바탕에 붉은 십자가가 그려진 완장을 팔뚝에 찬 다급해 보이는 백의의 간호사가 골목에서 회중시계를 들고 튀어나오지도 않았다. 거대한 진동과 함께 어두운 매연을 꼬리에 달고 느릿느릿 차도를 횡단하는 탱크도 없었다.

오늘 아침 사람들이 길게 줄을 지어 있는 빵집 앞에서 나는 아주 오래오래 기다렸다. 그 향긋한 빵 냄새가 모락모락 새어 나오던 빵집 앞에서 사람들은 모두 이곳에서 영원히 기다려도 좋겠다는 듯 자신만의 행복을 마구 과장하고 있었다. 나만이 익숙하지 않은 고도가 낮은 여름 아침 태양이 쏘아 대는 따가운 햇빛에 얼굴을 찌푸리고 있었다. **헬싱키로 향하는 문은 이젠 죄 닫혀 버린 건가?**

한참 후 나는 종이 봉지에 내 주먹보다 조금 작은 에그 타르트 세 개를 받아 키가 작고 잎이 억세 보이는 나무들이 드문드문 서 있는 공원으로 건너왔다. 향긋한 냄새에 비하면 맛은 평범했던 에그 타르트를 천천히 입안에서 녹이며 나는 내 절망적인 상황을 다시 씹었다. 기억은 영 돌아올 기미가 없었으며, 헬싱키 볼링장은 이미 문을 닫았고, 열쇠는 맞지 않았으며, 해고된 (혹은 휴가를 받은) 운전사는 돌아올 줄 몰랐고, 헬싱키에 대한 정보를 잔뜩 갖고 있을 웨이터는 실종되었으며, 그리고 결정적으로 신분증명서가 다 떨어졌다. **이제는 다 끝난 거야, 죽음은 다 끝났다는 거지.**

휴전 선포가 내려진 도시 변두리 작은 공원, 하얀 돌로 만든 벤치에 앉아 나는 헬싱키와의 선전포고를 고려하고 있었다. 나는 가방을 열고 고무줄에 묶인 네 장의 신분증명서를 펼쳐 보았다. 헬싱키가 준비한, 어쩌면 나만을 위해 준비한, 아니 틀림없이 나만을 위하여 준비한, 하지만 왜 나를 위해 준비한 건지 알 수 없던 네 건의 살인 사건. 살인자가 아니었지만 그렇다고 탐정도 아니었던 나는 그 네 건의 살인이 끝나자 더 이상 무엇을 해야 할지 잘 몰랐다.

갑자기 이름을 알 수 없는 검은 새 한 마리가 내가 앉아 있던 하얀 벤치 위로 풀쩍 뛰어 올랐다. 검정 몸통은 니스라도 칠한 듯 윤기가 흘렀고 오래된 바나나 빛이 나던 부리는 날카로워 보였다. 에그 타르트의 향기를 따라온 것이리라. 나는 내 손에 들려 있던 에그 타르트를 잘게 부수어 벤치 앞으로 내던졌다.

검은 새처럼, 나 또한 지금껏 꽤도 잘 헬싱키가 저지른 살인 사건들을 따라왔다. 에그 타르트처럼 헬싱키가 내게 뿌려 준 증거의 부스러기들을 기계적으로 쫓으며 말이다. **언제까지나 이렇게 따라다니기만 할 순 없잖아. 그러니까 지금껏 당하기만 했던 거지.** 하기는 이제 따라다닐 살인도 다 떨어진 마당이었다. 뚱뚱한 검은 새 노릇은 이제 그만 집어치울 시간이다,라는 생각이 들었다. 나는 하얀 벤치에서 벌떡 일어나 발을 쾅 구르며 달려가 에그 타르트 부스러기를 열심히 쪼고 있던 검은 새를 쫓았다. 검은 새는 영 내키지 않는다는 듯 무거운 몸을 끌고 힘겹게 부자연스러운 비행을 시작했다.

기름이 잔뜩 묻은 텅 빈 종이 봉지를 구기며, 이제 내 쪽에서 먼저 도발을 해야 할 때,라는 결론을 내렸다. 일방적으로 따라가는 게 아니라, 놈이 스스로 걸어 나오도록 미끼를 던져야 할 때,라는 판단이 섰다. 헬싱키를 위한 특제 에그 타르트를 준비해야 할 때, 라는 다짐을 되새겼다.

종이 봉지를 쓰레기통에 던져 넣고 공원 곳곳에 서 있던 음수대 중 한 군데서 손을 씻었다. 서늘한 감촉이 좋았다. 세 번째 여자 근처에서 '인녕'을 발견했을 때, 처음 나는 그것이 내가 살인자라는 것을 증명하는 진정한 증거라고만 생각했다. 하지만 곧, 그게 누가, 뒤늦게 알게 된 바에 의하면 헬싱키라는 나의 전직 운전사가, 나를 조롱하기 위해 벽에 써 놓은 장난이란 걸 알게 되었다. 서늘한 물기 묻은 손을 셔츠에 문질러 북북 닦으며 나는 그 조롱의 흔적, '인녕'을 이번에는 거꾸로 내가 놈을 도발할 장치로 활용할 수도 있겠다,라는 결론을 내렸다. 그 '인녕'을 가지고 내가 놈을 조롱할 차례다,라는 판단이 섰다. 이제 헬싱키 놈이 일방적으로 기획하고 조립하고 심어 놓은 게임의 룰을 정반대로 바꿔 놓을 때,라는 다짐을 되새겼다.

아직 눈치 못 챘겠지만 이제 순서가 바뀌었다고. 니가 조롱받을 차례야.

나는 보이지 않는 헬싱키를 향한 소리 없는 선전포고를 휴전 개시의 선포가 깃발처럼 나부끼던 파란 하늘에 뿌렸다.

그리고 키브라로 돌아오는 길에 나는 문구점에 들러서 (나는 수고스럽게도 L 문구점이 아닌 다른 문구점을 찾아야만 했다, 둘이서 중국 음식을 먹었던 여점원과 다시 마주치고 싶지 않았기 때문이었다) 칼을 하나 샀다. 처음에는 작은 커터 칼이나 하나 사려고 했는데, 커다랗고 번쩍거리는 날이 근사해 보이던 접이식 잭나이프를 하나 덥석 사고 말았다. 밤색 나무 손잡이에 달린 버튼을 누르면 접혔던 날이 위협적으로 튀어나온다. 지금은 내 일기장 옆에 그 번쩍거리는 야만성을 감춘 채 조용히 누워 있다.

5월 29일, 코인로커를 열다

오늘 아침, 나는 어제 산 나무 손잡이 잭나이프와 지도와 펜과 열쇠고리에서 분리된 13B 열쇠와 지폐 몇 장을 서둘러 가방에 쑤셔 넣고 오늘의 여정을 시작했다.

나는 헬싱키를 조롱하기 위해 생활체육실-5로 떠났다.

하지만 어제 태어난 다짐을 봇짐처럼 등에 짊어지고 떠난 내 여정은 계획대로 진행되지 않았다. 뜻밖의 일들이 뜻밖에 일어났고, 나는 하마터면 체포될 뻔했다. 웨이터는 내가 살인자가 될 수 없는 인간이라고 단정 지어 말했고, 나 역시 그 말에 이제는 수긍을 하지만, 여태 그 뻔한 사실을 받아들일 수 없는 어리석은 인간들에 의해 나는 하마터면 체포될 뻔했다. **누가 내가 짓지 않은 죄를 가지고 나를 모함하고 다니는가?**

처음 내 계획은 이런 것이었다. 우선 세 번째 여자가 누워 있는 생활체육실-5로 가서 새로 산 나무 손잡이 잭나이프를 가지고 내 몸 어디에 상처를 낸다. 그리고 내 피를 가지고 놈이 쓴 '인녕'을 '안녕'으로 고쳐 쓴다. 그리하여 헬싱키에 대한 조롱 완료! 여기까지는 내 계획이고 그다음부터는 내 추측이다, 미래에 대한 추측, 내 기억만큼이나 정확한 미래에 대한 추측. 틀림없이 내 움직임을 포착했을 헬싱키는 내가 자신이 내게 남긴 '인녕'을 '안녕'이라고 고쳐 쓴 것을 아주 빠른 시일 내에 알아챈다. 그러고는 화가 머리꼭대기까지 오른 헬싱키는…… 이 점점점점점점에서처럼 무엇인가 나를 다른 방식으로 조롱하기 위해 놈은 다시 움직일 거다. 하지만 그건 미리 계획된 것이 아니었고 (마치 내가 인녕을 안녕으로 바꾼 것 역시 사전에 미리 계획되지 않은 즉흥적인 행동이었던 것처럼) 그러니 틀림없이 놈의 움직임에는 실수가 끼어들 것이다. 이를테면 놈의 은신처를 드러낼 단서를 흘린다든가 하는 것 같은 실수. 그러면 나는 그 실수를 날름 주워 먹는다.

이게 어제와 오늘 아침 내 계획과 미래에 대한 추측이었다, 시작되기도 전에 다 틀어져 버린. 어디였을까, 어디에서 그렇게 어긋나 버린 걸까?

생활체육실-5가 숨어 있는 운동장 지하 미로의 입구로 들어서며 나는 본능적으로 잭나이프를 가방에서 꺼내어 오른손에 잡았다. 나중에 발견했던 오른쪽 절반의 미로로 향하는 문을 열자 자욱한 곰팡이 냄새가 몰려왔다. 천장에 드문드문 붙어 있던 형광등은 더러는 꺼져 있었고 더러는 불규칙하게 깜박대고 있었다. 나는 천천히 전진했다. 생활체육실-5의 위치는 지도를 꺼내 다시 찾아볼 필요도 없이 정확히 내 머릿속에 들어 있었다.

마지막 분기점 근처, 왼쪽으로 꺾이는 모퉁이 직전에서 나는 이상한 소리를 들었다. 금속과 금속이 부딪치며 나는 소리. 누가 문고리를 잡고 조심스럽게 흔들어 대는 것 같은 소리가 깜박대는 형광등 아래서 피곤하게 되풀이되고 있었다. **뭐야, 집을 떠났던 세 번째 여자가 돌아온 건가?**

잊을 수 없는, 그 마지막 모퉁이에서 문득 한없이 낯설게 느껴졌던 밤색 잭나이프의 감촉. 나는 잭나이프를 꼭 쥐었다. 잭나이프와 내 오른쪽 손바닥 사이 어디서 솟아나는 건지 알 수 없는 땀들이 배어 나왔다. 그럴 리야 없겠지만 세 번째 여자가 돌아온 거라면 어떻게 대해야 할지 막막했다. 목이 바짝바짝 탔다.

몇 분이나 지났을까, 나는 온몸에 숨어 있던 용기란 용기는 다 짜내어 발은 옮기지 않은 채 상체만 기울여 모퉁이로 고개를 내밀었다. 거기서 내가 보았던 건…… 세 번째 여자가 아니었다. 나는 허리를 구부정하게 숙이고 생체-5의 열쇠를 거칠게 흔들어 대고 있던 남자를 한눈에 알아보았다. **니가 왜 여기에 있는 거지?** 데자부처럼 내게 달려들던 혼잣말. 낡은 냉장고 벽에 붙어 있던 웨이터의 사진 속에서 헬싱키를 알아보았을 때 나도 모르게 내뱉었던 말. 헬싱키라면, 생체-5 앞에 서 있던 남자가 헬싱키였다면 내게 절대 다시 달려들지 않았을 그 혼잣말.

그 남자는 언제인가 막 기억을 분실한 초보 기억상실증자인 나를 집요하게 미행했던 키다리 남자였다. **니가 왜 여기에 있는 거지?** 놈은 그 어둡던 미로 안에서도 선글라스를 고집하고 있었다. **장님인가? 너는 장님 형사인 거니?** 선글라스는 형광등 불빛에 단속적으로 깜박댔다. 나는 놈이 형사든 아니든, 장님이든 아니든, 세 번째 여자의 피로 쓰인 '인녕'을 만나도록 내버려 둘 수 없었다. '인녕'을 접견하고 훼손할 권리가 있는 건 나밖에 없었다.

갑자기, 여기서 내가 그를 처치할 수도 있겠다는 생각이 들었다. **뭐 특별할 것도 없는 일이잖아. 어차피 등을 내보이고 있는 사람이라면 어떤 식으로든 한 번은 죽게 되어 있는 거잖아.** 이런 위중한 상황에서 등을 잠재적인 적의 위협에 무방비 상태로 내놓고 있는 건 그게 누구든 어리석기 짝이 없는 일이었다. 놈이 여기서 '처치'된다면 그건 놈의 부주의함 때문이다,라는 생각이 들었다. 나는 다시한 번 잭나이프를 꽉 쥐었다. 그리 멀지 않은 거리였다. 한달음이면 놈의 등에 잭나이프를 꽂아 넣을 수 있는 거리였다.

첫 발짝을 모퉁이 저쪽으로 내딛으려는 찰나, 웨이터의 불길한 예언이 나를 덮쳤다. **당신은 사람을 죽일 수 없어요.** 나는 주춤했다. 나는 아니라고 큰 소리로 부정하고 싶었지만 그럴 수 없었다. 자전거를 탈 줄 알았고, 운전을 할 줄 알았고, 납골당의 열쇠를 열 줄도 알았지만, 살인은, 살인은 달랐다. 살인을 할 수 있는 건 내가 아니라……

그때 선글라스를 쓰고 있던 장님 형사가 고개를 홱 돌렸다. 찰나의 주춤거림이 모든 걸 망쳐 버린 것이었다. 머릿속 경광등이 일제히 켜지며 사납게 사이렌이 짖어 대기 시작했다. 들고 있던 잭나이프가 쨍그렁 소리를 내며 바닥에 떨어졌다. 펼쳐진 잭나이프의 날이 바닥과 부딪치며 불꽃을 튀겼다. 나는 돌아서서 있는 힘을 다해 달리기 시작했다.

한달음이면 잭나이프가 푹 박힐 수도 있었을 놈의 등은 진작 고개를 돌려 버렸고, 살인자가 되기 위한 연습을 할 기회도 날아가 버렸고, 내 지문이 남아 있을 잭나이프는 내 손아귀를 빠져나가 버렸다. 나는 필사적으로 달리고 있었다. 나는 다시 왼쪽-오른쪽-왼쪽으로 분기점마다 꺾으며 미로를 거슬러 올라갔다. 나는 필사적으로 달리고 있었다. 내 것인지 놈의 것인지 분간해 낼 수 없는 발자국 소리가 미로를 가득 채우며 나를 따라왔다. 나는 필사적으로 달리고 있었다. 나는 돌아볼 수 없었다. 돌아보았다가는……

그렇게 한참을 뛰어 나는 비로소 미로 바깥으로 빠져나왔다. 약속된 6번 출구인지 아닌지를 확인할 겨를도 없었던 그 하얗고 기다란 네모 바깥에는 가늘게 빗방울들이 떨어지고 있었다. 숨은 턱밑까지 차올랐지만, 나는 멈출 수 없었다. 나는 필사적으로 달려야 했다. 검은 출구 안에서 언제 선글라스 사나이가 튀어나올지 몰랐다. 권총을 들고 있을지도 몰랐다. 내가 떨어뜨린, 내 지문이 선명하게 찍혀 있을 잭나이프를 주워 들고 있을지도 몰랐다.

고맙게도 출구의 지척에 지하철역이 보였다. 지하로 내려가는 입구. **지하철역 입구라니, 너무 상투적인 도주로잖아.** 하지만 선택의 여지가 없었다. 지하철 입구 근처에서 비에 젖은 미끄러운 물 바닥에 발이 미끄러지는 바람에 크게 한 번 휘청했지만 다행히 넘어지지는 않았다.

지하로 내려가는 상투적인 도주로에는 에스컬레이터가 없었다. 넘어지지 않도록 조심하면서 끝이 보이지 않는 기나긴 계단을 몇 단씩 한꺼번에 뛰어 내려갔다. 나는 필사적으로 달리고 있었다. 묘하게 눈에 익은 풍경이라는 생각이, 마른 숨을 거푸 내뱉으며 지하로 잠적하는 도망자의 뇌리에 불붙었다. 여전히 뒤를 돌아볼 겨를은 없었다.

언제 본 장면일까, 이건? 모든 게 눈에 익었다. 필사적으로 달리고 있던 나는, 지하철역의 가파른 계단도, 계단 끄트머리 낡은 돗자리 위에 머리를 조아리고 있던 거지도, 어느새 피 냄새가 저릿하게 묻어 있던 내 가쁜 숨도, 모든 게 익숙한 풍경이란 걸 깨달았다. **이런 빌어먹을 데자부들은 어떤 새끼가 지치지도 않고 만들어 대는 걸까?**

나는 망설이지 않고 한쪽 방향으로 달렸다. 목적지와 그 경로가 아주 정확히 프로그래밍된 로봇처럼 나는 달렸다. 나는 필사적으로 달리고 있었다. 달리면서 나는, 돌아보지 않고 끊임없이 달리면서 나는, 이제 13B를 써야 할 시간이란 걸 자연스레 알 수 있었다. 놀랍지만 상투적인, 상투적이지만 놀라운 깨달음.

나는 발을 멈추지 않은 채 속도만 좀 줄이고는 가방 속을 더듬었다. 헬싱키 볼링장 앞 복도에서 쭈그리고 앉아 삼색 털실 열쇠고리에서 분리했던 13B를 어렵사리 손에 쥐었다. 그리고 지치지도 않고 연이어 출몰하던 마술적인 클리셰(cliché)들.

지하의 모든 병균들을 박멸할 기세로 빛나던 순백의 인공 태양빛 아래 숨이 넘어가라 필사적으로 달리던 나는, 지하철 역사 한구석에 선뜻 눈에 띄지 않는 허름한 코인 로커를 발견했다.

마치 사전에 약속이라도 한 것처럼 13B가 거기에 있었다. 이제는 무엇에도 놀라지 않을 준비가 되어 있던 나는 주저하지 않고 13B 열쇠를 코인 로커에 찔러 넣었다. **무엇이 나온다 해도 놀라지 않겠어.** 손이 떨렸다. 선글라스의 잭나이프가 무방비 상태인 내 등에 언제 꽂힐지 몰랐다. 나는 서둘렀다. 심장은 춤을 추었고 열쇠를 쥔 손은 노출이 부족한 사진처럼 윤곽을 뭉개며 떨고 있었다.

문이 열렸다, 13B의 문이 열렸다, 아무 소리도 없이, 부드럽게.

이것뿐인가?

커다란 가방 하나가 세로로 누워 들어갈 수 있을 만한 공간에는, 작은 열쇠가 하나 누워 있었다.

이것뿐인가?

은빛 열쇠 하나. 머리에는 볼펜심만 한 구멍이 뚫려 있고, 13B라고 쓰여 있는 타원형 핑크색 플라스틱 판과 함께, 가느다란 철사에 꿰어 있던 열쇠 하나. 비록 풀빛, 흰빛, 오렌지빛 삼색 털실을 꼬아 만든 열쇠고리는 없었지만…… 똑같았다. 바로 전 내 수전증 걸린 오른손이 13B 코인 로커에 찔러 넣었던 그 열쇠와 완전히 똑같아 보였다. 단지 좀 더 차가울 뿐이었다.

나는 도망자의 불문율을 깨고 뒤를 돌아다보았다. 저 멀리 누가 내가 서 있는 방향을 향해 달려오고 있었지만, 그게 선글라스 형사인지 아닌지 자신 있게 확인할 수 있는 거리는 아니었다. 나는 서둘러 코인 로커를 여는 데 사용했던 13B를 잡아당겼다. 나는 내 지문이 남아 있는 건 아무것도 남겨 놓고 싶지 않았다. 오늘은 잭나이프 하나로 족했다. 하지만 13B는 문에서 빠져나오질 않았다. 시간이 없었다. 나는 로커 문에 매달린 채 흔들거리고 있던 13B를 거기에 남겨 두고 떠나야 했다. 거기에 두고 떠날 수밖에 없었던 오래된 13B. 하지만, 내 손에는 또 다른 13B가 쥐여 있었다. 좀 더 차갑던 13B. 아무리 뜯어봐도 그 차이를, 그 의미를 알 수 없던 두 개의 13B. 나는 오래된 13B를 버리고 새로운 13B와 함께 거기서 달아나야 했다.

어느새 나는 다시 필사적으로 달리고 있었다.

아슬아슬 문이 닫히기 직전에 올라탈 수 있었던 지하철 안에서, 그리고 흔적을 지우기 위해 계속해서 갈아탔던 버스와 지하철과 택시와 다시 버스 안에서, 그리고 체포당하지 않고 무사히 돌아온 키브라 안에서, 나는 내내 내 손을 떠났던 오래된 13B와 내 손에 다시 떨어진 새로운 두 개의 13B에 대해 생각했다.

6장

나는 한번도 일기를 쓴 적이 없다
―롤랑 바르트, 「심의」
(5월31일~6월12일)

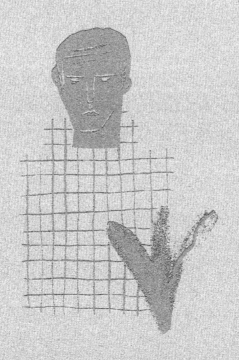

5월 31일, 꿈에서 달의 뒷면을 보다

오늘 아침 식당에 들어서다 뜻밖의 불쾌한 광경과 마주쳤다. 아침마다 내가 매번 비슷한 시간에 식사를 하는 자리가 있었다. 눈치 빠른 웨이터들이 나를 위해 늘 자리를 비워 두어서 어느새 지정석처럼 되어 버린 자리인데, 창밖으로 아담한 초록색 정원과 푸른 하늘이 한눈에 들어오는 곳이었다. 그런데 오늘 그 자리를 처음 보는 두 명의 늙은 여자가 차지하고 있었다. 금테 안경에 짧은 밤색 염색 머리를 하고 두꺼운 새하얀 화장으로 얼굴을 가린 여자가 원형 탈모증이 시작된 뒤통수만 보이던 맞은편 자리의 여자를 향해 활짝 웃어 대고 있었다. 나는 물이 가득 담긴 와인 잔을 들고 가서 두 늙은 여자에게 뿌리고 싶은 마음이었다. 간신히 그런 마음을 접고 웨이터에게 쏘아 대고는 방으로 올라와 버렸다.

어제는…… 아니 적어도 어제 오후 햇살이 커튼 뒤에서 살아 꿈틀대는 동안까지는 나는 여전히 두려웠다. 누구인가에게 예고 없이 불쑥 체포될까 봐 두려웠다. 선글라스 남자가 세 번째 살인 장소에 나타났다는 건, 그쪽도 콧구멍이나 후비며 놀고 있지만은 않다는 얘기였다. 그는 두 번이나 나를 체포할 뻔했다가 실패했지만, 세 번째도 꼭 그러리라는 보장은 없었다. 그리고 내 존재도, 내 은신처도 곧 발각되고야 말 것 같았다. **그게 유일하게 설득력 있는 결말이잖아.** 그러다가…… 어제 저녁이었다. 그런 생각이 든 건, 내가 고픈 배를 채우러 화장실 세면대 수도꼭지에 입을 대고 물을 들이켜다가였다.

내가 왜 체포되면 안 되는 거지? 차라리 거기서 장님 형사에게 체포되어야 했던 게 아닐까? 실은 그랬다. 헬싱키를 잡아 내 앞에 무릎 꿇리고 왜 이런 미친 짓을 꾸몄고 또 나를 조롱했는지 속 시원히 대답을 들을 수 없다면, 차라리 내가 짓지 않은 죄로 체포되는 쪽이 헬싱키에 대한 가장 확실한 복수일 수도 있겠다는 생각이 들었다. 그렇다면 살인자라는 자리를 놈에게서 고스란히 게다가 공식적으로 빼앗아 올 수 있을 터였다. **공식적이지 않은 살인자가 무슨 의미가 있겠니?** 하지만 여전히 체포된다는 두려움은 남아 있었다. 나는 불시에, 내 의지와 무관하게, 예고도 없이, 돌연, 체포되고 싶지 않았다. **체포되느냐 않느냐, 그것이 문제로다.**

전화가 왔다. 자리를 치웠다는, 방금 전에는 불편을 초래해서 죄송하다는 지배인의 전언이었다. 일단 배를 채우자.

258

오늘 아침은 어떡해서든 똑바로 마칠 운명이 아니었나 보다. 시작은 좋았다. 여느 때보다 훨씬 더 커 보이는 푸른 하늘에 잠시 정신이 팔렸다가 청어 훈제를 곁들인 하우스 샐러드와 함께 나온 반숙 프라이의 정갈한 모양에 다시 마음을 뺏겼다. 가로 지름이 세로보다 조금 더 길어 보이던, 위아래 방향으로 약간 찌그러진, 자꾸 불안스럽게 흔들거리는 것 같던, 노란 공 모양의 반숙 계란 노른자를 포크 끝으로 이리저리 건드리다 포크 두 개를 이용해 단번에 계란 프라이를 뒤집었다. 뭔가 아주 큰일을 해낸 양 뿌듯했다. 표면이 고르지 못하고 이리저리 얽은 흰자 아래로, 샛노란 노른자 국물이 새어 나오기 시작했다. 표면이 고르지 못한 계란 프라이의 뒷면,이라는 말이 머릿속에 떠오른 순간, 다시 한 번 마술처럼 어젯밤 꿈이 생각나기 시작했다. 나는 머릿속에서 갑자기 출력되기 시작한 꿈의 기억을 놓치고 싶지 않아 마치지 못한 아침을 놔두고 미련 없이 자리를 떴다. 방으로 달려왔다.

그리하여 어젯밤의 꿈, 계란 프라이의 뒷면이 격발한 어젯밤 꿈의 기억을 적어 본다: 그게 첫 장면인 듯하다. 아주 커다란 달의 뒷면이 나오던 장면. ……아니다, 분명 그 전에…… 나는 택시를 타고 있었다. 목적지는 잘 기억나지 않고…… 밤이었다. 길은 한적했다, 내가 타고 있던 택시를 제외하고는 차라고는 한 대도 보이지 않았다. 찻길인지 인도인지 알 수 없는 길을 나를 태운 택시가 천천히 움직이고 있었다. 나는 창문 밖을 내다보고 있었다. 하늘에는 특대형 사이즈의 달이 보였다. 여느 때의 동전만 한 크기가 아니라, 건장한 청년 스무 명이 덤벼들어도 다 먹어 치우기 힘들 피자만큼 커 보이던 달. 차창 밖으로 고개를 쭉 뽑지 않으면 전체가 다 보이지 않을 정도로 크고 또 환하던 달. 이쪽 끝부터 저쪽 끝까지 고개를 움직이지 않고는 한눈에 들어오지 않던 거대한 달. 분화구는 물론 생명체가 있다면 그 움직이는 모습까지 보일 만큼 그 세세한 모습이 비현실적으로 뚜렷하던 달. 길 위에 있던 사람들도 죄 무엇에 홀린 듯 그 지나치게 비대하고 가까워진 달을 바라보고 있었다. 몇몇은 선 채로 몇몇은 음료수 병을 들고 몇몇은 혼자서 몇몇은 길바닥에 앉은 채로 몇몇은 껑충껑충 제자리 뛰기를 반복하면서. 대부분 집에서 갑자기 나온 듯 잠옷이나 편한 옷차림이었다.

"오늘이 달의 뒷면이 가장 크고 가장 가깝게 보이는 날이죠."

묻지도 않았는데 택시 운전사가 말했다. 그 목소리. 내게 볼링을 치자고 권하던 그 목소리. 목소리의 주인공은 헬싱키였다. 누가 스위치를 누른 것처럼 분노가 내 몸을 채웠다. 이 새끼. 나는 놈의 멱살을 잡으려고 했고 놈은 순식간에 차 밖으로 튕겨 나갔다. 꿈속에서 내 분노는, 지금 생각하면 얼토당토않은데 대략 이런 내용이었다. **이 새끼, 월급도 많이 주는 내 운전사 노릇을 때려치우더니 고작 택시 운전사 노릇이야?** 나는 비합리적인 분노를 꽉 붙들고 놈을 필사적으로 쫓았다.

그리고 어느새 나는 다시 그 건물 속이었다. 지난번 또 지지난번 꿈속에 나왔던 그 허름한 건물이었다. 영화 「치료사」의 배경과 비슷했지만, 자세히 뜯어보면 미묘하지만 확실히 다른, 하지만 말로 설명해 보라고 하면 딱히 그 차이점을 설명하기는 힘든. **153층도 넘겠는걸,**이라는 지난번 꿈속의 대사가 기억났다(꿈속에는 현실에서는 보이지 않는 투명한 기억의 통로 같은 게 있나 보다. 나는 5월 5일자 일기를 찾아보고서야 정말로 그런 말을 꿈속에서 했다는 걸 확인했다). 현실에서 내가 살고 있는 키브라와는 판연하게 달랐던 그 부서질 듯 낡고 우중충한 건물 복도를 나는 달리고 있었다. 총신이 긴 권총을 들고 밟을 때마다 삐걱거리는 소리가 나던 얇고 길쭉한 나무판을 이어 붙인 마룻바닥 위를 나는 달리고 있었다. 헬싱키를 쫓기 위해, 놈을 기어코 붙들기 위해. 벽과 천장에는 연한 자줏빛 자잘한 고수꽃과 그 풀이 정교하게 엉켜 있는 무늬가 반복되는 분홍색 벽지가 발라져 있었다. **악취미로군,** 나는 딱히 근거도 없이 헬싱키를 비난했다.

그리고 다시 그 방. 여러 개의 의자를, 여러 개의 수박을, 그리고 새장을 보았던 그 방. 방 역시 똑같은 모양 똑같은 색깔의 벽지로 도배되어 있었다. 내가 들어온 문을 향해 등을 돌리고 있던 수십 개의 의자 중, 주인이 있는 의자는 단 하나였다. 헬싱키, 놈이 앉아 있었다. 내게 등을 보이고서. 나는 지체 않고 총을 쏘았다. **등을 보여서는 안 되는 법이야, 설사 그게 고수풀 벽지 아래서라도 말이야.** 나는 알 수 없는 말을 지껄였고, 놈은 그림처럼 옆으로, 의자에서 바닥으로 쓰러졌다. 처음으로 진짜 사람을 죽였다,라는 생각이 퍼뜩 들었다. 이번에야말로 수박이나 비둘기나 가발이나 새장 같은 게 아니라 진짜 사람이라는 느낌. 나는 손가락을 방아쇠에서 떼지 않은 채 조심조심 쓰러진 놈에게로 다가갔다.

한데 그건 나였다. 헬싱키가 아니었다. 나였다. 죽은 건 나였다. 내가 발사한 총탄을 맞고 쓰러진 건 나였다. 거울에서 많이 본 얼굴. 하지만 한번도 보지 못했던 표정. 나는 편안한 표정으로 눈을 감고 있었다. 입꼬리에서 왼쪽 귀 쪽으로 이제 막 시작된 끈끈한 피의 길이 조금씩 길어지고 있었다. **내가 나를 죽이다니.** 도대체 있어서는 안 될 일이었다.

나는 내가 씻을 수 없는 죄를 저질렀다는 것을, 그리하여 이제 누가 그 죄를 단죄하기 위해 나를 추적하고 있다는 것을 깨닫게 되었다. 얼른, 채 식지 않은 내 시체가 누워 있는 분홍색 방을 벗어나야 했다. **그런데 어디로?** 나는 창밖을 보았다. 바깥은 어느새 환한 낮이었다. 아니면 비정상적으로 커다랗고 밝아진 달 때문에 밤인데도 불구하고 낮처럼 환한 건지도 몰랐다. 창밖으로 아주 가까이 보이는 맞은편 건물 비슷한 층에는, 하얀 나무판자에 검은 붓글씨로 쓴 큰 간판이 걸려 있었다. 간판에는 다음과 같은 부등식이 쓰여 있었다.

$$60 < 2H + G < 64$$

나는 부등식의 의미를 해독해 보려 했지만 잘 되지 않았다. 어쩌면 특별한 의미 같은 건 없고, 그냥 수학을 가르치는 학원의 간판

일 수도 있었다. 어쨌건 정체 모를 간판 때문에 시간 낭비를 하고
있을 수는 없었다. 내 등을 노리는 놈이 나를 쫓고 있을 터였다. 내
게는 계단이 필요했다. 그 분홍 방을 빠져나갈 계단. 나는 창가로
다가갔다. 거북이처럼 목을 내밀고 어디인가에 있을 계단을 찾기
위해.

　거기까지였다. 거기서 꿈은 딱 끊겼다. 배가 고프다. 벌써 한낮
이다. 수수께끼 같은 꿈을 기록한 일기장을 들고 배를 채우러 밖으
로 나간다. 그 꿈에서 무엇을 발굴해 낼 수 있을지, 무척이나 궁금
하다.

6월 1일, 이제 거의 다 왔다

조라로 왔다. 횟수를 기억하기도 힘들 만큼 자주 이곳에 왔지만, 한번도 웨이터나 주인에게 '조라'가 무엇을 뜻하는지 물어본 적이 없다. 그럴 필요가 없었던 게, 처음 이름을 붙인 사람의 의도와는 상관없이 조라는 내게 '변하지 않는 기억'이라는 의미를 가진다. 얼마나 많은 일기를 조라에서 썼던가? 또 얼마나 자주 나는 이곳에서 일기를 다시 읽으며 내 과거를 확인했던가? 이곳 조라에서내 자주 변하는 기억은 변하지 않는 문자로 변해 간다. 그리고 그변하지 않는 문자는 시나브로 내 자주 변하는 기억을 대체해 간다.그리하여 변하지 않는 기억, 조라.

커다란 새우와 가리비를 통째로 넣고 끓인 맛이 기막힌 스튜를떠먹으며 나는 다시 한 번 자주 나를 배반하는 오늘치의 기억을

'변하지 않는 기억'으로 바꾸려 하고 있다. 방금 전 무슨 일이 있어도 절대 서두르는 법 없는 조라의 가장 늙은 웨이터가 내 자리로 와서 유쾌한 목소리로 필요한 게 더 없냐고 물었다. 나는 기억이라고 유쾌하게 답해 주었고, 그는 알아들었다는 표정을 지으며 특유의 꾸물대는 몸짓으로 물러났다.

오늘 아침 나는 의심과 질문과 질투심과 궁금증과 복수심을 머릿속에 가득 쑤셔 넣고 키브라 밖으로 나왔다. 내가 상상했던 여름은 아직 오지 않았다, 하긴 여름마저도 내게는 처음이었지만. 나는 버스 정류장으로 가서 멍하니 몇 편의 버스를 지나쳤다. 그러다 '선사시대 박물관'이라는 행선지가 적혀 있는 텅 빈 버스가 내 앞에 섰다. 나는 천천히 '선사시대 박물관'이라고 발음해 보았고, 그 말이 내 입에서 씹히는 느낌이 마음에 들었다. 나는 버스에 올라탔다.

'선사시대 박물관'은 길을 잃기도 다리가 아프기도 힘든 아담한 크기의 3층짜리 박물관이었다. 평일이라 그런지 어두운 구석에 늘 비슷한 모습으로 찡겨 있던 직원들 몇을 제외하면 관람객들은 거의 보이지 않았다. 예상했던 일이지만 거기에 있던 어떤 유물도 내 기억에 남아 있지 않았다. 그 아주 오래된 것들은 다행히 내게 말을 걸려들지 않았다. 나는 유물들에게 또 유물들은 나에게 아무런 관심이 없었고, 그래서 나는 아무에게도 방해받지 않고 생각들 사이로 조용히 가라앉을 수 있었다.

처음에는 사람들에 대해서 생각했다. 나를 살인자가 아니라고 생각하는 사람들과 나를 살인자라고 생각하는 사람들에 대해서. 내가 체포될 리 없다고 생각하는 사람들과 나를 체포하려는 사람들에 대해서. 나는 분명 첫 번째 그룹에 속했지만, 두 번째 그룹에게, 그러니까 선글라스 형사 같은 치에게 내 정체성을 밝힐 필요는 없어 보였다. **그렇다면 나는 두 번째 그룹의 사람들에게 체포될 준비가 되어 있는가?** 아쉽게도 그런 것 같지 않았다. 체포되지 말아야 할 이유를 딱히 대지도 못하면서 말이다.

그리고 나는 다시 헬싱키에 대해 생각했다. 네 건의 살인에 대해서도. **그 모든 게 나만을 위해 준비되었다는 게 말이 되는 걸까?** 타인의 관심을 구걸하기에는 너무 도도한 혹은 그저 너무 늙고 지쳐 어떤 것에도 관심이 없는 유물들을 지나치며 도저히 이치에 닿지 않는 것 같던 그 질문에 나는 매달렸다. 처음 두 건의 살인 사건에는 각각 두 곳의 살인 현장이 있었다. 첫 번째는 대중들에게 알려진 가짜 살인 현장, 그리고 두 번째는 나만이 발견할 수 있었던 진짜 살인 현장. 진짜 살인 현장에는 안녕이라는 피의 낙서가 나를 기다리고 있었다. 그리고 아직 대중에게 공개되지 않은 다음 두 건의 살인 사건에는 역시 나만이 알아볼 수 있었던 피의 징표, 인녕이 있었다. **그것들이 모두 나만을 위해서 준비된 거란 말인가?** 그것 말고는 해석할 수 있는 방법이 없었다.

왜?

도대체 왜?

헬싱키가 아니고서야 대답할 수 없는 질문이었다. 놈의 대가리 속에 들어가 보지 않고서야 답을 얻을 수 없는 질문이었다. 개새 끼. 개새끼. 개새끼. 개새끼. 화가 났다. 선사시대 박물관이란 실은 화를 내기에는 매우 부적절한 장소였지만 나는 치밀어 오르는 화 를 누를 수가 없었다.

차라리 자수를 하는 게 어때?

그런 매혹적인 제안이 분노에 정신을 못 차리던 나의 따귀를 갈 겼다. 체포보다는 자수가 훨씬 그럴싸하게 들렸다. 확실해 보였다. 헬싱키에게 바치는 가장 확실한 복수의 방법인 것 같았다.

웨이터가 와서 안으로 들어가시는 게 어떻겠냐고 한다. 그렇지 않아도 얼마 전부터 불어오는 바람에 일기장은 마구 펄럭대고 자 꾸 눈에 먼지가 들어온다. 조라의 안으로 들어간다.

여기는 호텔이다. 조라 안에서 일기를 계속 쓰려던 내 계획은 어 긋났다. 체포 대신 자수를 선택하겠다던, 조라의 노천 테이블에 앉 아 해물 스튜를 먹을 때까지만 해도 더없이 근사하게만 보이던 계 획도 뒤로 밀려나 버렸다. 더 멋진 계획이 생겼다. 헬싱키의 아지 트가 어디인지 밝혀 줄 단서가 내 손에 들어왔다는 말이다! 눈뜬 장님이었던 내게 꿈이 다시 한 번 단서를 떠먹여 주었다는 말이다! 어디서부터 어떻게 설명하는 게 좋을까?

다시 조라에서부터 시작하자. 바람이 세차게 불기 시작했고, 웨이터는 노천 테이블에 앉아서 식사를 하고 있던 내게 안으로 들어가기를 권했다. 실내에서 자리를 잡고 웨이터가 음식 접시들을 옮겨 오길 기다리고 있는데 다른 웨이터들 사이의 대화가 들렸다.

"바람이 너무 세게 불어 건물 뒷면에 세워 놓은 가스통이 넘어졌대요, 그만."

건물의 뒷면. 그 말이 다시 불붙은 도화선이 되었다. 건물의 뒷면, 달의 뒷면, 계란 프라이의 뒷면, 그리고, 그리고 결정적으로 키브라의 뒷면. 나는 후다닥 일기를 앞으로 넘겼다. 거기 있었다. 5월 21일. **그래, 맞아, 바로 이거였어, 키브라의 뒷면, 이거야, 이거라고.** 그랬다. 5월 21일자 일기, 거기에 모든 게 들어 있었다. 나는 그날 달의 뒷면, 아니 수십 개의 물웅덩이가 '달의 분화구'처럼 널브러져 있던 키브라의 뒷면에 택시를 세우게 하고 구토를 했었다. 그저께 밤에 꾸었던 꿈이 가리키는 곳이 바로 그곳, 키브라의 뒷면이 아니라면 달리 어디일 수 있겠는가? 틀림없었다. 그리고 5월 21일자 일기에서 주운 이런 문장도 있다.

……키브라의 뒷면에 아스라하게 붙어 있던 <u>철제 계단</u>의 실루엣 사이로 비치던 그 회색 하늘을 바라보고 있었다.

나는 밑줄을 긋는다, 철제 계단. 나 자신에게 어이가 없다. 어떻게 이걸 까맣게 눈치 채지 못하고 있었던 걸까? 천치 바보 저능아 얼간이 멍텅구리 정신박약아. 얼마나 자주 꿈이 내게 나선형 철제 계단을 보여 주어야 비로소 계단을 찾아 나설 생각을 하겠는가? 바로 그거다, 철제 계단. 키브라의 뒷면에 붙어 있던 철제 계단. 헬 싱키의 아지트로 데려다줄 그 마법의 계단.

"다시 스튜를 데워 드릴까요?"

반갑지 않은 늙은 웨이터의 방해가 있었다.

"다 필요 없네, 다 필요 없어. 빨리 이거부터 계산하고 택시나 불러 주게. 급하네 급해, 급하다고."

그리고 나는 호텔로 돌아왔다. 흔들리는 택시 안에서 몇 번이고 5월 21일자 일기를 되풀이해 읽었다. 마침내 나는 키브라의 뒷면에 착륙했다.

거기에 계단이 있었다. 키브라의 뒷면 벽에, 막 꿈속에서 튀어나온 듯 위태롭게 매달려 있던 철제 계단이 있었다. 꿈속의 나선형 철제 계단과 쌍둥이처럼 닮아 보였다. 꿈하고 다른 점이라면 키브라의 뒷면 계단은 바닥에 닿아 있지 않다는 점이었다. 대략 7층과 8층 사이에서 계단은 뚝 끝나 있었다. **헬싱키까지, 이제 거의 다 왔다.**

6월 2일, 지도의 귀퉁이를 자르다

어젯밤 일기를 덮고 나서 헬싱키까지 이제 거의 다 왔다는 흥분 때문에 쉽게 잠이 들지 못하겠다는 걱정을 했다. 하지만 따뜻한 물로 샤워를 한 다음 침대에 눕자마자 바로 잠이 들었다. 헬싱키까지 거의 다 온 아침이었지만, 나의 생체 리듬은 평소와 크게 다르지 않았다. 좋은 신호였다.

그림처럼 비어 있던 내 자리에 앉아 아침을 기다리면서 나는 키브라 뒷면에 붙어 있던 철제 계단을 떠올렸다. 거센 바람이라도 불면 위에서부터 하나씩 두두둑 떨어져 나갈 것같이, 그렇게 아슬아슬 허술하게 키브라의 뒷면에 붙어 있던, 내 꿈을 꼭 빼닮은 그 검정색 철제 계단을 나는 머릿속에서 되새김질하고 있었다. 흐린 하늘을 비추고 있던 창가에 관자놀이를 밀착시킨 채 나는, 그 계단이 내 꿈을 꼭 빼닮은 게 아니라 아마도, 아니 틀림없이 내 꿈이 그 계단을 닮은 거라고 내게 다시 가르쳐주었다. **꿈이 현실을 모방하는 거잖아, 현실이 꿈을 모방하는 게 아니라. 이미 결론 내렸잖아, 꿈은 넝마주이인 걸로, 예언자가 아니고.** 그리고 적채와 가지가 듬뿍 들어간 샐러드가 나왔다. 웨이터는 묻지도 않고 오일 앤드 비니거 소스를 샐러드 위에 부었고 나는 일기장을 아무 데나 펼쳐 별 생각 없이 뒤적거렸다.

4월 중순의 어느 날과 어느 날 사이에서 접힌 지도가 불쑥 튀어 나왔다. 일기장을 치우고 지도를 테이블 위에 활짝 폈다. 나는 지도 위에서 키브라를 찾았다. 헬싱키가 숨어 있는 작은 점이면서 동시에 내가 멍청하게도 별로 싱싱하지 않은 아스파라거스나 한가하게 씹고 있던 곳. 그리고 네 개의 붉은색 동그라미는 여전했다. **안녕? 오늘은 어때?** 지도 위에서, 헬싱키가 창조하고 내가 붉은 동그라미로 주석을 단 네 건의 살인들을 차례대로 손가락으로 하나하나 짚어 가다 거슬리는 구석이 눈에 띄었다. 오른쪽 상단 귀퉁이에 지저분한 얼룩이 있었다. **이게 뭐지?**

본능적으로 코를 갖다 대고 냄새를 맡기도 전에 나는 그게 무엇인지 기억이 났다. 사우전드 아일랜드 소스, 바로 그거였다. 문득 나는 잭나이프가 그리워졌다. 잭나이프가 있다면 지도에서 이 지저분한 얼룩을 깨끗이 도려낼 수 있을 텐데. 하지만 내 지문이 찍힌 잭나이프는 운동장 지하 미로에서 분실되었다. 그리고 나는 그때 확대한 신분증을…… 그게 아니라 미모사를 웨이터 놈에게 보

272

여주었고…… 웨이터 놈은, 지금은 영원히 실종된 웨이터 놈은 놀랐다, 입을 흉하게 벌린 채 얼어 버렸다. 그러고는 사우전드 아일랜드 소스를 지도 위에 엎지르고 말았다. 그리하여 지도 귀퉁이에 얼룩이 남고 말았다. 비록 잭나이프는 없었지만 내 식탁 위에는 몇 쌍의 나이프와 포크가 있었다. 미모사, 죽음의 상징을 웨이터 놈은 이해했었다. 웨이터와 잭나이프, 둘 다 사라져 버린 것들. 가령, 5월 8일자 일기에서 나는 이런 내용을 찾았다.

그의 팔목 근육이 깜박 그 사우전드 아일랜드 소스가 든 그릇을 멈춰야 한다는 사실을 잊는 바람에 테이블 위에 분홍색 걸쭉한 액체가 쏟아졌고 그만 펼쳐 두었던 지도의 우측 상단 귀퉁이가 젖었다.

일기는 내게 뢴트겐선처럼 투명하고 확실한 알리바이를 제공해 주었다. 그때도 이 자리였다. 나는 식탁 위에서 번쩍거리고 있는 나이프와 포크를 집어 들었다. 아니 다시 생각을 바꿔서 두 개의 나이프를 한 손에 하나씩 들었다. 그리고 왼손에 들린 나이프의 등을 지도의 귀퉁이에 얼룩이 진 부분에 바짝 붙여 놓고 오른손에 들린 나이프로 지도의 귀퉁이를, 얼룩이 진 부분을 잘라 냈다. 마치 잭나이프로 혹은 가위로 자른 것처럼 지도의 얼룩이 깔끔하게 도려내졌다. 얼룩은 처음부터 지도의 외곽 부분, 하얀 여백에만 묻어 있었기 때문에, 지도의 내용이라고 할 만한 부분에는 전혀 손상이 없었다.
그러고 나서 비로소 나는 계단으로 향했다. 든든히 채워진 위장과 웨이터 놈이 실수로 만들었던 얼룩이 도려내진 지도와 내 알리바이 사전(事典)인 일기장과 함께 나는 계단으로 향했다. **나는 지금 헬싱키의 뒤통수를 치러 가는 거다.** 나는 8층에서부터 시작했다.

8층에서 나는 계단이 붙어 있을 것으로 짐작되는 복도의 한 귀퉁이로 우선 달려갔지만 계단으로 이어지는 비상구는 보이지 않았다. 방향감각이 틀어진 것이라 여기고 복도의 구석구석은 물론 화장실, 심지어는 관계자 출입 금지라는 익숙한 글귀가 적혀 있는 잡역부 대기실까지 들어가 보았지만 계단으로 이어지는 비상구는 보이지 않았다. 8층이 계단의 맨 마지막 단이 아닐지도 모른다는 생각에 나는 9층에서 다시 똑같은 순례를 되풀이했지만 여전히 빈손이었다. **분명히 내가 봤는데, 그 철제 계단을 틀림없이 내가 봤는데.** 하지만 나는 지치지도 않고 또 다른 변명거리를 만들어냈다. 꼭 층마다 나선형 철제 계단으로 연결되는 출구가 있어야 한다는 법은 없었다. 나는 한마디의 불평도 없이 10층에서 꼭대기까지 그 엄숙한 순례를 되풀이했지만 연결 통로를 찾아내지 못했다. 꼭대기 층의 수색을 마치자 벌써 늦은 오후였다. 헬싱키까지, 이제 거의 다 왔다,라는 어제의 선언이 무색해지는 순간이었다. **내부와 연결되지 않는 계단이라면 무슨 의미가 있는 거야?** 나는 아쉽기는 했지만 단독 수색을 포기하고 지하로 내려가서 자동차의 시종을 만났다. 다짜고짜 나는 계단에 대해, 내 꿈이 모방했던 그 나선형 철제 계단에 대해 물었다.

"계단요? 호텔 뒷벽에 계단이 붙어 있다고요?"

놀랍게도 자동차의 시종은 계단의 존재를 몰랐다. 서로 허물없
는 사이였다면 당장 지갑을 꺼내 계단 같은 게 없다는 데 내깃돈
이라도 걸 기세였다. 하지만 나는 그와 허물없는 사이가 아니었고,
내기 같은 건 하지 않아도 돈은 얼마든지 쥐여 줄 수 있었으므로
놈의 입을 닥치게 하고 조용히 키브라의 뒷면으로 끌고 나갔다.

"저럴 수가…… 제가 여기에 근무한 게 벌써 6년째인데…… 죄
송합니다. 이런 어이없는 일이. 저도 저런 게 있는 줄은 오늘 처음
알았네요. 이쪽은 좀 외지기도 하고 볼일이 없어서 웬만해선 이리
론 나오지 않거든요."

그와 나는 분명히 우리 눈앞에 존재하는 키브라 뒷면 검은 나선
형 철제 계단을 보고 있었다. 놈은 미안해할 필요가 없었는데, 큰
죄라도 지은 것처럼 미안해했다. 나는 적잖이 안심이 되었다. 내가
미친 건 아니란 거네, 최소한. 그런 거지?

"……저런 데 저런 계단이…… 불필요한데, 저런 건…… 그냥
장식이 아닐까요?"

놈의 말처럼 놈에게 키브라 뒷면의 계단이란, 불필요한 장식일
뿐이었다. 하지만 내게는…… 내게는 달랐다.

나는 놈에게 내일까지 저 계단으로 연결되는 통로를 알아 놓으
라고 명령했다. 놈은 늘 그렇듯 내 말에 토를 달지 않았다. 사무적
인 말투로 몇 시까지 확인해 놓으면 되겠냐고 물었고 나는 10시까
지라고 했다. 10시에 주차장으로 가겠다고 했다. 다시 하루가 늦어
지기는 했지만, 헬싱키까지, 이제 거의 다 왔다.

6월 4일, 나선형 철제 계단을 타고 내려가다

백과사전처럼 단단한 잠에서 나는 깨어났다. 무거운 잠의 페이지를 탈출한 나는 급히 내가 어디에 있는지 확인해야 했다. 여기는 키브라였다. 믿을 수 없지만 나는 키브라의 내 방 침대 위에 누워 있었다. 놀랍게도 예전과 다름없이 그랬다. 연한 자줏빛 자잘한 고수 꽃과 그 풀이 정교하게 엉켜 있는 무늬가 반복되는 분홍색 벽지로 도배된 헬싱키의 아지트가 아니라 키브라의 내 방이었다.

전화번호부처럼 아주 오래된 잠에서 나는 깨어났다. 빽빽한 숫자들의 무덤에서 빠져나온 나는, 내 기억의 어떤 부분이 잠의 영역 바깥에서 일어난 일이고 어떤 부분이 잠의 영역에서 일어난 일인지 쉽게 구분이 되지 않았다. 어디까지가 실제고 어디부터가 꿈인지 모호했다. 내 오른쪽 뒤통수에는 커다란 혹과 그 혹의 표면을 사선으로 가로지르는 낯선 상처가 있었다. 상처 주변 머리카락 밑동에는 마른 피들이 엉겨 붙어 있었다. 그렇다면 내 기억의 대부분은 꿈이 아니라는 말이 된다.

단단하고 오래된 잠으로부터 키브라의 내 침대로 귀환한 나는, 새로운 상처가 새겨진 오른쪽 뒤통수를 자주 손가락 끝으로 더듬으며 차가운 물로 세수를 하고 다시 천연덕스럽게 일기장이 누워 있는 탁자 위로 돌아왔다. 일기장 옆에는 검은색 핸드폰이 나란히 누워 있었다.

기록을 해야 했다. 다시 한 번 기억들이 뒤죽박죽되기 전에 나는 기록을 해야 했다. 그것만이 어쩌면 내가 할 수 있는 유일한 일이다.

잠의 두께는 한없이 두껍게 느껴지지만 페이지를 넘겨보면 고작 어제 시작된 일일 뿐이다. 어제 아침, 나는 아침을 먹고 자동차의 시종을 찾았다. 자동차의 시종은 자랑스러운 얼굴을 감추지 못했다. 그저께 오후 내가 놈에게 키브라의 뒷면 검은 나선형 철제 계단을 처음 보여 주었을 때, 그때의 낭패스럽던 표정은 하루 만에 싹 지워지고 다시 주인의 칭찬을 기다리는 애완견의 얼굴이었다. 놈은 나를 키브라의 꼭대기 층으로 데리고 갔다. 그곳 역시 내 순례의 여정 중 일부였지만, 놈은 새로운 마술을 익힌 마술사가 처음으로 관객 앞에 선 그런 표정이었다. 그래서 나는 내내 입을 다물고 있었다.

"사장님이 원하시는 바도 아닐 듯하고 해서 조용히 확인을 해 봤는데, 그게…… 그 계단 자체에 대해 알고 있는 사람 자체가 극

소수더라고요."

우리는 키브라의 꼭대기 층 커다란 소화전 앞에 서 있었다. 소화전 유리창 안에는 회색 소화수 호스가 거대한 육식 동물의 내장처럼 돌돌 말려 있었다.

"여깁니다. 믿기 힘드시겠지만."

놈은 소화전의 유리창을 열고 동심원을 그리며 말려 있는 빈 호스를 바닥으로 힘겹게 끄집어냈다. 비어 버린 소화전 뒤에 열쇠 구멍과 문고리가 있었다. 문을 열면 복잡한 전선 뭉치와 스위치들이 잔뜩 있을 것 같은, 배전반 문처럼 보였다. 배전반 문치고는 불필요하게 커 보이기는 했지만.

"알아내는 데 좀 복잡한 경로를 거쳐야 했습니다만…… 자 여깁니다."

자동차의 시종은 주머니에서 열쇠를 꺼내 소화전 뒤, 배전반처럼 보이던 문을 열었다. 덜커덩하며 밀어젖혀진 문 뒤로 흐리멍덩한 하늘이 보이면서 갑자기 차갑고 거센 바람이 무방비 상태로 서 있던 나에게 불어 닥쳤다. 나는 가까스로 넘어지지 않고 서 있을 수 있었다.

"여기서 기다리겠습니다. 이 핸드폰을 가져가시죠. 여기서 제가 지키고 있을 테니 무슨 일이 생기면 저한테 연락 주시고요."

나는 핸드폰을 받고 소화전 뒤에 비밀스럽게 숨겨져 있던 문 뒤로 겁도 없이 상체를 드밀었다. **거의 다 왔다고, 이젠 돌아갈 수 없어.** 소화전 뒤에 문이 나 있어도, 수영장에서 시체를 만나도, 운동장 지하에서 미로를 만나도, 시체의 입에 미모사가 물려 있어도, 코인 로커 안에 똑같은 열쇠가 들어 있어도, 나는 놀라지 않아야 했다. 내게는 돌아갈 데가 없었다.

소화전 뒷면의 문 바깥, 아찔한 높이의 공중에 나선형 철제 계단의 첫 번째 발판이 홀로 나를 기다리고 있었다. 내게는 돌아갈 데가 없었다. 첫 번째 걸음은 생각처럼 쉽지 않았다. 나는 나선형 철제 계단의 중심을 꿰뚫고 있던 검은 중앙 봉을 두 손으로 꼭 움켜쥐곤 엉거주춤 뒤를 돌아다보았다. 자동차의 시종은 실내로 불어 닥치는 세찬 바람에 얼굴을 있는 대로 찌푸리면서 내게 뭐라고 말을 했지만, 바람 소리가 너무 시끄러워 알아들을 수 없었다. 나는 반사적으로 고개를 끄덕였고 놈이 문을 닫았다. 이제 나는 정말로 혼자였다. **거의 다 왔다고, 이젠 돌아갈 수 없어.**

나선형 철제 계단은 꿈에서 보았던 것보다 훨씬 더 좁고 훨씬 더 가팔랐다. **이런 거짓말쟁이 꿈 같으니라고.** 게다가 꿈에서는 불지 않던 바람도 여기서는 상상을 초월할 정도로 거셌다. 내딛는 발이 바람에 흔들려 다음 단을 똑바로 밟을 수나 있을지 걱정해야 할 지경이었다. 꿈에서처럼 나선형 계단에는 으레 있을 법한, 안전 철책 같은 게 전혀 없었다. 그렇다 보니 외부와 내부의 구분이 딱히 없어서 자칫 발을 헛디디기라도 하면 바로 나락이었다. 나선형 계단의 중앙 봉 말고는 달리 몸을 지탱할 장치가 따로 없는 셈이었다. 본능적으로, 아래를 쳐다보지 않아야겠다고 생각했지만 거기서는 그마저도 쉬운 일이 아니었다. 계단의 다음 단은 그 앞 단과

얼추 봐도 50도 정도는 벌어져 있어서, 아래를 내려다보지 않고서
발짐작으로만 다음 단을 찾는 건 불가능에 가까웠다. 그렇게 다음
단을 눈으로 따라가다 보면 단과 단 사이 부채꼴 모양으로 도려내
진 까마득한 아래가 자연히 눈에 밟혔다. 피할 수 없던 부채꼴 모
양의 공포심.

아직도 눈앞에 선명하게 그려지는 부채꼴 모양의 공포심을 하
나하나 건너가며 나는 나선형 궤적 안을 매우 느린 속도로 맴돌
고 있었다. 몇 번이나 회전을 했는지, 얼마나 오랫동안 그 맴돌이
를 지속했던 건지, 몇 층 정도나 내려온 건지, 나는 전혀 가늠할 수
없었다. 그럴 겨를이 없었다. 부채꼴 하나를 건너는 데만도 온 힘
을 다 짜내야 했었다. 그러다 다음 단을 향해 내뻗던 왼쪽 다리 장
딴지가 저려 와 잠깐 그 맴돌이를 멈추었다. 눈을 들어 키브라의
뒷면을 바라보다 드문드문 붙어 있던 간판 중, 유독 하나의 간판이
눈에 띄었다.

$$60 \leq 2H + G \leq 64$$

그건 종착지가 얼마 남지 않았다는, 일종의 열차 안내 방송 같은
거였다. **바람에, 부채꼴 모양의 허공에, 이번에는 등호까지, 꿈이 누락
한 것들의 목록을 만들자면 끝이 없겠군 그래.** 하지만 등호가 생략된
꿈에 대해 나는 관대해지기로 했다. 등호 따위는 상관없었다. 입
구가, 헬싱키의 아지트로 나를 인도해 줄 입구가 내게는 필요했다.

280

기억을 제외하고는, 대체로 내가 필요로 하는 건 늘 지체 없이 제공되고는 했으므로 나는 딱히 초조해하지 않았다.

문득 열린 창문이 하나 보였다. 계단과 멀리 떨어지지 않은 곳이었다. 1미터? 50센티미터? 마음만 먹으면 훌쩍 건너뛰어 창턱으로 올라탈 수 있을 것 같았다. 나는 계단을 내려오는 도중 한 번도 외벽에서 창문이나 문 같은 건 보지 못했다는 사실을 떠올렸다.

그때 한 마리 비둘기가 창문 밖으로 튀어 날아올랐다. 흰색과 잿빛이 섞여 있던 그 비둘기는 아주 빠른 속도로 흐린 하늘에서 점이 되어 버렸다. 더없이 자연스럽게, 그 비둘기는 꿈에서 내가 주머니에 넣고 달렸던 흰 물감을 칠한 잿빛 비둘기와 꼭 닮은 모습이었다. 더 이상 망설일 필요가 없었다. 내게는 돌아갈 데가 없었다. 나는 비둘기처럼 날아올랐다.

아주 간단히 나는 창턱에 착륙했다. **이건 말도 안 돼.** 충분히 예상했었지만 여전히 말도 안 되는 풍경이 헬싱키의 아지트 입구 안에 준비되어 있었다. 꿈과 똑같은 광경이었다. 어둡고 좁고 기다란 복도가 내 눈앞에 펼쳐져 있었다. **이건 말도 안 돼.** 바닥에는 밟으면 당장 비명이라도 지를 것 같은 얇고 엉성한 나무판자들이 깔려 있었고, 바닥을 제외한 삼면에는, 그러니까 천장과 양쪽 벽에는 연한 자줏빛 자잘한 고수 꽃과 그 풀이 정교하게 엉켜 있는 무늬가 반복되는 분홍색 벽지가 도배되어 있었다. **여긴 키브라잖아? 그렇지 않나?** 키브라에서는 한번도 본 적 없는, 더럽고 낡고 어둡고 고양이 오줌 냄새 코를 찌르고 황량하고 하지만 왠지 눈에 익은 풍경이 내 눈앞에 펼쳐져 있었다. 나는 뛰었다. 그래야 할 것만 같았다.

뛰기 전에 혹은 뛰면서 나는 어떻게 이런 황량한 공간이 키브라 안에 있을 수 있는지 내게 물었다. 대답할 수 없는 질문들. 어쩌면 대답할 수 없기 때문에 그렇게 끈질기게 되물어지곤 하는 질문들. 나는 뛰었다. 복도 중간에서 나는 천장에 매달려 있던, 하얀색 깃털이 바닥에 소복이 쌓인 빈 새장을 지나쳤다. 새장의 문은 열려 있었다. 모든 낡고 상투적인 것들을 나는 그냥 지나쳐야 했다.

그리고 그 더러운 복도 마지막에서 나는 문을 하나 만났다. 나무 문이었다. 문의 아랫부분은 누가 걷어차기라도 한 건지, 실내가 보일 정도는 아니었지만 흉하게 부서져 있었다. 파손된 단면에 무성히 자라난 날카로운 나무 거스러미들은 내게 잔뜩 악의를 품고 있는 것처럼 보였다. **이런, 권총을 가지고 오지 않았잖아.** 나는 권총을 가지고 오지 않았다는 걸 깨달았지만……. 돌아갈 데가 없었다.

나는 조심스레 문을 밀었다. 소리는 나지 않았다. 방 안에는 의자들이 있었고, 그리고 한 남자가, 체구가 작은 한 남자가 내게 등을 돌리고 앉아 있었다. 촌스러운 연분홍 벽지로 도배된 그 방에서, 도저히 키브라의 일부라고는 생각되지 않는 그 방에서, 드디어 나는 헬싱키를 만났다.

팔이 너무 아프다. 기억들은 너무 빠르고 그 빠른 기억들을 다 붙잡아 여기에 옮겨 넣기에는 내 팔은 너무 약하다. 오늘은 여기까지 기록하기로 한다.

282

6월 5일, 나선형 철제 계단이 사라지다

　방금 전 어제 적은 그저께의 일기를 다시 읽었다. 언제부터였을까? 일기를 읽는 일이 마냥 즐겁지만은 않은 일이 되고 말았다. 이가 빠지기는 했지만 그래도 퍽이나 두꺼운 일기장을 들고 펼칠 때 나를 덮치는 이 개운치 않은 기분의 정체는 대부분 두려움이다. 이전의 기록과 오늘의 기억이 어긋날지도 모른다는, 그리하여 불가피하게 원치 않는 양자택일을 해야 할지도 모른다는. 다행히 어제의 기록은 오늘의 기억과 꼭 들어맞았다. 내 '특별한 멍청함'으로 마무리 지어진 헬싱키의, 헬싱키 아지트의 기억은 아직은 단단하다.

　그렇지만 그다지 단단하지 못한 오늘의 기억은 또 어떤 식으로 나를 배신할지 모른다. 왠지 미덥지 못한 오늘의 기억부터 기록하고, 헬싱키와의 조우는 이어서 계속하기로 한다.

아침 식사를 마치고 키브라의 뒷면으로 향했다. 어제 오후부터 밤까지 쉬지 않고 일기를 써 내려간 탓인지 오른팔이 저렸다. 그리고 키브라의 뒷면에서 계단이 사라졌다는 것을 알았다. 계단은 더 이상 거기에 없었다. **사라졌구나, 이제 그 쓸모를 다한 거지 뭐.** 그다지 놀랍지 않았다. **이제 헬싱키로 가는 문은 완전히 닫힌 거네, 그렇지?** 실은 전혀 예상치 못했던 일이지만 닥치자마자 아주 오래전부터 예상했던 것처럼 느껴지는 일들이 있다. 나는 그런 어색한 덤덤함을 보호색처럼 차려입고 꿈속에서는 등호가 누락되었던 부등식 간판을 찾아보려 키브라 맞은편 건물을 샅샅이 훑었지만 안개 때문인지 쉽사리 눈에 띄지 않았다. 나는 아직 완전히 지워지지 않은 뒤통수의 상처를 더듬었다. 헬싱키를 만났던 일이 꿈이 아니라면 검은 나선형 철제 계단 역시 꿈일 리가 없었다. 그 부채꼴 모양으로 도려내진 충천연색 공포도 마찬가지였다. 그토록 정교한 원(圓)의 조각이 꿈일 리가 없었다. 그렇다면 계단이 단 이틀 만에, 내가 두꺼운 전화번호부를 닮은 잠 속에 빠져 있던 동안, 그리고 내가 필사적으로 일기에 매달려 있던 동안, 사라져 버렸다는 얘기였다. **무엇이든지 가능하잖아, 여기 키브라에선.** 하긴 요 며칠간 이곳 키브라에서 내게 일어났던 일들을 돌이켜 보면, 이틀 만에 멀쩡한 계단이 하나 사라진다 해도 특별히 유별난 일은 아닐 터였다.

그리고 나는 별 기대도 없이 사라진 계단의 입구, 키브라의 꼭대기 소화전을 찾았다. 소화전은 마침 수리 중이었다. 수건을 목에 두르고 위에는 아무것도 입지 않은 인부 한 명이 입구가 은폐되어 있던 소화전 뒷벽에 시멘트를 개어 바르고 있었다. 나는 혹시나 그 인부가 헬싱키가 아닐까 해서 부러 주의를 끌어 보았는데, 아니었다. 하지만 기대가 바닥났다 해도 인생은 계속되어야 했고 나는 지하로 내려가 자동차의 시종을 만났다.

"계단이 사라졌다네."

"그게…… 좀 이상한 일이긴 한데…… 무슨 도시 환경법인가에 저촉된다고 시청에서 공무원이 나와 경고를 한 게 꽤 되었다나 봐요. 어제 갑자기 철거를 한다고 한바탕 난리였는데…… 모르고 계셨나 보네요."

놈은 사전에 연습이라도 해 둔 것처럼 조리 있게 내게 말했다. 나는 핸드폰을 별 말 없이 놈에게 돌려주었다. **모든 조리 있는 건, 모든 합리적인 건, 의심해 봐야 되는 법이지.** 나는 놈이 영 미덥지 않았다. 모든 조리 있는 것들이 힘을 합쳐 나를 속이고 조롱하고 치욕을 주려는 것 같았다. 나는 그런 조리 있음을 더 이상 참을 수 없어 별 말 없이 자리를 떴다. 정말로, 헬싱키로 가는 문은 이제 완전히 닫힌 듯했다.

여기까지가 오늘의 휘발성 기억들이 종이 위에 침착한 흔적이다. 다시 그저께, 헬싱키와의 조우 장면으로 넘어간다. 나는 그 방에서, 키브라의 어느 구석에 분명히 존재는 하지만 결코 정상적인 방법으로는 가닿을 수 없는 (이제는 그 비정상적이고 위태위태한 통로마저도 사라지고 만) 그 비정상적으로 허름하던 방에서, 마침내 헬싱키를 만났다. 분명히 기억난다. 아지트에서의 첫 장면. 헬싱키는 뒤도 돌아보지 않고 내게 말했다. 귀에 익던 목소리.

"권총은 가져오셨나요?"

4월의 어느 하루, 헬싱키 볼링장에서 헬싱키는 비슷한 목소리로 내게 그렇게 물었다.

애버리지가 얼마예요?

볼링장에서보다 조금 더 나지막하고 수줍은 듯한 목소리였지만 나를 속일 수는 없었다. 틀림없이 헬싱키였다. **언제나 이 새낀 질문으로 대화를 시작하는 경향이 있군.** 4월의 어느 하루 헬싱키 볼링장에서 나는 내 애버리지를 기억하지 못했고, 그저께 헬싱키의 아지트에서 내게는 권총이 없었다. 나는 미리 권총 챙길 생각을 하지 못한 나를 자책했다. 나는 사실을 말할 수도 그 반대를 말할 수도 없었다. 그렇다고 가만히 있을 수만도 없었다.

"니가 헬싱키야?"

"……"

여전히 돌아 있던 헬싱키의 짧은 킥킥대는 웃음소리가 들렸다. 나는 문득 내 질문에 심각한 오류가 있다는 것을, 즉 '헬싱키'란 나만이 알아들을 수 있는 고유명사라는 것을 깨달았다. **낭패군, 처음부터 멍청한 실수를 저질렀어. 저 비열한 놈이 첫 득점을 올린 셈이야.**

"만약, 저를 헬싱키라고 부르고 싶으신 거라면…… 그렇게 하실 수도 있겠죠······ 예, 그렇게 하세요. 그건 간섭할 수 없는 개인의 자유니까요."

놈은 익숙지 않은 외국어를 말하는 사람처럼 천천히 또박또박 얘기했다. 조리 있는 놈이라는 게, 내가 헬싱키에게서 받은 첫인상이었다.

"그런데 이게 뭔지 아세요?"

헬싱키는 내 어리석음을 너그러움으로 되갚더니, 뜬금없는 질문과 함께 매우 천천히 의자를 돌려 마침내 나를 마주 보았다. **드디어 다시 만났구나, 우리.** 그대로였다, 4월의 어느 하루 헬싱키 볼링장에서 처음으로 만났던 그 얼굴. 그때보다 조금 더 겸손하달까, 혹은 약간 비굴해 보인달까, 뭐 그 정도의 차이였다. 전체적으로는 이렇다 할 특징이 없는 얼굴. 언뜻 보면 누구와도 닮지 않은 것 같고, 다르게 보면 모두와 닮은 것 같은 특징 없는 얼굴. **드디어 다시 만났구나, 우리.** 그의 양손에는 펼쳐진 신문지 같은 종이 한 장이 들려 있었다.

"보시는 바와 같이 이건 지도예요. 그쪽이 고가도로 위에서 열린 택시 창문으로 날려 버렸던 그 지도. 기억나세요?"

"말도 안 되는 소리."

나는 가까스로 하지만 단호하게 대답했다. 놈이 그 자리에 없다면 박수라도 쳐 주고 싶은 침착한 목소리였다.

"말이 돼요, 이건. 잘 보세요. 여기 빨간 동그라미 네 개가 그려져 있죠? 그리고 잘려 나간 오른쪽 귀퉁이도 그대로죠? 맞다니까요, 이게 바로 그쪽이 공중으로 날려 버린 지도예요."

"말도 안 되는 소리. 니가 조작한 거겠지. 늘 그렇잖아, 니 손에 들어가면 모든 게 다……."

헬싱키는 바퀴 의자를 밀며 순식간에 내 앞으로 다가왔다. 놈은 의자에서 일어날 생각이 없는 듯했다. 놈은 지도를 내게 내밀었다.

"손가락으로 이 잘린 자국을 만져 보고 또 눈으로 이 동그라미들을 확인해 보세요. 그러고도 믿지 않겠다면 할 순 없지만 말이에요. 누가 그런 말을 했었잖아요, 사람들이 보지 않고도 믿을 수 있다면 세상은 지금보다 3배는 더 행복해졌을 거라고."

나는 놈에게서 지도를 받아 들다 실수로 손에서 떨어뜨렸다. 지도가 갈지자로 공중을 째며 느릿느릿 바닥에 가라앉았다. **중력이 허약한가 봐 여긴, 모든 게 턱없이 느려.** 나는 내 것인지 아닌지 확신이 서지 않는 지도를 주우려고 허리를 굽히고 싶지 않았다.

"행복한 세상 같은 뻔한 이야기나 들으려고 생고생해 가면서 여길 찾아온 줄 아니? 그딴 허튼수작은 집어치워. 그나저나, 내게 보여 줄 게, 아직 더 남아 있니?"

헬싱키는 조용히 웃었다. 무례하기는커녕, 순진해 보이던 웃음. 키브라가 아니라 3배는 더 행복한 세상에나 어울릴 법한 평화로운 웃음이었다.

"……왜 제가 그래야 하죠? 왜 제가 그쪽에게 뭔갈 더 보여 주어야 하는 거죠?"

"……."

"정확히 뭘 원하시는지는 모르겠지만, 지금은 그게 다예요. 전 그쪽에게 해 줄 수 있는 모든 걸 이미 다 해줬어요."

그 촌스러운 벽지가 발라진, 빈 의자들이 얼음처럼 잠들어 있던 그 방에서 우리들의 대화는 겉돌고 있었다. 나는 놈이 무슨 말을 하고 있는 건지 도무지 알아들을 수 없었지만, 그보다 더 심각한 건, 내 질문 역시 당최 무슨 뜻인지 알아먹을 수 없다는 거였다. **화를 내는 게 낫겠어. 그편이 유리하겠어.**

"왜 나를 지금까지 이렇게 조롱했던 거지? 뭐야, 도대체 니 목적이?"

"제가 조롱을 했다고요? 믿을 수 없는데요…… 제가 뭔갈 했다면…… 그쪽의 즐거움을 위해 봉사했던 게 다일 텐데요."

헬싱키는 의자를 뒤로 물렸다, 여전히 그 행복해 보이는, 믿는 사람만이 가질 수 있는 순진한 표정은 물리지 않은 채로.

"즐거움? 봉사? 그게 무슨 돼먹지 못한……."

"잠깐만요. 소릴 지르진 말아 주세요, 전 신경이 약해서 시끄러운 소리는 잘 참질 못하거든요. 너무…… 너무 흥분하신 것 같네요. 필요 이상으로 초조해하시는 것도 같고요."

들켰구나.

"전 알 것 같아요, 뭐가 그렇게 그쪽을 초조하게 만드는 건지. 그건 말이죠…… 처음부터 그쪽은 누가 죽었느냐 하는 문제에 지나치게 집착해 왔어요, 그렇죠? 왜 그런 지엽적인 문제에 악착스레 매달리는 거죠?"

"그건 니가…… 내가 했던 일들을 내게서 빼앗아 가려 했기 때문이잖아."

물론 그건 사실이 아니었다. 헬싱키가 내게서 뺏어 가려고 했던 건 아무것도 없었다. 오히려, 오히려 내가 살인자의 지위를, 놈의 소유인 그 지위를 탐냈었다. 그렇지만 나는 놈을 떠보고 싶었다. 어떻게 나올지 확인해 두고 싶었다.

"……그건 문제의 핵심을 벗어난 얘기지요. 사실 그건, 전혀 중요한 문제가 아니에요. 가만 보면 문제의 핵심이 뭔지 모른다는 게 그쪽의 문제 같네요…… 핵심은 이런 거라고요, 살인 자체가 살인자보다 훨씬 더 중요하다는 거. 그쪽은 그걸 간과하고 계신 거예요."

"동의할 수 없어. 난 간과한 적도 없고. 분명히 말해 둘게. 내게는 살인자가 더 중요해, 살인이 아니라. 이것만큼은 확실해. 이 더럽고 좁은 방이 키브라 안에 존재하는 것만큼이나 그건 확실해."

나는 오랜만에 이치에 맞는 말을 하고 있는 것 같은 기분이 들었다. **이치에 맞는 말을 할 때는 저놈처럼 순진한 표정을 지어야 하는 게 아닐까?** 헬싱키는 얼굴을 찡그리면서 고개를 들고 천장을 바라보며 한숨을 쉬었다.

"할 수 없겠네요. 제 말을 받아들이느냐 마느냐는 순전히 그쪽에 달려 있는 거니까요……."

놈의 실망하는 표정에 나는 하마터면 미안해,라고 얘기할 뻔했다. **미안해하지 말라고, 이 바보 같은 새끼야.**

"그렇다면…… 좋아요…… 이걸 보여 드리죠. 이쪽으로 한번 와 주실래요?"

헬싱키는 여전히 바퀴 의자에서 일어나지 않은 채 내게 등을 돌리고 창가로 미끄러지듯 다가갔다.

"그쪽은 키브라가 대체 뭐라고 생각하세요?"

내게 키브라는…… 나는 답을 할 수가 없었다. 나는 놈을 따라 창가로 다가갔다. 나는 무의식중에 부등식 간판을 눈으로 찾았지만 보이지 않았다.

"쉽사리 대답 못하시겠다면 한번 아래를 내려다보세요. 그럼 어쩌면 스스로 답을 구하실 수 있을지도 몰라요."

나는 나무로 된 창틀에 다가갔다. 난간의 높이는 고작해야 내 허리춤 근처였다. 너무 가까이 다가가지 않도록 조심하면서 유리가 끼어 있지 않던 창틀 너머 아득한 아래를 내려다보았다.

"아무것도 특별한 건 없는데? 뭘 보라고 하는 거지, 나한테?"

"특별한 게 있다면, 그쪽의 멍청함이겠죠. 그게 다예요."

나는 속았다는 걸 깨달았지만 그때는 이미 늦었다. 오른쪽 뒤통수에서 깜짝 놀랄 만큼 커다란 소리가 났다. 그리고 내 오른쪽 뒤통수 신경이, 그리고 연이어 근처에 있던 이웃 신경들이 떼를 지어 새된 비명을 지르기 시작했다. 나는 내가 쏜 총탄에 맞았던 꿈에서처럼 천천히 옆으로 쓰러지고 있었다. 쓰러지기 직전 헬싱키가 이런 얘기를 했던 것도 같다.

"넌 나를 만날 준비가 아직 덜 됐어."

느닷없는 반말이었다, 그랬던 것 같다.

여기까지가 내 특별한 멍청함과 헬싱키의 불의의 일격이 버무려져 우리들의 겉돌던 대화를 마무리 짓기까지, 헬싱키의 아지트에서 있었던 일들이다, 그가 내 것이라고 주장했고 내가 믿음을 거부했던 지도가 아직도 바닥에서 뒹굴고 있을지 모를.

일기를 쓰는 내내, 흡사 헬싱키의 아지트에서 맡았던 기분 나쁜 동물 냄새를 닮은 고약한 냄새가 후각을 자극했다. 처음에는 기분 탓이려니 하고 내버려 두었는데 냄새가 점점 더 심해지는 듯해 방 안을 샅샅이 뒤져 보니 여행용 가방 비밀 주머니에서 썩은 내가 풀풀 풍기는 외짝 장갑이 나왔다. 다시 4월의 어느 하루 잠복의 끄트머리 푸른 새벽 즈음, 글러브 박스에서 발견했던 내가 살인자라는 잘못된 믿음을 굳혀 주었던 장갑 한 짝. 지금은 그 잘못된 믿음만큼이나 고약한 냄새를 풍겼다. 방 안을 배회하던 비닐봉지에 집어넣고 입구를 잘 묶은 후 쓰레기통에 던져 넣었다.

6월 6일, 경찰에게 편지를 쓰다

요컨대, 헬싱키의 아지트를 찾아내 놈의 뒤통수를 후려갈기겠다는 내 계획은 완전히 실패로 돌아간 셈이다. 달의 뒷면이며 계단이며 비둘기며 벽지며 그런 자잘한 장치들에 현혹돼 장밋빛 희망을 안고 아지트로 찾아 나설 때까지는 말 그대로 순풍에 돛 단 배였다. 하지만, 하지만 그 뒤가 문제였다. 나는 헬싱키의 뒤통수를 때릴, 놈의 말을 빌리자면, '준비가 덜 되어' 있었다. **아무 계획도 없이 호랑이 아가리로 무작정 기어든 셈이지.** 결국 뒤통수를 맞은 건 나였다, 순진한 표정을 내내 쓰고 있던 헬싱키가 아니라.

예상치 못했던 결정적인 실수 이후 저지르지도 않은 죄로 자수하는 것만이 내게 유일하게 남은 카드라는 생각에 점점 더 매달리게 되었다.

오늘 오전 나는 생각을 해야 했다. 과연 자수만이 내게 남은 단한 장의 유효한 카드인지 면밀하게 검토하고 싶어졌다. 키브라가아닌, 생각을 할 수 있는 다른 장소가 필요했다. 나는 아주 오래된것들은 유리 진열장 안에 감금되어 있고 모든 살아 있는 것들에 대해 무관심한 박물관 직원들이 구석마다 졸고 있을 선사시대 박물관을 다시 한 번 찾기로 했다.

버스 정류장은 한적했고 날은 눈에 띌 만큼 빠른 속도로 무더워지고 있었다. 나는 정류장 벤치에 앉아 선사시대 박물관으로 나를데려다줄 버스를 기다리고 있었다. 버스는 자주 왔다. 나는 버스가정차할 때마다 일어나 버스 옆면에 붙어 있는 행선지를 살폈다. 하지만 버스가 40대쯤 정류장에 서는 동안 선사시대 박물관이라는행선지를 달고 있는 버스는 한 대도 보이지 않았다. **오늘은 휴관일인가?** 그사이 적지 않은 사람들이 나와 함께 버스를 기다리다 버스의 입구로 사라지고는 했다. 시간을 재면서 기다린 건 아니지만거의 한 시간이나 나는 오지 않는 버스를 기다리고 있었다.

그러다가 퍼뜩, 생각을 하기 위해서 꼭 선사시대 박물관으로 가야 하는 건 아니라는 생각이 들었다. **오지 않는 버스를 기다리는 버스 정류장 역시 선사시대 박물관만큼이나 생각하기 좋은 곳이지.** 마침 벤치도 보기와는 달리 매우 편안했다.

나는 오지 않는 버스를 기다리는 버스 정류장 벤치에 앉아 여러가지 가능성들을 곰곰이 짚어 보았다. 현실적으로 자수 외에 다른대안은 없어 보였다. 순진한 얼굴을 하고 살인자보다는 살인 자체가 중요하다고 우겨대던 헬싱키에게 제대로 물을 먹이려면 그 길 밖에는 없어 보였다. **헛소리, 누가 봐도 살아 있는 자들에겐 살인보다 살인자가 더 중요한 거잖아.** 문제는, 어떻게 자수를 하는가, 하는 방법적인 측면이었다. 네 번째 시체가 아직 잠들어 있을 수영장 창고 근처에서 얼쩡거리다가 장님 형사에게 일부러 들킬 수도 있었지만 그건 자수라기보다 체포에 가까웠다. 나는 체포되고 싶지 않았다. 그것만은 틀림없었다. 내가 바라는 건 자수였다. 무작정 경찰서로 직접 찾아가는 것은 가장 손쉬운 길일 테지만 그 역시 또 다른 심리적 난관이 있었다. 만약에 무턱대고 경찰서로 찾아갔다가 장님 선글라스 형사를 만난다면, 나는 자수 의사를 밝히기는커녕 뒤도 돌아보지 않고 내빼게 될 것만 같았다. 나는 놈을 다시 만나는 게 두려웠다. 놈을 만나면 지금까지 그랬던 것처럼 도망을 치게 될 것 같았다. 그리고 내 짤따란 경험에 비추어 보면 나는 도망에 능했다. 혹은 선글라스는 추적에 서툴렀다.

자수 편지를 보내자. 태양 광선의 입사각이 한참이나 증가한 후 그런 생각이 떠올랐다. 자수 편지를 경찰서에 보내고 내가 찾아가는 대신 차라리 경찰이 나를 검거하기 위해 키브라로 찾아오도록 하는 게 모든 불안 요소를 잠재울 근사한 해법 같았다. **그런데 어떻게 편지를 보내지?** 나는 키브라가 있는 이 낯선 도시에 와서 한번도 우체통을 본 적이 없다는 사실을 상기했다. 나는 키브라의 프런트로 돌아와 편지지와 편지 봉투 그리고 경찰서와 우체국의 주소를 얻기로 하고 벤치에서 일어났다. 그때 버스가 한 대 들어왔고 행선지에는 일부러 눈에 띄라고 써 놓은 듯, 선사시대 박물관이라는 일곱 글자가 눈에 선명하게 들어왔다. 하긴 이제 나와는 상관없는 일이었다. 버스는 내게 미련이라도 남은 듯 내가 떠나 버리면 텅 비고 말 정류장에서 하릴없이 뭉그적대다가 한참 뒤에 내가 걷는 방향으로 나를 질러갔다.

"고객님, 편지나 소포를 보내실 일이 있나 봐요?"

키브라의 프런트에서 호텔 여직원에게 우체국의 주소를 묻자 그녀는 내게 되물었다.

"네, 그런데요?"

"편지나 소포는 직접 우체국으로 찾아가지 않으셔도 저희가 대신 다 처리해 드립니다. 주소만 알려 주시고 저희에게 수하물이나 서신을 주시면 번거롭게 우체국으로 가시지 않으셔도 되거든요."

말은 그럴듯했지만 그렇게 중요한 자수 편지를 타인에게 맡길 수는 없는 노릇이었다. **미안하지만 나는 너희들을 더 이상 신뢰하지 않아. 너무 많이 속아 왔거든.** 나는 구질구질 말을 섞고 싶지 않아 다시 한 번 내 요구 사항을 간단히 말했고, 키브라 호텔이라는 로고가 선명한 편지지 다발과 편지 봉투, 우체국과 경찰서의 주소를 적은 쪽지를 받아 들고 내 방으로 돌아왔다.

늦은 점심을 먹고 저녁도 거른 채 거의 11시까지 편지와 짧은 기록을 마쳤다. 두 통의 편지와 네 건의 살인 사건에 대한 세부 사항을 시시콜콜히 적은 한 부의 기록. 한 통의 편지는 경찰서의 주소를 적은 편지 봉투에 넣어 풀로 봉했고, 똑같은 내용의 필사본(筆寫本)인 다른 한 통의 편지는 여기 일기장에 붙인다. 기록 역시 처음에는 펜으로 쓴 두 개의 서로 닮은 사본을 만들 생각이었으나 한 부만으로도 그건 너무나 고된 노동이었다! 그래서 단 한 부의 기록을 짧은 편지와 동봉하여 봉투에 집어넣고 봉해 버리고 나니 기록은 이제 내 손을 완전히 떠났다.

과연 편지가 경찰의 마음에 들지, 그게 걱정이다.

편지지 상단: 편안한 주거의 약속 – 키브라 호텔

존경하는 치안감님!

본인은 귀하께서 보시기를 바라는 짧은 기록을 여기에 동봉하는데, 작년 말과 올해 초에 일어난 네 건의 연쇄살인 사건을 재구성하는 데 도움이 될 것입니다. 거기에 들어 있는 살인 사건의 현장 묘사나 시체와 관련된 상황 설명은 사건의 진정한 범인이 아니고서는 결코 알 수 없는 성질의 것이리라 저는 장담합니다. 예를 들면 미모사에 대한 것도 그렇습니다. 네 구의 시체 입에 공히 미모사가 물려 있었다는 사실은 아마 한 번도 경찰의 울타리 밖으로 유출된 적 없는 기밀일 것입니다. 저는 제가 저지른 살인 사건에 대한 뉴스를 꾸준히 신문이나 방송에서 찾아봤지만 미모사에 대한 언급은 한 번도 접한 적이 없으니까요. 왜 경찰에서 언론에다 이 연쇄살인 사건의 가장 독특하고도 개성적인 부분을 공개하길 꺼리는지 궁금하긴 하지만 구태여 그런 내용을 묻기 위해 아까운 지면을 낭비하지는 않겠습니다.

이번에 제 살인들의 기록을 간추리면서 저는 가끔 선택의 기로에 서야 했습니다. 이것이 실은 진실을 밝히겠다는 제 책임감에서냐 아니면 그저 신문에 이름이 나고 경찰서로 끌려 들어가는 제 모습을 방송을 통해 세상에 보이고 싶다는 욕심에서냐 하는 사이에서요. 확실히 제가 완전히 순수하게 결정을 내릴 수 있었던 건 아닙니다. 그러나 이제는 만일 귀하께서 제 진술을 보시고 제가 진범이라는 것을 확신하시고 저를 체포하러 아래의 주소로 와 주신다면 물론 저는 행복하겠습니다. 네 그렇습니다. 이 편지를 제가 자수 의사를 밝히는 수단으로 해석하시면 좋겠습니다. 그래서 저를 체포하실 때도 너무 험하게 대하진 않았으면 합니다. 무엇보다 저는 도망칠 의사가 없으며 스스로 이렇게 자수를 하려는 거니까요.

저는 이 네 건의 살인을 저지르는 동안 몇 번의 결정적인 실수를 저질렀습니다. 궁극적으로는 아무리 관찰력이 뛰어나고 훈련이 되어 있는 노련한 수사관의 눈에도 이들 살인에 잠재해 있는 실수들이 첫눈에 드러나지는 않을 것입니다. 연쇄살인 사건의 범인이 갖는 가장 전파력이 있는 개성이란 사실 각자가 아주 독특한 방식으로 자신의 실수와 결점을 은폐하는 데 있을 것입니다. 물론 이 모든 실수 역시 동봉된 짧은 기록에 들어 있습니다.
아무쪼록 이 모든 것이 당신의 마음에 드시길 기대하겠습니다.

삼가 정중한 경의와 더불어

키브라 호텔 XXXX호

네 건의 살인 사건에 책임이 있는 남자.

6월 10일, 우체국에서 노랑 장화를 신은 뚱보를 만나다

며칠이 지났다. 며칠이 지나는 동안 내게는 아무 일도 일어나지 않았다. 아무 일도 일어나지 않았던 며칠이 지나는 동안 나는 방 밖으로 한 발짝도 나가지 않았다. '방해하지 마시오'와 함께 며칠 동안 나는 내 방 안에 감금되어 있었다. 일기장도 함께였지만 나는 그 며칠 동안 일기 쓸 생각을 하지 못했다. 아무 일도 일어나지 않았기 때문에, 아무도 찾아오지 않았기 때문에, 일기를 쓸 필요가 없는 거야,라며 나는 일기장을 외면했다. 일기를 쓰지 않았던 그 며칠 내내 나는 경찰을 기다리고 있었다. 나를 체포할, 나의 자수 의사를 받아들여 경찰서로 나를 안내할 경찰을 종일 기다리고 있었다. 그래서 나는 키브라의 내 방을 비울 수가 없었다.

하지만 아무도 오지 않았다.

뭔가 내 기록 속에 치명적인 실수가 들어 있었던 게 아닐까? 가능했다, 충분히 가능한 일이었다. 편지와 기록 속 내 말투는 너무 자신만만했었다. 내가 만들지 않은 시체에 대한 저작권을 주장하기 위해 어쩌면 그런 자신만만함이 불가피했는지도 모르겠지만 한편으로는 그런 오만함이 자신도 모르는 사이 치명적인 실수를 그 기록들 속으로 슬그머니 끌어들였을 수도 있었다. 하지만 더러 의심스러운 구석이 있다 해도 여전히 살인에 대해 아주 잘 알고 있는 자가 아니면 증언할 수 없는 내용들이 기록이나 편지 속에 꽤나 담겨 있다는 건 부인하기 힘든 사실이 아닐까? 물론 경찰이 그 짧은 기록만으로 나를 연쇄살인 사건의 진범이라고 확신하기 힘들 수도 있겠지만, 그렇다 쳐도 참고인 정도의 자격으로라도 나를 소환해 볼 가치는 있는 게 아닐까?

하지만 아무도 오지 않았다.

나는 창가에 서서 그런 꼬리에 꼬리를 무는 질문들과 싸웠다. 완벽한 창문으로 완벽히 차단된 바깥에서는 아무 소리의 자취도 아무 더위의 기미도 전달되지 않았다. 나는 나를 체포해 줄 경찰들을 애타게 찾고 있었다. 하지만 거리에 있는 사람들 중 그 누구도 경찰 같아 보이지 않았다. 아무도 창가에 기대 서 있는 연쇄살인범 지망생 따위에는 관심이 없는 것 같았다.

그렇게 아무도 오지 않았다.

제대로 배달되지 않은 건 아닐까? 창문 바깥, 인공의 더위 아래 터무니없이 태연자약한 사람들을 보고 있노라니 그런 의문까지 들었다. 연쇄살인 사건이 주변에서 일어나도 아무 일 없다는 듯 태양이 만든 가면을 쓰고 거리를 느릿느릿 활보하고 있는 사람들이, 나는 마음에 들지 않았다. 따가운 태양 빛이 선사하는 무한대의 피곤에 혹은 무한대의 활기에 흠뻑 젖은 사람들을 보고 있자니 저 사람들 중 누가 편지를 봉투에 적혀 있는 주소로 제대로 배달할 거라는 가정이 끔찍하게 어리석은 일로 여겨졌다. **누가 그런 따분한 일을 하려 들겠어, 저기 저 완벽한 태양 아래?**

오지 않는 경찰과 혹시나 편지가 배달 안 된 건 아닐까 하는 불안과 씨름하는 대신, 일기를 쓰기로 한다. 그날, 우체국으로 가서 편지와 기록을 경찰서로 부친 그날의 일기.

우체국을 찾는 데 나는 오랫동안 헛발품을 팔아야 했다. 사실 누가 우체국을 그런 장소…… 아니, 처음부터 시작하자…… 마지막 일기를 쓴 다음 날, 그러니까 6월 7일, 어쩌면 오늘만큼이나 뜨거운 태양이 하늘의 중앙에 박혀 있던 그날, 나는 걷고 싶지 않았다. 오지 않는 버스를 기다리고 싶지도 않았다. 그날 내게 필요했던 건 사색이 아니라 행동이었다. 우체국을 찾아 경찰서로 편지를 부치는 일. 나는 지하에 정박해 있던 내 차를 타고 우체국을 찾아 나섰다. 한 손에는 핸들을 한 손에는 우체국과 경찰서의 주소가 적혀 있던 종이쪽지를 움켜쥐고서.

차를 우체국 주소지 근처의 공영 주차장에 세울 때까지는 모든 게 순조로웠다. 차에서 내리자마자 햇빛에 한참 달구어진 전혀 다른 재료로 만든 듯한 공기가 나를 반겼다. **새로 숨 쉬는 방법을 배워야겠어, 여기선.** 처음 와 보는 동네였다. 동네의 풍경에는 지워지지 않는 도시의 낡은 모습과 급조된 흔적을 숨길 수 없는 새로움의 모습이 적절히 섞여 있었다.

나는 두 블록 정도 좁은 건물들을 하나하나 살폈지만 우체국은 눈에 띄지 않았다. 다시 두 번 정도 더, 위에서 아래로 아래서 위로 그리고 1층과 2층 모두를 좁고 낡은 계단을 오르락내리락하며 샅샅이 뒤졌지만 우체국은 없었다. 호텔에서 적어 준 주소가 잘못되었을 거라는 의혹이 거지반 확신으로 바뀌고 있을 즈음, 나는 헐떡대는 무릎을 진정시킬 양 어느 어두컴컴한 건물의 2층 복도 벽에 기대 쉬고 있었다. 잠시 후 흰색 블라우스와 검정 치마를 입은 처음 보는 여자 하나가 무거워 보이는 바구니를 들고 내 앞을 지나쳤다. 본능적으로 나는 여자를 따라갔다. 세탁소라는 아주 작은 문패가 간유리 창 중앙에 붙어 있는 문을 열고 안으로 사라지려는 찰나, 나는 여자에게 말을 붙일 수 있었다.

"저, 저 좀 도와주실 수 있을까요?"

여자는 뒤를 흘끗 한번 돌아보더니 문을 열어 놓은 채 안으로 들어갔다. 따라오라는 신호로 알아들었다. 실내에는 베일 듯 구김이 하나도 없는 성인 어깨 너비의 하얀 천들이 천장에서 무릎께까지 드리워져 있었다. 여자는 무거운 바구니를 두 손으로 든 채 하얀 천들을 온몸으로 젖히면서 계속 어디로 전진하고 있었다. 나는 시큼한 식초 냄새가 나는 하얀 천들을 손으로 젖히며 자꾸 천 뒤로 윤곽이 삼켜지던 여자를 쫓아갔다. 오래지 않아 여자는 오래된 재봉틀과 무엇에 쓰는 건지 알 수 없는 커다란 나무 물통 세 개가 공중에 매달려 있는 방 한쪽에 다다르더니 비로소 무거워 보이는 바구니를 내려놓고 나를 마주 보았다. 나도 모르게 나는 숨을 한번 크게 들이쉬었다. 세탁소에서 일하기에는 너무 눈에 띄는 미모였다.

"무슨 일이죠? 여긴 보시다시피 무지 바쁜데."

"오래 괴롭히진 않겠습니다. 우체국을 찾아왔는데, 영 못 찾겠네요. 주소를 이렇게 적어 왔는데…… 호텔에서 적어 준 건데 잘못 적어 준 건지……."

나는 우체국 주소가 적힌 종이쪽지를 내밀었지만 세탁소 여자는 쳐다도 보지 않았다. 그 대신, 짙고 기다란 속눈썹이 달린 눈을 깜박거리더니 여자는 나를 위아래로 훑어보았다. 계산적인 동작이라는 느낌은 전혀 없었지만, 세탁소 여자의 그 사소한 동작 하나하나가 숨이 막힐 만큼 아름답고 진귀해 보였다. **우체국을 찾아가야 하는 이 중요한 일만 없었더라면.**

"외국인인가요?"

"네?"

"외국인이 맞나 보네요. 외국인들은 다 비슷한 질문들을 하죠, 우체국이 어디 있냐고. 다른 나라에선 어떤지 모르겠는데, 여기는 늘 그래요."

세탁소 여자는 재봉틀 뒤에 있던, 그때까지 내가 눈치 채지 못했던 작은 나무 문 하나를 열었다. 사람들의 바쁜 발자국 소리와 다

급한 고함이 갑자기 작은 문으로 우르르 몰려나왔다.

"여기예요. 여기가 우체국이죠. 외국인의 눈에는 어떻게 비칠지 모르지만, 우리나라에선 우체국에 가려면 세탁소를 통과하지 않으면 안 돼요."

나는 조금 망설였지만 거기에 더 머무르면서 세탁소 여자와 시간을 더 보낼 뾰족한 방법을 떠올리지 못했다. 나는 여자에게 꾸벅 인사를 하고 나무 문을 통해 우체국 안으로 들어갔다. 우체국 내부는 꽤 넓은 원형이었는데 수많은 사람들이 바쁘게 걸어 다니고 있었다. 언뜻 보기에 앉아 있는 사람은 하나도 없는 듯했다. 사람들은 대부분 우체국 직원처럼 보였다. 팔을 걷어붙이고 있거나, 상의를 바지 속으로 집어넣은 채 멜빵을 하고 있거나, 단추를 끄른 채 땀에 젖은 러닝셔츠를 드러내고 있거나, 그야말로 각양각색의 옷 매무새였지만, 자세히 살펴보면 그건 다 같은 옷이었다. 일종의 유니폼이었다. 붉은 기가 도는 황토 빛깔에, 오른쪽 어깨에는 주먹이 그려진 오각형 로고가 붙어 있는 유니폼. **모두 직원인 건가? 유니폼을 입지 않은 사람은 나밖에 없는걸.** 대부분 남자로 보였고 똑같은 유니폼 차림이라 구분이 쉽지는 않았지만 간간이 여자들도 있었다.

천장의 중앙, 그러니까 까마득히 높은 원의 중심에서 환한 빛이 흘러 들어오고 있었지만, 그 아래로부터 정체를 알 수 없는 증기가 천장 중앙을 향해 계속 올라가고 있어서 원의 중심이 어떻게 생겼는지는 정확히 확인할 수가 없었다. 비슷하게, 증기가 솟아나고 있는 실내의 중앙 마루도 어떤 기계 장치가 놓여 있길래 그렇게 빡빡

305

한 증기가 쉬지 않고 만들어지는 건지 확인할 수가 없었다. **여긴 우체국이 아니라 철공소라 해도 믿겠는걸.**

마침내 나는 기다란 두루마리 종이를 눈앞에 펼쳐 들고 지나가는 남자 하나를 붙잡는 데 성공했다.

"잠깐만요, 여기 직원이시죠? 편지를 부치고 싶은데 어떻게 해야 하죠?"

"간단해요, 사람들이 많아 일견 혼란스러워 보이시겠지만 편지를 부치고 싶다면 노랑 장화를 신은 사람을 찾아 우표 값을 치르면 되지요."

황토 빛깔 유니폼을 입은 그 남자는 비록 두루마리에서 눈을 떼지는 않지만 친절하게 필요한 내용을 설명해 주었다. 감사의 인사를 하느라 잠시 고개를 숙인 사이 그 남자는 다시 바쁜 사람들 사이로 녹아 들어가 버렸다. 그렇게 신발의 모양으로 할 일을 구분해 놓는 건, 좋은 생각인 것 같았다. 모자나 머리 모양으로 할 일을 구분해 놓았다면 위로 올라갈수록 짙어지는 증기 때문에 필요한 사람을 정확히 찾기 힘들 수 있었다.

한참 후 나는 커다란 냉장고 앞에 서 있던 노랑 장화를 입은 남자 둘을 찾았다. 노랑 장화를 신은 사람의 수가 적어서 그랬던 건지, 그들을 찾기까지 무척 오랜 시간이 걸렸다. 둘 다 매우 뚱뚱했고 약속이라도 한 듯 입에는 두툼하고 짤막한 담배를 물고 있었다. 키가 좀 큰 왼쪽 남자가 오른쪽 남자에게 무엇을 계속해서 말하고 있었고 오른쪽 남자는 잠자코 들으면서 가끔 살이 흉하게 붙은 턱을 끄덕거리고는 했다.

"저, 우표를 사서 편지를 부치려고 하는데요. 아까 두루마리 종이를 든 남자가 그렇게 하라고 가르쳐 주었거든요."

하지만 노랑 장화의 뚱보들은 두루마리 남자처럼 친절하지 않았다. 주위의 소음 때문에 거의 악을 써 가면서 얘기했지만 그들은 대화를 멈추려 들지 않았다.

"편지를 부치려고 하는데요."

목이 터져라 소리를 지르자 오른쪽 뚱보가 하얀 밀가루 같은 게 잔뜩 묻어 있는 두툼한 오른손을 내밀었다. 나는 내키지 않았지만 자수 편지를 건넬 수밖에 없었다. 대화를 끝낼 생각은 전혀 없어 보이던 오른쪽 뚱보는 편지를 거들떠보는 기색도 없이 옮겨 받은 봉투를 연신 한 손으로 공중에 던지고 받았다. 무게를 가늠하려는 동작이었겠지만, 어쨌건 마음에 들지 않았다. **이건 너무 진지하지 않잖아. 자신의 직업에 대해 조금 더 존경심을 가질 순 없는 걸까?**

"372."

오른쪽 뚱보가 돌연 나를 향해 고개를 돌리더니 말했다. 약간 사팔뜨기의 기미가 있는 눈이었다. 뚱보의 담배 연기에 눈이 매워 눈을 똑바로 뜨고 있을 수 없었다. 나는 콜록대면서 가방을 열고 뚱보가 불러 준 양의 동전을 꺼내려다 그만 열쇠를 떨어뜨리고 말았다. 13B, 코인 로커에서 만났던 새로운 13B였다. 나는 얼른 바닥에 떨어진 13B를 주워 잠깐 뒷주머니에 넣어 두고는 우표 값만큼의 동전을 오른쪽 노랑 장화의 뚱보에게 내밀었다. 그때, 역시 말을 끝내고 싶은 마음은 전혀 없어 보이던 왼쪽 뚱보가 불쑥 왼손을 내밀었다. 밀가루가 묻어 있지 않은 깨끗한 손이었다. 오른쪽 뚱보는 자신의 일은 모두 마쳤다는 듯, 내게서 건네받은 두툼한 편지 봉투로 연신 자신의 불룩한 뺨을 때려 대고 있었다. **순서가 바뀌었잖아, 더러운 손으로 돈을, 깨끗한 손으로 편지를 받아야지.** 동전을 왼쪽 노랑 장화의 깨끗한 손에 올려놓자, 두 뚱보는 마치 단거리 시합이라도 하는 사람들처럼 물고 있던 담배를 바닥에 거칠게 뱉더니 뒤뚱뒤뚱 저 멀리로 달려가기 시작했다.

이제 편지는 내 손을 떠났어. 나는 홀가분했다. 문득 생각이 나, 나는 두 남자가 사라진 냉장고 앞에 쭈그리고 앉아 13B 열쇠를 다시 풀빛, 흰빛, 오렌지빛 삼색 털실 열쇠고리에 끼워 넣었다. 그렇게 해두면 다시 열쇠를 잃어버리게 되는 일은 없을 것 같았다.

그러고는 다시 세탁소로 돌아가려 우체국 안을 두어 바퀴 돌았지만 나를 그곳으로 들여보내 준 나무 문은 도통 찾을 수가 없었다. 한참 헤매다가 다시 두루마리 종이를 들고 있는 남자 하나를 찾아 밖으로 나가는 방법을 물었다. 콧수염을 기르고 있던 그 남자는 비슷한 두루마리 종이를 들고 있기는 했지만, 아까 내게 편지 부치는 법을 알려 주었던 그 남자는 아니었다. 콧수염은 내게 목발을 짚은 사람을 따라가라고 다시 한 번 친절히 알려 주었고, 나는 다시 목발을 하고 있는 남자를 찾아 회색 증기가 가득한 우체국을 몇 바퀴 더 돌았다.

이러다가 우체국에서 영영 빠져나가지 못하는 게 아닐까 하는

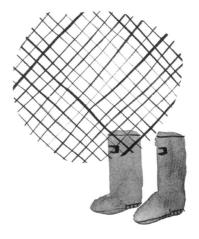

걱정이 들 때쯤 나는 역시 유니폼을 입고 있는 목발 짚은 남자를 만났고 그 남자를 따라 우체국을 빠져나올 수 있었다. **우체국은 입구와 출구가 엄격하게 분리되어 있는 장소로군.** 나는 그런 아무짝에도 쓸모없는 깨달음과 함께, 완벽하게 둥그런 태양이 기다리고 있던 밖으로 나왔고 내 차를 몰고 키브라로 돌아왔다.

아, 빠트린 사실이 하나 있다. 우체국에서 키브라로 돌아오는 길에 있었던 작은 사건 하나를 빠트렸다. 키브라로 돌아오는 길, 나는 해야 할 일을 제대로 치러 냈다는 기분에 마음이 들떠 있었다. 아마도 그런 들뜬 마음 때문이었는지 나는 아무 생각 없이 차 안의 CD 단추를 눌렀고, 그러자 '널 욕실에 가두고 난 볼링을 쳤지.'의 익숙한 후렴구가 내 고막을 후볐다. 갑자기 불쾌해졌다. 잠시 잊었던 불쾌함. 자수를 하고 나서도 헬싱키와 관련된 모든 건 내게는 그렇게 불쾌했다. CD를 꺼내고 차 창을 열고 조수석 창밖으로 CD를 마치 원반던지기 선수처럼 멋지게 던져 버렸다. 우체국에서 키브라로 돌아오는 길, 강을 가로지르는 이름 모르는 다리 위에서였다. CD는 한참 동안이나 공중에 머물다가 이윽고 다리 아래로, 내 시야가 닿지 않는 곳으로 가라앉았다.

6월 12일, 화장실에서 경찰을 기다리며 일기를 쓰다

　믿을 수 없지만 아직 경찰은 오지 않았다. 우체국에 가서 직접 자수 편지를 부친 게 벌써 닷새 전 일인데. 왜 이렇게 꾸물대는 건지 모르겠다. 물론 일기장의 다음 줄을 끝까지 채우기도 전에 경찰이 창문을 부수고 들이닥칠 수도 있겠지만…… 그런 일은 벌어지지 않았다, 역시나. 손바닥 뒤집는 일만큼이나 쉬운 일일 거라 여겨졌지만 자수 의사를 밝힌 남자를 체포하기 위한 경찰 내부 규정은 실은 생각했던 것만큼 간단한 게 아닌가 보다. 수많은 서류와 회의와 도장과 토론과 보고서로 조립된 실핏줄처럼 복잡한 경로를 거쳐야 하는 건지도 몰랐다. 아니면, 내 편지가 우체국을 떠나는데 끔찍하게 기다란 유통 과정을 겪어야 하는 건지도 몰랐다. 어쨌든 이런 상황이란 건 도무지 마음에 들지 않는다. 확실한 건 하나도

311

없이, 죄인처럼 키브라에 갇혀 사는 삶. 오지 않는 감시인을 기다리는 열려 있는 감옥 속 수인(囚人) 같은 삶.

지난 며칠, 특히 오늘 들어 끈질기게 나를 괴롭히는 질문 하나가 있었다: **나는 진정한 범인이 될 준비가 되어 있는가?** 매우 시의적절한 질문이었다. 아무도 내가 범인이라는 걸 나 대신 증명해 주지는 않을 터였다. 나 자신이 범인이라는 걸 증명할 사람은 나밖에 없었다. 경찰이 오면 그들에게 잘 준비된 진정한 범인 하나를 인도해 주어야 했다. **한데 나는 진정한 범인이 될 준비가 되어 있는가?**

퍼뜩 그런 생각도 든다, 내가 범인이라는 걸 증명하려고 노력하기보다는 내가 범인이 아니라는 걸 숨기는 데 더 신경을 써야 한다는. 그럴싸했다. 자수 편지에는 낯뜨거우리만치 자신만만하게 휘갈겼지만 그야말로 하나의 실수가 만사를 그르칠 수도 있었다. 내가 범인이 아닐지도 모른다는 의심을 불러일으킬 만한 증거는 철저히 제거해야 했다. **그런데 어떻게 모든 불리한 증거들을 지우지?** 그런 게 아닐까? 내게 불리한 증거들을 은폐하는 가장 완벽한 방법은, 어쩌면 처음 그대로, 내 기억이 태어난 그 순간 그대로 모든 걸 돌려놓는 게 아닐까? 불리한 증거라고는 하나도 없는, 마치 밟지 않은 눈처럼 새하얀 범인이 되기 위해서는 그게 가장 확실한 방법이 아닐까? 기억의 영역 안에서 일어났던 모든 일들은 어쩌면 내가 범인이 아니라는 걸 증명하는 데 소용될지도 모르는 일이었다. 경찰을 우습게 봐서는 안 되었다.

그런 생각에 잠겨 있다가 무의식중에 내 소지품들을 돌아보았다. **이럴 수가!** 짧은 탄성이 내 입에서 튀어 나갔다. 처음에는 그저 조금 이상하다고 생각했을 뿐인데, 자세히 살펴보니, 이럴 수가, 우연이라고 말하기에는 너무 빈도가 높은, '이럴 수가'를 꼭 붙여야만 할 일들이 내게, 아니 내 소지품들에게 일어나 있었다. **모든 것이 처음으로 돌아와 있어, 방금 전에 마음먹었던 계획을 채 실행에 옮기기도 전에, 거짓말처럼 모든 게 처음으로 돌아와 있어.** 신분증은 기억의 첫날, 일기의 첫째 날 보았던 그대로 내 곁에 있었고, 열쇠도 지도도 모두 처음 그대로였다. 아니, 단지 '처음 그대로'가 아니라 처음 상태에서 어느 순간 훼손되었다가 다시 처음 상태로 돌아온 거였다. 그뿐이 아니었다. 기억의 첫날에는 부재했다가 내 기억의 여정 동안 수중으로 들어왔던 모든 물건들은, 어느새 내 손을 다시 떠났다. 장갑이 그랬고, CD가 그랬다. 다시 다들 사라져 버렸다. 장갑은 쓰레기봉투 속으로 자취를 감추었고, CD는 다리 위에서 잠시 미확인비행물체 놀이를 하다가 지쳐 강물로 돌아갔다.

말도 안 되는 엉터리 이론이야, 그런 건. 하지만 그렇지 않았다. 부인해 보았자 소용없었다. 우연이다, 라고 치부해 버릴 문제가 아니었다. 우연이라고 하기에는 너무도 정교한 과정을 거쳐 모든 게 '처음 그대로'로 돌아왔다. 지도는, 처음 내가 놈을 만났을 때 두 가지 특이한 점을 가지고 있었다. 기억의 첫날 일기를 그대로 베껴 본다.

첫 번째: 지도 위에는 동전만 한 크기의 붉은색 동그라미가 그려져 있었다. 인쇄할 때 함께 찍혀 나온 게 아니라 누구인가 나중에 붉은 펜으로 그려 넣은 것 같았다……

두 번째: 우측 상단 모서리가 가위나 칼 같은 예리한 무엇으로 깨끗이 잘려 나가 있었다. 잘려 나간 부분은 삼각형일 게 분명했다. 그걸 제외하면 아무런 흠도 없는 지도였다.

그런데, 그 흠 없는 지도가 어떻게 되었지? 나는 어느 날 지도를 잃어버렸다. 연두색 레인코트 여인을 미행하던 중이었다. 고가도로에서 화려한 등이 달린 버스를 추적하던 길이었다. 나는 실수로 지도를 창문 밖으로 날려 버렸다. 펄럭거리며 어두워지던 하늘 저 멀리로 날아가 버린 지도 한 마리. **허망한 분실이었지, 그건.** 하지만 그건 허망한 분실이었는지는 몰라도 완벽한 분실은 아니었다. 나는 내 의도를 오해했던 점원을 만난 L 문구점에서 다시 똑같은 지도를 샀고, 직접 네 개의 붉은 동그라미를 그려 넣었다. 똑같이, 처음과 똑같이. 그리고 어느 날, 건방진 웨이터 놈이 미모사를 보고 놀란 나머지 지도 오른쪽 귀퉁이에 소스를 쏟았다. 놈이 지도의 오른쪽 상단 구석을 노리고 거기에 정확히 소스를 쏟았을 리는 절대 없었다. **절대? 절대란 말은 절대 하지 않는 편이 좋겠어, 여기 이 이상한 나라에선.** 어쨌건 그런 일들이 거짓말처럼 일어났고 다시 어느 날 아침 식사를 하다가 나는 식탁 위의 나이프로 강박증 환자처럼 그 지도 위의 얼룩을 잘라 냈다. 그리고 나니 어느새 처음과 똑같아진, 분명히 처음과는 다른 개체이지만, 완벽하게 닮아 보이던 지도. 아니야, **이건 정말 터무니없는 이론이야.**

그 열쇠, 그 열쇠도 마찬가지였다. 문득 무서워졌다. 나의 첫째 날 일기는 나와 열쇠 뭉치의 첫 만남을 그렇게 기록하고 있었다.

거기에는 털실을 꼬아 만든 장식 없는 고리에 매달린 구릿빛과 은빛, 두 개의 열쇠가 있었다…… 열쇠를 달고 있는 고리는 세 가지 다른 색깔의 털실을 꼬아서 만든 것이었다; 풀빛, 흰빛, 오렌지빛 삼색 털실. 구릿빛 열쇠는…… 은빛 열쇠의 머리에는 역시 볼펜 심만 한 구멍이 뚫려 있었고, 13B라고 쓰여 있는 타원형 핑크색 플라스틱 판과 함께, 가느다란 철사에 꿰여 있었다. 그리고 다시 그 은빛 열쇠와 13B를 꿰고 있는 철사가 삼색 털실 고리에 매달려 있었다. 이랬거나 저랬거나 생체-5 그리고 13B, 둘 다 아무 뜻도 없기는 마찬가지였다. **엿이나 먹으라지.**

정말 엿이라도 먹고 싶은 심정이다. **내 소지품들에 아무 뜻도 없다면, 얼마나 좋겠는가?** 나는 어느 날, 열쇠를, 그러니까 13B라고 쓰여 있는 타원형 핑크색 플라스틱 판과 함께 가느다란 철사에…… **에이 더럽게 기네, 썅,** 그러니까 그냥 13B를 풀빛, 흰빛, 오렌지빛…… **이런 지랄 맞을,** 그냥 털실 고리에서 분리했었다. 왜? 도대체 왜? 어디에서? 아, 그렇다, 그건 다시 찾아간 헬싱키 볼링장 앞에서였다. 나는 13B로 혹시 닫혀 있던 헬싱키 볼링장을 열 수

315

있지 않을까 생각했는데, 열쇠고리가 가방 안 어디에 걸려 빠져나오질 않았다. 그래서 나는 누가 시키지도 않았는데, 13B를 털실 고리에서 빼냈었다. **누가 시키기라도 했다면, 이렇게 억울하진 않을 텐데.** 그러고는, 그러고는 장님 형사가 쫓아왔고, 환한 지하철역에서 미친 듯 달리던 중 갑자기 거짓말처럼 13B로 코인 로커를 열 수 있을 거라는 계시를 받았다. **나는 아무래도 남들보다 계시에 민감한 체질인가 봐.** 그리고 계시에 따라 코인 로커를 열었는데 그 안에 또 다른 13B가, 똑같이 닮은 짝퉁 13B가 있었다. 그리고 오리지널 13B는 코인 로커 문에서 빠져나오질 않았다. 그리하여 짝퉁이 오리지널을 대신했다. **어디서나 악화가 양화를 구축하는 법이니까.** 그리고 마지막으로 어느 날, 철공소처럼 증기가 모락모락 피어나던 우체국 안에서 나는 우표를 사다가 짝퉁 13B를 바닥에 떨어뜨렸고, 다시는 열쇠를 잃어버리지 말자며 13B를 다시 고리에 끼워 넣었다. **짜잔.** 그러자 다시 처음 그대로 돌아왔다. **누가, 누가 이 고리에 달린 13B가 처음과는 다르다고 딴지를 걸 수 있겠니? 누가?**

그렇게, 그렇게 모든 게 돌아왔다.

백지처럼 하얀 기억의 첫날로 돌아왔다. 잘된 거다. 그게 내가 의도했던 바가 아닌가? 범인이 아니라고 의심받지 않기 위해서 모든 걸 차라리 첫날로 돌리자는 내 의도는 이미 내 주변에서 착착 진행되고 있었다. **나하고 미리 상의를 했다면 더욱 좋았겠지만 말이야.** 이왕 일이 이렇게 된 거, 기억의 첫날 기록을 꼼꼼히 뜯어읽으며 모든 걸 완벽하게 첫날처럼 재현하는 게 좋겠다. 어찌된 영문인지 알 수 없는 걸 알려고 해 봤자 소용없는 일이란 걸 나는 이 짧은 키브라의 생활 속에서 뼈저리게 배웠다. **기억할 수 없는 일을 기억하려는 것과 이해할 수 없는 일을 이해하려는 것은 어리석음이란 이름의 투기장에서 가장 위대한 라이벌이지.**

드디어 왔다! 시간이 없다, 짧게만 쓰자. 드디어 왔다는 말이다, 하하핫! 첫날 일기를 보고 소지품들을 첫날의 배치대로 돌려놓고 있는데 전화가 왔다. 지배인으로부터였다. 사복 경찰 두 명이 와서 내 방 번호를 대면서 묵고 있는 사람이 누구인지, 그리고 지금 방 안에 있는지를 물었다고 했다. 잠시 눈을 피해서 전화를 한 거라면서 어떻게 하는 게 좋을지 내게 물었다. **이 머저리, 어떻게 하긴 어떻게 해, 당장에 체포하라고 해야지.** 나는 당장 올려 보내라고 얘기하려다가 말을 삼켰다. 큰일 날 뻔했어, 모든 걸 다 망칠 뻔했다고. 올려 보내서는 안 됐다. 아직 없애 버리지 못한 결정적인 증거가, 내가 범인이 아니라는 사실을 확성기를 대고 웅변해 줄 결정적인 증거가 아직 내 방 안에 남아 있었다. 일기장. 이 일기장 안에 내 모든 게 남아 있었다. 두 달 반 정도의 내 모든 것이 담겨 있는 일기장이 뻔뻔스럽게도 아직 키브라의 내 방 안에 남아 있었다. 나는 지배인에게 30분만 시간을 끈 후에 올려 보내라고 고쳐 말했고 지배인은 틀림없이 그렇게 하겠다고 약속했다. 아직 25분 정도 남았다. 시간은 아직 있다. 조금만 더 기록하자. 그러고 보니, 내게 결정적으로 불리한 증거인 일기장만이 첫날과 달랐다. 처음에 내가 일

기장을 만났을 때는

거울 밑 작은 선반 위에는 어울리지 않게 일기장 한 권이 놓여 있
었다. 마치 내가 발견해 주기를 오랫동안 기다렸던 것처럼 거기에 뻔
뻔스럽게. 물론 그놈 역시 기억나지 않았다. 대충 일기장의 40퍼센트
가량은 이미 누가 뜯어낸 후였다. 남은 건 온통 백지뿐.

그랬다. 처음에는 백지였다. 처음에는 백지였는데 지금은 내 기
억들로 심하게 오염되어 버렸다. 이제 22분이 남았다. 이대로 내버
려 둘 수는 없다. 그랬다가는 우체국을 찾는 모험도 내 자수 편지
도 모두 다 물거품이 되고 말 터였다. 오늘 당장은 유력한 용의자로
체포가 된다 해도 내일은 경찰들의 조롱을 받으며 풀려날 터였다.
안타깝다. 내 기억들. 안타깝다. 내 모든 것. 할 수 없는 일이다.
이제 20분. 어쩔 수 없다. 일기를 찢어 내자. 찢어 낼 도리밖에 없
다. 그 외에는 다른 방도가 없다. 찢어 내서 어디에 숨겨야 한다. 누
구도 찾을 수 없는 곳에. 19분.
안녕, 내 기억.
안녕, 안녕.
나를 잊지 말기를.

모든 게 혼란스럽다. 이건…… 도대체 이해할 수가 없다. 여긴 화장실이다. 그리고, 그리고, 아, 내게는 시간이 없다. 화장실 문은 열어 두었다. 언제 경찰이 들이닥칠지 모르니까. 8분. 일기에게 작별을 고한 지 벌써 11분이 지났다. 이별 인사를 하고 나는 일기를 일기장에서 찢어 냈다. 찢어 낸 일기 더미를 한시바삐 처리해야만 했다…… 그런데 난 다시 찢어 낸 일기의 맨 마지막 장 비어 있는 뒷면에 깨알 같은 글씨로 이렇게 이 글을 덧붙여 쓰고 있다. 양변기 위에서 쓰는 거라 그렇기도 하지만 손이 떨려 글씨가 엉망이다. 아, 모든 게 뒤죽박죽이다. 시간이 없으니 더더욱 하고 싶은 말들이 잘 정리되지를 않는다. 일기장을 찢고, 찢어진 더미를 손에 쥐고 나는 숨길 곳을 찾고 있었다. 그런데 이해할 수 없는 일이 일어났다. 이해할 수 없는 일에 아무리 잘 면역이 되어 있다 해도 결코 익숙해질 수 없는 그다음에 다시 일어나는 또 다른 이해할 수 없는 일. 6분밖에 내게는 없다. 여기 내가 이해할 수 있는 건 없다. 내가 할 수 있는 것도 없다. 그냥 적을 뿐이다. 끊임없이 기록할 뿐이다. 그런데 이 찢어 낸 일기 뒷장에 덧붙여 쓰고 있는 이 글도 일기라고 부를 수 있는 걸까? 아니, 도대체 뭐가 '내' 일기일까? 이것도 일기라면 방금 전 내가 발견했던 건 뭐라 불러야 하는 걸까? 시간이 없다. 너무 부족하다. 시간이 조금 더 내게 있었더라면…….

3분…… 일기를 찢어 낸 다음, 나는 찢어 낸 일기를 어디에 버릴 것인지 고민했다. 쓰레기통 같은 곳에 버리는 건 자살행위나 다름없었다. 경찰들이 도저히 상상할 수 없는 곳이어야 했다. 그러다 일기를 숨기기 가장 좋은 곳은 화장실이다,라는 속담이 생각났다. 속담이 아니라면 계시라고 해 두자. 화장실에서 허둥대다가 좋은 생각이 떠올랐다. 이해할 수 없는 일이 일어나기 직전에 징조처럼 늘 나타나는 일종의 패턴 같은 일이었지만 그때는 나는 깨닫지 못했다. 나는 세면대와 변기 수조를 밟고 올라서서 화장실 천장 구석에 있던, 정사각형 철조망이 달려 있는 환기구를 손으로 흔들어 보았다. 1분…… 시간이 거의 다 됐다. 그래도 아직 경찰은 오지 않는다. 이제부터는 축구 경기의 인저리 타임 같은 시간이다. 시계는 보지 않겠다. 그냥 주심의 오각이 울릴 때까지 달려 대는 수밖에…… 내 추측 혹은 바람대로 철조망은 천장 안쪽에 그냥 올려놓은 것에 불과했다. 철조망이 완전히 천장 안으로 숨어 버리지 않도록 조심하면서 한쪽으로 밀어 넣고 허리를 펴서 고개를 천장 안으로 들이밀었다. 그리고 나는 보았다. 저게 뭘까? **너는 누구니?** 천장 안, 몇 차례나 어둠에 희석되어 과도하게 묽어진 햇빛이 점령한 그 공간 속에서 나는 결코 상상하지 못했던 놈을 만났다. 가지런하게 정리되어 있는 하얀 종이 더미, 그건 내 손에 들려 있던, 방금 내가 찢어 낸 일기 더미와 너무도 흡사해 보였다. **너는 누구니?** 손을 내밀면 쉬이 닿을 거리였지만, 나는 그럴 엄두를 내지 못했다. **너는 누구니?** 내 일기는, 일기장에서 방금 분리된 찢어진 내 일기는, 내가 범인이 아니라는 결정적인 증거는, 이렇게 내 손 안에 있는데, 너는 누구인 거니? 누가 너를 일기장에서 찢어 내 이 어둡고 먼지 냄새 나는 곳에 처박아 둔 거니? 누가 나보다 먼저 내 일기들을 찢었던 거니?

다행히도 아직 경찰의 휘슬 소리는 울리지 않았다. 하지만 내게 좀 더 많은 시간이 주어졌더라면, 가령 경찰이 체포를 하루만 늦추어 준다면, 나는 그 어두운 천장 안에서 아주 오래전부터 누구를 기다리고 있는 것 같아 보이던 그 가지런하게 정리되어 있는 하얀 종이 더미를 읽어 보고 싶었다. 거기에 글이 쓰여 있지 않다면, 왜 일기장에서 분리되어 그곳에 숨겨져야 했겠는가? 난

차마 그 하얀 종이 더미에 손을 대지 못하고, 재채기를 참으며 바닥으로 내려와 찢어 낸 일기장 뒷면에 이 마지막 기록을 남기기 시작했다, 벨이 울리거나 문 두드리는 소리가 나면 얼른 이 찢어 낸 일기 더미를 화장실 천장 환기구 안쪽, 정체를 알 수 없는 하얀 종이 더미 위에 쌓아 두고는, 다시 환기구를 제자리로 돌려놓으리라 작정하면서, 그런 후 나는 문을 열고 경찰을 반갑게 맞으리라, 아니, 이제는 반갑게 맞을 수 없으리라, 그 천장 안 무거운 어둠 속 오랫동안 잠들어 있었던, 그리고 앞으로도 한참을 그러고 있어야 할 하얀 종이 더미를 떠올리면,

그런데 진짜, 너는 누구니?

벨 소리가 났다, 정중한 벨 소리, 이제 다 끝이다, 찢어 낸 일기 더미를 숨길 시간이다,

안녕, 이제 진짜 안녕,

7장

신들만이 망각에 이른다
—모리스 블랑쇼, 「기다림, 망각」
(6월 13일)

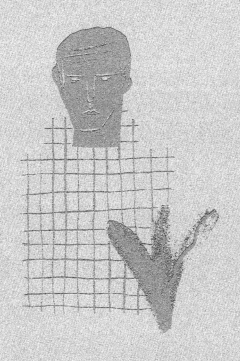

6월 13일, 키브라, 기억의 원점

　예전에 어디서인가 "아침에 일어났더니, 유명해졌다."라는 말을 들은 기억이 어렴풋이 났다. 놀랍게도 그게 끝이었다. 그 말 말고 내 기억 속에 남아 있는 건 거의 없었다. 당황스러웠지만 아침에 일어났더니 그랬다.

　내 경우는 좀 달랐다. 아침에 일어나니 그야말로 아무것도 기억나지 않았다. 내게 가족이 있었는지, 내 이름이 무엇인지, 내가 무엇을 해서 생계를 꾸려 왔는지, 내가 언제 태어났는지, 내가 어떤 과일을 좋아하는지 아무것도 생각나지 않았다.

　당황스러웠다. 거울에 비친 내 얼굴을 보고 나니 더더욱 그랬다. 거울 속에서 낯선 얼굴을 보게 될 거라고는 생각도 못했었는데. 잘 보아주어도 예쁘다는 소리를 듣기는 그른 얼굴이었지만 대체로 물렁물렁하지 않고 야무져 보이는 인상이었다. 남들에게 쉽게 속지는 않겠다는 게, 우습지만 내 첫인상이었다. 눈동자는 특이하게도 회색이었다. 회색 눈동자 말고 다른 부분은 뭐 평범했다.

잠시 후에는 TV 전원이 켜지듯 한꺼번에 기억이 돌아올 거라는 희망과 영영 이렇게 기억을 잃은 채 살게 될 거라는, 그래서 이를테면 이전 남자친구를 길거리에서 만나도 알아보지 못할 거라는 절망이 교차했다. 조금 걱정스러웠다.

거울 밑 작은 선반 위에는 일기장 한 권이 놓여 있었다. 무슨 힌트라도 얻게 되지 않을까 싶어 허겁지겁 일기장을 펼쳤는데, 벌써 일기장의 반 이상이 뜯겨 나간 채였다. 남은 나머지 반도 통째로 백지였다. **누가 일기장을 이렇게 지저분하게 뜯어냈담?** 혹시나 차분히 지켜보고 있으면 기억이 돌아올지도 모른다는 생각에 눈물이 주룩 흐를 때까지 눈도 깜빡거리지도 않고 오래오래 이 빠진 일기장을 노려보았는데, 결과적으로는 눈만 아팠다.

그래도 일기를 쓰기로 했다. 처음에는 내 글씨가 어떨지 하는 호기심에서였는데, 뭐 그럭저럭 마음에 들었다. 왠지 불필요하게 화려하고 장식적인 글씨체를 보게 될까 두려웠는데 그렇지 않았다. 내 글씨는, 이를테면, 이런 형용사들로 표현할 수 있을 것 같다:

차갑다; 침착하다; 가늘다; 냉정하다; 정교하다; 일정하다; 쓸쓸하다.

마음에 든다. 내 글씨도, 내 글씨를 보고 느낀 내 감정도, 그리고 일기를 쓰기로 결심한 일도. 일기를 쓰기로 결정하고 나니 까닭 없이 마음이 좀 놓였다. 실은 변한 건 아무것도 없었지만.

창문을 열고 밖을 내다보았다. 눈살을 최대한 찌푸리지 않고는 제 모습을 파악하기 힘들 정도로 바깥은 햇빛이 강했다. **비가 오는 것보다는 훨씬 더 마음에 드는 날씨인걸.** 그래도 기억을 잃은 첫째 날에 햇살이 쨍쨍이라 다행이었다. 색색의 원색 여름옷을 차려입은 사람들이 거리를 꽉 메우고 있는 도심가였다. 사무실로 보이는 고층 빌딩들이 주변에 가득했고 아래층에는 복작복작해 보이는 상가들이 잔뜩이었다.

내가 기억을 잃고 깨어난 곳은 꽤나 화려해 보이는, 평범한 수입을 가진 사람이라면 정말 큰마음 먹지 않고는 묵기 힘들 호텔 방이었다. 방에는 나 혼자밖에 없었다. 혼자 묵기에 불필요하게 넓은 방이었지만 동행이 있다는 흔적은 없었다. 그것도 다행이었다. 동행이 있다면, 그리고 그 혹은 그녀가 내가 기억을 잃어버렸다는 사실을 알게 되면 얼마나 놀랄 텐가!

일단 밖으로 나가 보기로 했다. 한가한 소리로 들리겠지만 이 근사한 호텔을, 얼마나 오래가 될지는 몰라도 묵는 동안만큼은 실컷 즐겨 두고 싶었다. 그리고 방 밖으로 나가면 누가 나를 알아보고 내 기억이 돌아오도록 도움을 줄 수도 있을 것 같았다.

입고 깨어난 옷을 갈아입으려다 바지 뒷주머니에서 몇 번 접혀 있는 지도 한 장을 발견했다. 지도를 바지 뒷주머니에 넣은 채 잠이 들다니 칠칠치 못하다는 생각이 들었다. 나는 별 생각 없이 지도를 펼쳐 보았다. 펼쳐 놓고 보니 꽤 널따란 지도였다. 슬프게도 알아볼 수 있는 지명들은 거기 없었다. 다섯 개의 동전만 한 크기의 빨간 동그라미가 지도 위에 그려져 있었다. 퍽 정성스럽게 그린 솜씨였다. 그게 나일 수도 있고 내가 아닐 수도 있었다. **지도야, 너는 아니, 누가 너한테 이런 낙서를 했는지?** 내 뒷주머니에서 발견된 지도는 보기와 달리 과묵했다. 오른쪽 모서리가 날카로운 칼 같은 것으로 잘려 나간 흔적이 있었다.

창문 밑에서 검은색 하드 케이스 여행용 가방을 발견했다. 얼핏 보아도 비싸 보이기는 하지만 튀는 구석이라고는 전혀 찾을 수 없는, 평범한 색깔 평범한 디자인의 옷들이 잔뜩 들어 있었다. 어디 휴가라도 보낼 목적으로 꾸린 짐 가방은 아닌 듯했다. 내가 이런 옷들을 직접 고른 건지 확신이 서지를 않았지만 사이즈만 보아선 내 옷가지일 확률이 높았다.

밖에 돌아다닐 때 편하게 입을 만한 게 뭐 없나 가방을 느긋하게 뒤지다가 비밀 주머니 하나를 발견했다. 비밀 주머니가 있는 여행용 가방이라니 취향이 좀 어른스럽지 못하다는 생각이 들었다. 내용물을 보고 나니 섬뜩해졌다. 거기에는 고무줄로 묶인 신분증명서 더미와 털실 열쇠고리에 매달려 있는 두 개의 열쇠가 있었다.

나는 고무줄을 풀고 다섯 장의 신분증명서들을 방바닥에 세로로 늘어놓았다. 위에서부터 남자, 여자, 여자, 남자, 남자의 순이었다. 거울 속의 내 얼굴과 닮은 사람은 하나도 없었고, 아쉽게 알아볼 수 있는 얼굴도 하나 없었다. 대부분 착해 보이지 않는, 닳고 닳은 인상들이었다. 특히 마지막 신분증명서 속의 남자는 도무지 신뢰할 수 없어 보이는 얼굴이었다. 뻔뻔스러운 인상 짓기 대회에서 우승을 한, 갓 감옥에서 형기를 마치고 출소한 범죄자처럼 보였다. 보수가 충분하다면 아무리 위험한 일에라도 기꺼이 뛰어들 것 같았다.

이상했다. 왜 남의 신분증명서를 다섯 장이나 가지고 있는지, 왜 그걸 의심스러운 비밀 주머니 같은 데 숨겨 놓고 있는지 이상했다.

하긴 기억을 잃은 사람에게 안 이상한 게 뭐 있겠니? 나는 모든 걸 낙천적으로 생각하기로 했다. 기억을 잃기는 했지만 부랑자들이 아무렇게나 쓰러져 자고 있는 뒷골목 같은 데서가 아니라 이런 삐까번쩍한 호텔 스위트룸에서 깨어났다는 게 얼마나 큰 행운인지! 하루에도 몇 번씩 강간을 당하는 불운한 여자들에 대한 기사가 나는지!

나는 왠지 이게 내 행운의 끝이 아닌 것 같았다. **이게 시작이야. 확실해.** 나는 내 다음 행운을 만나기 위해 밖으로 나가기로 했다. 배도 고팠고 딱 내 취향이라고는 할 수 없지만 옷들도 스타킹만 빼고는 그럭저럭 용서해 줄 만한 수준이었다.

허리에 귀여운 프릴이 장식되어 있는 원피스로 갈아입고 스탠드가 켜져 있는 테이블 위에 누워서 나를 기다리고 있던 카드 키를 주머니에 넣었다. 카드 키 옆에는 두툼한 메모지 더미가 있었다.

메모지 상단에 연한 노란 글씨로 아래와 같은 문구가 인쇄되어 있었다.

편안한 주거의 약속 ― 키브라 호텔

심지어는 호텔 이름까지도 마음에 들었다. 그러고 보니 일기를 쓰는 데 사용했던 볼펜에도 똑같은 이름이 박혀 있었다.

키브라라…… 멋진 시작이야, 그렇지 않니?

아무도 대답하지 않았지만 상관없다. 내 다음 행운을 만나러 이제 밖으로 나간다.

보르헤스는 「신학자들」이란 단편에서 이렇게 썼다. "서재를 가지고 있는 다른 모든 사람들처럼 아우렐리노는 소장하고 있는 책들 모두를 읽어 보지 못한 데 죄책감을 가지고 있었다." 간신히 그렇게 불릴락 말락 한 내 서재에도 더러는 아주 오래 묵은 더러는 갓 짠 오렌지처럼 싱싱한 죄책감들이 잔뜩 꽂혀 있다.

하지만 이건 상황이 좀 나은 편이다. 내게는 '읽어 보지 못한'이 아니라 '읽을 수 없는' 책들도 존재한다. 죄책감이 아니라 천형(天刑)과 같은 책. 내 늘 부끄러운 절망 혹은 쾌락(주이상스?)의 근원.

감히 글이라는 것을 쓰고 있는 나를 위해서 보르헤스의 말을 이렇게 바꾸어 볼 수 있겠다. "컴퓨터에 글을 쓰는 다른 모든 사람들처럼 나 역시 쓰다 만 글들 모두를 마치지 못한 데 대한 죄책감을 가지고 있다." 내 1테라바이트짜리 하드에도 역시 더러는 기억도 가물가물한 더러는 그 부끄러움의 추억이 또렷한 죄책감들이 존재한다. 일반적으로 하드 속 죄책감은 서재 속 죄책감보다 더 쓰라리고 더 탈출하기 쉽지 않다.

나는 이제 막 내 하드 속 죄책감 하나를 집어 감옥 속에 수감했다. 영원히 나올 수 없는 감옥.

사람은 늙으면 까닭 없이 친절해지는 법이다. 아니, 어쩌면 친절해질 만한 일이 늘어나는 것일 수도.

덧붙이는 말: 사람은 늙으면 노파심이 많아진다. 그래서 미리 제시되는 알리바이들. 도래하지 않을 비난-소송을 미리 준비하기 위해 황급히 작성한 것이기 때문에, 나를 비난-소송할 계획이 없다면 무시해도 좋다.

> 1) 4월 1일 일기, '조라 (Zora)'의 출처: 이탈로 칼비노, 「보이지 않는 도시들」.
>
> 2) 4월 6일 일기, '가슴이란…… 하나의 펌프지.'의 출처: 나기브 마푸즈, 「걸인들」.
>
> 3) 4월 7일 일기, '치료사(Le Thérapeute)'의 출처: 르네 마그리트의 1932년에 그린 그림의 제목.
>
> 4) 4월 12일 일기, '공작부인은 5시에 외출하였다'의 출처: 앙드레 브르통, 「쉬르레알리슴 선언」(폴 발레리를 재인용).

5) 4월 26일 일기, '너를 욕실에 가두고 볼링을 쳤지.'의 출처: 전자양의 앨범 〈숲〉에 수록된 곡 「홀리 엔드」.

6) 5월 10일 일기, '아델마(Adelma)'의 출처: 이탈로 칼비노, 「보이지 않는 도시들」.

7) 5월 11일 일기, '유니폼을 입은 사람치고 불쾌감을 주지 않는 사람은 호텔 웨이터뿐이다.'의 출처: 카프카의 1910년 5월 3일 일기.

8) 5월 12일 일기, 'Is there anybody in there?'의 출처: Pink Floyd의 앨범 〈The Wall〉에 수록된 곡 「Comfortably Numb」.

9) 5월 27일 일기에 나온 노래의 출처: '너를 욕실에 가두고 볼링을 쳤지'(출처는 5) 항목 참조)를 제외하면 모두 내 손에서 나온 것이다. 그렇게 믿고 있다.

10) 5월 31일 일기, '60 〈 2H + G 〈 64'의 출처: 에블린 페레 크리스탱, 「계단, 건축의 변주」.

11) 6월 6일 일기, 편지의 출처: 카프카가 에른스트 로볼트에게 보낸 1912년 8월 14일자 편지.

이 밖의 알아내지 못한 죄들도 모두 사해 주시기를.

키브라, 기억의 원점

1판 1쇄 발행 2015년 10월 25일

지은이 | 이치은
펴낸이 | 조영남
펴낸곳 | 알렙

출판등록 | 2009년 11월 19일 제313-2010-132호
주소 | 서울시 강서구 공항대로45길 101 강변샤르망 202-304
전자우편 | alephbook@naver.com
전화 | 02-325-2015
팩스 | 02-325-2016

ISBN 978-89-97779-55-0 03810